TRIXI VON BÜLOW

Ich wünsche mir, dass endlich mal was Schönes passiert

Roman

THIELE VERLAG

Für Ulrike, die ich unendlich vermisse

Prolog

Das Erste, was mir auffällt, ist, dass ich nichts denke.

Seit 365 Tagen denke ich ununterbrochen über mein Leben nach. Wie es ist, wie es war, wie es sein wird. Die Gedanken begleiten mich in den Schlaf, sie summen nachts an meinem Ohr, sie sind vor meinem Bett versammelt, noch ehe ich die Augen aufschlage.

Und nun sitze ich auf einer Düne an der Nordsee, meine Hände in den Sand gestützt, der Wind zupft an meinen Haaren, die Luft schmeckt nach Salz, mein Brustkorb weitet sich, ich atme aus.

Das Meer liegt vor mir, ein silbriges weites Land, das kein Gestern und kein Morgen kennt – nur diesen einen Moment, der stärker ist als die Gedankenflut in meinem Kopf und dessen schimmerndes Bild eine wohltuende Leere auf meiner Netzhaut hinterlässt.

Ohne den Blick abzuwenden, sage ich:

»Es ist so schön hier. Danke!«

Johanna drückt kurz meine Hand. Sie sitzt schweigend neben mir und lächelt. Es war ihre Idee, hierher zu kommen. Alles mal hinter sich zu lassen. Ein paar Tage an diesem kleinen Ort am Meer, nur ein paar Tage. Und morgen habe ich Geburtstag. Den ersten nach der neuen Zeitrechnung.

Johanna ist meine Freundin. Sie weiß, was mir gut tut, wenn ich selbst es nicht mehr weiß. Mit ihr wird das Chaos übersichtlicher. Das Schwere leichter.

»Das Meer hilft immer«, sagt sie jetzt. »Du wirst schon sehen.«

Ihre großen braunen Augen blicken zuversichtlich, dann nachdenklich. »Weißt du, ich würde immer hierher fahren, wenn es mir schlecht geht«, sagt sie.

Und dann malen wir uns aus, dass wir, wenn eine von uns mal so richtig schlimm krank wird, ans Meer fahren, notfalls auch mit Schmerzmitteln im Gepäck, und unseren letzten Milchkaffee hier trinken, hier, vor diesem schimmernden Stück Ewigkeit, wo wir gelassen und heiter warten bis das Meer auch unsere Spuren sanft überspült hat und mit sich nimmt.

Doch dieser Tag ist glücklicherweise noch in weiter Ferne. Und es ist auch nicht der Grund, warum wir hier sind. Meine Freundin hat sich in den Kopf gesetzt, dass mein Leben sich ändern muss.

In der Ferne steigen ein paar Möwen in den blauen Himmel und ziehen ihre Kreise. Unter uns am Meeresrand gehen zwei alte Frauen barfuß und mit hochgekrempelten Hosen durch den nassen Sand. Sie gehen langsam, als ob sie alle Zeit der Welt hätten, man könnte glatt neidisch werden. Sie unterhalten sich, gestikulieren, manchmal bückt sich eine von ihnen und hebt etwas auf, wahrscheinlich eine Muschel.

So viel Zeit! Wenn ich an mein eigenes durchgetaktetes, hoffnungslos überfülltes Leben denke, das mir jeden Moment über den Kopf zu wachsen droht, nein, schon über den Kopf gewachsen ist, würde ich gerne tauschen. Sehnsüchtig blicke ich den beiden Alten hinterher.

Johanna hat sie auch gesehen. »Schau mal«, sagt sie und deutet auf die Frauen mit ihren runden Rücken und den zerzausten grauen Haaren. »Wir beide in vierzig Jahren. Friederike und Johanna. Wir gehen am Strand spazieren, ganz gemütlich, und unsere Männer sitzen in der Strandbude und trinken ein Heineken.«

»Unsere Männer?«, frage ich. »Wovon sprichst du?«

»Abwarten«, sagt sie.

1

Als ich zwölf Jahre alt war, wollte ich Nonne werden. Ich hatte zum ersten Mal in meinem Leben einen Film mit Audrey Hepburn gesehen und war so beeindruckt von dieser fragilen rehäugigen Frau mit dem wunderbar großen Lächeln, dass ich mir nichts Schöneres vorstellen konnte, als Schwester im Kongo zu werden. Leider hielten sich meine Parallelen zu Audrey Hepburn sehr in Grenzen. Weder war ich braunhaarig noch rehäugig. Ich war ein blondes, durchsetzungsstarkes Mädchen mit blauen Augen, bereit, die Welt zu erobern. Ungeachtet dieser Tatsache stand ich stundenlang mit einem improvisierten Nonnenschleier vor dem Spiegel in meinem Kinderzimmer, bis ich irgendwann einsah, dass aus mir niemals eine Audrey Hepburn werden würde.

Das ist vielleicht auch der Grund, weshalb ich später meine Sprudelkästen und Koffer immer selbst schleppte. »Ich schaffe das schon« steht mir auf der Stirn geschrieben wie anderen Frauen dieses gewisse hilflose Etwas, das Männer aufspringen und zur Tür eilen lässt, um diese fürsorglich zu öffnen.

Als ich fünfzehn war, lief im Fernsehen eine Wiederholung von »Über den Dächern von Nizza« und ich beschloss, mein *role model* zu ändern. Grace Kelly war blond und blauäugig, elegant, eine gute Schwimmerin wie ich; sie fuhr einen himmelblauen Zweisitzer, und außerdem bekam sie am Ende den attraktiven, sonnengebräunten Cary Grant alias John Robie, der so leichtfüßig auf den Dächern der Grand Hotels an der Croisette herumkletterte, Frauen zu küssen verstand und ein Haus mit Terrasse in den Bergen über der Bucht bewohnte.

Obwohl ich später viel gereist bin, führte mich mein Weg niemals nach Nizza, und bis heute hat dieses Wort für mich nichts von seinem magischen Zauber verloren. Nizza ist der Ort meiner kindlichen Sehnsucht geblieben – so wie für andere Menschen vielleicht Paris oder Sansibar oder Bora Bora.

Als ich siebzehn war, fragte mich meine Mutter besorgt, warum ich noch keinen Freund hätte, ihre Freundinnen würden immer schon fragen. Ich küsste Tom, den netten Jungen aus der Nachbarschaft, und putzte mir anschließend die Zähne.

Als ich dreiundzwanzig war, starb meine Großmutter, und ich dachte, ich könnte nie wieder froh sein.

Mit vierundzwanzig heiratete ich. Ganz romantisch. Eine Studentenliebe. Zwei junge Menschen voller idealistischer Vorstellungen auf dem Weg in die Wirklichkeit. Wir hatten die besten Absichten. Mein Brautkleid war weiß, die Sonne schien, ich war glücklich, und mein Mann trug die falsche Krawatte.

Es sollte für immer sein.

Mit zweiunddreißig Jahren war ich acht Jahre lang verheiratet und führte – in Köln und nicht im Kongo – das Leben einer Nonne. Ich beneidete alle Frauen, deren Ehemänner keine Kopfschmerzen hatten und die nicht zu müde waren von wichtigen geschäftlichen Terminen. Tagsüber arbeitete ich in einem Verlag und machte dort Bücher, die ich mir persönlich nicht kaufen würde. Nachts lag ich wach und träumte von Leidenschaft und erotischer Raffinesse, die meinem Leben fehlten.

»Was hat sie, was ich nicht habe?«, heulte ich, als ich dreiunddreißig war.

»Alles«, sagte mein Mann.

Mit fünfunddreißig bekam ich eine Tochter. Es sollte das Kind der Versöhnung sein, nachdem die andere offenbar doch nicht alles gehabt hatte. Was ich nicht wusste war, dass es noch keinem gelungen ist, eine schlechte Ehe durch ein Kind zu retten.

Seit Lilli auf der Welt war, wurde tragischerweise zunehmend deutlich, dass die Lebensentwürfe ihrer Eltern nicht mehr zueinander passten. Die Luft war von Streit vergiftet, von Vorwürfen und Schuldzuweisungen; auf immer kürzere, erbitterte Wortwechsel folgte eisiges Schweigen. Zettel wurden hin- und hergeschoben. Türen von innen zugeschlossen. Die Abwärtsspirale drehte sich unaufhaltsam, und wir waren machtlos dagegen.

Zwei Wochen nach Lillis Geburt war mein Mann aus dem gemeinsamen Ehebett ausgezogen und nächtigte auf dem Sofa. Er brauche dringend seinen Schlaf, meinte er, er könne es sich vor seinen wichtigen Terminen nicht leisten, unausgeschlafen zu sein.

Aber wir wussten beide, dass das nur die halbe Wahrheit war. Abend für Abend lauschte ich dem scharrenden Geräusch mit dem abschließenden Rumms, wenn das Sofa im Wohnzimmer ausgezogen wurde. Anfangs mit Bedauern, dann wütend, schließlich mit einer gewissen fatalistischen Befriedigung.

Nach einem Dreivierteljahr ging ich vormittags wieder arbeiten, was mir immerhin für ein paar Stunden am Tag eine mentale und emotionale Atempause verschaffte, und wenn morgens die Kinderfrau im Türrahmen stand, noch bevor ich das verräterische Bettzeug wieder ins Schlafzimmer hatte räumen können, murmelte ich etwas von einer »unruhigen Nacht« und spürte ihren mitleidigen, wissenden Blick in meinem Rücken.

»Ihr redet viel zu viel«, sagte meine Mutter, als ich mit Lilli zu ihr gefahren war, nachdem mein Mann und ich uns wieder einmal gestritten hatten. »All diese Diskutiererei bringt doch gar nichts. Zieh dir mal was Hübsches an, macht abends eine Flasche Wein auf und vertragt euch!«

»Das Leben ist so kurz«, sagte mein Vater, der einige Jahre zuvor einen Herzinfarkt nur knapp überlebt hatte und seitdem in anderen Dimensionen dachte. »Vergeude nicht deine kostbare Zeit mit dem falschen Mann.« Er sah mich eindringlich und besorgt an, und damals wusste ich noch nicht, dass seine Worte wie ein Vermächtnis für mich werden sollten, denn sein Leben sollte nicht mehr lange währen. »Wirklich, Fritzi, wenn du merkst, dass es nicht mehr geht, dann beende es lieber.«

»Macht doch mal einen Urlaub zusammen, nur ihr beide«, schlug Johanna vor, die gerade ihr zweites Kind erwartete und von ihrem Mann auf Händen getragen wurde.

»Du bist aber eine ganz Süße«, sagte die alte Dame im Park und beugte sich entzückt über den Kinderwagen, in dem Lilli lag und lächelte. »Da ist der Papa sicher stolz auf dich und deine schöne Mama.« Sie lächelte mir wohlwollend zu, und es ging mir wie ein Pfeil durchs Herz.

»Das wird schon wieder«, tröstete mich Jasmin, die mit mir das Büro teilte. »Vielleicht ist es einfach nur eine schlechte Phase.«

Ich fand, dass die schlechte Phase schon ziemlich lange anhielt. Zu lange. Und wenn ich abends frühzeitig mit einem Kriminalroman und einer Kanne Tee ins Schlafzimmer floh und mein Kind betrachtete, das so friedlich und voller Vertrauen neben mir in seinem Bettchen schlief, stellte ich mir immer öfter die Frage, ob ich dieses Leben noch zwanzig Jahre so weiterführen wollte.

Wenn es wirklich wahr ist, dass die Menschen sich in ihren grundsätzlichen Charaktereigenschaften im Laufe eines Lebens nicht wirklich ändern, dann ist es doch sehr eigenartig, dass man am Anfang einer Beziehung nur die Gemeinsamkeiten sieht – all die tausend schönen Dinge, die einen in der glückstaumelnden Gewissheit verbinden, dass man füreinander geschaffen ist – und am Ende nur noch das bleibt, was den einen vom anderen trennt.

Merkwürdigerweise sind es oft gerade jene Eigenschaften, die man am anderen zunächst so faszinierend findet, die einem später unerträglich werden. So unerträglich, dass man fast physisch darauf reagiert, wie der andere lacht, geht, isst, ungefragt seine Meinung kundtut, gestikuliert, immer das letzte Wort haben muss, im Sofa lümmelt oder sich umständlich seine Schuhe zubindet.

Die kleinen und großen Kriege, die man gegeneinander führt, lassen die Erinnerung an jene wunderbaren Zeiten verblassen, da alles möglich schien.

Das Schlimmste jedoch ist die Sprachlosigkeit. Wenn die Sprachlosigkeit beginnt, hat man verloren.

Zwei Jahre später stand ich an Silvester allein auf der Straße. Die Nacht war erfüllt von Lachen und Ausgelassenheit und dem Knallen der Raketen. Die anderen Paare lagen sich Punkt zwölf in den Armen und wünschten sich ein gutes neues Jahr. Ich umklammerte mit beiden Händen mein Sektglas und hoffte, dass alle so mit Wünschen und Küssen beschäftigt waren, dass es keinem auffiel, wie allein ich war.

In der Ferne, weit weg von mir, betätigte sich mein Noch-Ehemann als der beste Pyrotechniker aller Zeiten, und ich sah zu, wie er einen Feuerwerkskörper nach dem anderen abschoss, als ob es nichts Wichtigeres gäbe in diesem Moment. Ich blickte in den erleuchteten Himmel, dachte an meinen Vater, der vor ein paar Monaten mit seinem letzten Herzschlag diese Welt verlassen hatte, und meine Lippen formten lautlos das Wort »Hilfe«.

Als ich wieder nach unten sah, bemerkte ich, dass ich auf einem Kanalgitter stand. Das neue Jahr hatte begonnen und ich stand alleine mitten auf einem *Gully*! Ich hätte fast gelacht.

In diesem Augenblick wusste ich, dass es unwiederbringlich vorbei war.

Ein Jahr später war ich nach fünfzehn Jahren Ehe wieder eine freie Frau. Man hätte auch sagen können, ich war geschieden.

Auf einer Skala von eins bis hundert ist »geschieden« wohl das traurigste Wort, das ich kenne. Anders als das Wort »tot« oder »verwitwet« dokumentiert es das persönliche Scheitern zweier Menschen, die einmal miteinander glücklich waren. Und oft kann man nicht einmal sagen, wann genau das Glück eigentlich zum Fenster hinausgeflogen ist.

Als ich das erste Mal durch die leer geräumte Wohnung ging und mich mit einem Glas Wein probeweise in jedes Zimmer setzte, war das Gefühl der Erleichterung übermächtig. Ich war erleichtert, dass es vorbei war, erleichtert, dass ich wieder Luft zum Atmen hatte, erleichtert, dass niemand mehr da war, der mein Zuhause in eine arktische Klimazone verwandeln konnte. Ich riss alle Fenster auf, setzte mich in den Fensterrahmen meiner Küche und blickte hinaus.

Draußen im Hof zwitscherte ein kleiner Vogel. Ich nahm einen Schluck Wein, zündete mir eine Zigarette an und blinzelte in die blasse Januarsonne. Alles auf Anfang, dachte ich.

Doch so einfach ist das nicht mit dem Anfangen.

2

Obwohl ich selbst es gewesen war, die nach jener denkwürdigen Silvesternacht auf eine rasche Scheidung gedrängt hatte und diese gegen den anfänglichen Widerstand meines Mannes mit Jeanne-d'Arc-hafter Unbeirrbarkeit durchgefochten hatte, konnte es in den folgenden Wochen passieren, dass ich in Tränen ausbrach, wenn ich plötzlich über die Vergangenheit stolperte: ein altes Foto, das ich in einer Schublade entdeckte, das rosa-weißgestreifte Tuch ganz hinten im Schrank, das ich als Studentin immer so gern getragen hatte, der schmale helle Streifen am Ringfinger meiner rechten Hand – das alles erfüllte mich mit Wehmut. Ich war eine Gescheiterte, von fröhlichem Neuanfang keine Spur. Lilli, der ich auf kindgerechte Weise und mit der Hilflosigkeit eines Erwachsenen versucht hatte zu erklären, warum es so besser für *alle* war, und dass der Papa und die Mama sie beide trotzdem ganz doll lieb hätten, hatte erst genickt und sich dann unvermittelt und mit der Vehemenz einer Fünfjährigen auf den Boden geworfen, mit den Beinen gestrampelt und geschrien: »Ich will, dass der Papa wieder bei uns einzieht!«

»Das geht nicht, Liebchen«, hatte ich leise entgegnet, und mein Herz drehte sich um vor Schmerz und Scham und schlechtem Gewissen.

Ich hätte alles darum gegeben, meiner Tochter diesen Moment zu ersparen, in dem ihre kleine Welt zum ersten Mal aus den Fugen geriet. Auch die Tatsache, dass heute jede dritte Ehe geschieden wird, war ein schwacher Trost im Angesicht von solch wilder Verzweiflung.

»Es wird alles gut, du wirst schon sehen«, sagte ich und hoffte es selbst, auch wenn ich noch nicht wusste, wie. Immer wieder strich ich der schluchzenden Lilli über ihr blondes Haar.

Irgendwann hörte das Schluchzen auf. Lilli war in meinen Armen eingeschlafen. Seither stolperte sie jede Nacht fünfundzwanzig Mal mit ihrem Kuscheltier Robbie, einer weißen Robbe zu mir ins Bett. Immer wieder geleitete ich sie mit sanften Worten zurück in ihr Kinderzimmer, deckte sie gut zu und schlich mich dann zurück in der Hoffnung, sie würde endlich einschlafen. Doch kurze Zeit später stand sie wieder vor meinem Bett wie ein kleines weißes Gespenst.

»Kann nicht schlafen, Mama«, sagte sie und kuschelte sich mit ihrem kleinen warmen Körper an mich. Ich sah in ihr zartes Gesicht, in ihre offenen vertrauensvollen Augen, die mich unverwandt anschauten, und für einen Moment sah ich mich selbst, wie auf dem Grund eines klaren Brunnens. Ich gab ihr einen Kuss und schwor mir, dieses kleine Wesen niemals im Stich zu lassen.

»Na gut, dann bleibst du jetzt bei mir. Aber irgendwann musst du auch wieder in deinem Bettchen schlafen, ja?«, seufzte ich.

Lilli nickte zufrieden und bald darauf hörte ich ihren leisen schnurchelnden Atem an meinem Ohr.

Ich konnte auch nicht schlafen. Die Angst saß auf meiner Brust wie eine hässliche Kröte.

Tagsüber schien alles so einfach. Ich stand zeitig auf, um in Ruhe mit Lilli zu frühstücken, bevor ich sie dann in die Kindertagesstätte brachte. Die Arbeit im Verlag gab meinem Leben die Struktur, die ich so dringend brauchte, ich war dankbar für die Ablenkung und für die Freundlichkeit meiner Kollegen. Jasmin, die mit mir das Zimmer teilte, wartete jeden Morgen auf meinen Stimmungsbericht, und manchmal gingen wir in der Mittagspause zu »Alfredo«, einem Italiener, der ganz zivile Preise hatte und mich immer mit seinem *ciao bella* begrüßte, das er quer durch den Raum schmetterte. Seine Begeisterung – gespielt oder nicht – tat mir gut, immerhin war er damals die einzige männliche Konstante in meinem Leben.

Auch Elfriede Stricker, lebenserfahrene und beleibte Sekretärin von Ende fünfzig, ließ es sich nicht nehmen, mir ab und zu eine Tasse Kaffee an den Schreibtisch zu bringen, ein Privileg, das eigentlich nur der Verlegerin, Frau Dr. Trundl, zustand. Wir anderen, das Fußvolk, holten uns unseren Kaffee gewöhnlich selbst aus dem zischenden und brodelnden Kaffeeautomaten.

»Ich dachte, Sie könnten jetzt einen gebrauchen«, sagte Frau Stricker, wenn sie das heiße, tröstliche Gebräu vor meine Nase stellte, und mir kamen fast die Tränen. In diesen Momenten merkte ich, wie überfordert ich in Wirklichkeit war.

Ich arbeitete inzwischen wieder auf einer vollen Stelle, hatte meiner Putzfrau gekündigt, um Geld zu sparen, und schrubbte spätabends meine Wohnung selbst, nachdem ich mit Lilli gespielt, mit Lilli gegessen und Lilli ihre Gute-Nacht-Geschichte vorgelesen hatte. Am Wochenende ging ich mit Lilli Schlittschuh laufen oder ins Kindertheater, wir schnitten stundenlang Papierschmetterlinge aus, die wir mit Wasserfarben bemalten und in ihrem Kinderzimmer aufhängten. Wir besuchten meine Mutter oder fuhren zu Freunden zum Kaffeetrinken. So ganz bei der Sache war ich nie.

Ich versuchte, kleine familiäre Rituale einzuführen, an denen man sich festmachen konnte, und eigentlich versuchte ich die ganze Zeit Vater und Mutter und bester Spielgefährte für meine Tochter zu sein – getrieben von Schuldgefühlen und dem Wunsch, alles richtig zu machen.

»Du schaffst das schon«, sagte meine Mutter. »Du bist doch eine starke Frau.«

Offenbar fand jeder, dass ich eine starke Frau war. Es sollte wohl ein Kompliment sein, und ich fühlte mich bestätigt in dem Moment, wenn ich es hörte. Doch wenn ich nachmittags meine Einkaufstüten die Treppen hochschleifte mit Lilli an der Hand, die Stufe für Stufe hinter mir hertapste, oder am nächsten Morgen völlig übermüdet als Letzte in die Konferenz huschte, weil meine Tochter nachts gehustet hatte und morgens in der Kita ihren zweiten Hausschuh nicht mehr fand oder mir fünf Mal »Tschüss« sagen wollte, wusste ich manchmal plötzlich nicht mehr, was daran eigentlich so gut sein sollte.

Dieses ewige Stark-sein-Müssen ging mir auf den Geist. Ich war gar nicht so stark, wie alle glaubten, ich riss mich einfach nur wahnsinnig zusammen, das war alles.

Glücklicherweise gab es Mona, eine nette Babysitterin, die ab und zu auf Lilli aufpasste, wenn ich eine Atempause brauchte. Donnerstag holte sie Lilli immer von der Kita ab und blieb dann bei mir zu Hause, bis ich abends wieder kam. Auf diese Weise war ich zumindest an einem Tag flexibel – ich konnte nach der Arbeit Dinge erledigen oder mich in der Stadt verabreden.

Wenn ich an diesen freien Abenden nach dem Büro durch die Straßen Kölns schlenderte und an den belebten Cafés und Geschäften der Ehrenstraße vorbeikam, hatte ich das gute Gefühl, dass alles wieder möglich war, dass alles passieren konnte. Manchmal kam Jasmin mit und wir setzten uns ins Café Fromme, bestellten uns ein großes Stück Kuchen und redeten über die wichtigen und unwichtigen Dinge des Lebens. Es fühlte sich fast normal an, und ich schöpfte wieder Hoffnung.

Mit fast vierzig war ich zwar nicht mehr jung, aber auch nicht wirklich alt. Theoretisch konnte ich den tollsten Mann meines Lebens kennenlernen. Ich konnte mich noch einmal verlieben und wieder glücklich werden. Patchwork-Familien waren heute doch fast schon die Regel.

Doch diese Beschwingtheit war nie von Dauer – sobald ich allein war und auf mich selbst zurückgeworfen, schnurrte mein neu gefundenes Selbstwertgefühl zusammen wie ein Luftballon, aus dem die Luft entweicht, und wenn die Nacht kam und die Erschöpfung und die Sorgen, wie ich das alles schaffen sollte, übermächtig wurden, lag ich mit klopfendem Herzen und der schrecklichen Gewissheit in der Dunkelheit, dass nichts mehr passieren würde, absolut *nichts*, und dass es das gewesen war für mich.

»Es ist furchtbar leicht, am Tag über alles erhaben zu sein, aber nachts, mein Gott, ist es etwas ganz anderes«, schreibt Ernest Hemingway in seinem Roman »Fiesta«. Und obwohl man unsere beiden Leben nun wahrlich nicht miteinander vergleichen konnte, war es genau dieses Gefühl, das mich umtrieb.

Manche Leute trennen sich und bleiben danach »beste Freunde«, die sich ab und zu auf ein Glas Wein zusammensetzen und sich alles erzählen können. Ich bewundere das sehr, kann aber leider nicht von mir behaupten, dass ich mich nach der Scheidung weniger mit meinem Ex-Mann in den Haaren gehabt hätte, wenn wir uns begegneten – immerhin hatten wir uns ja nicht scheiden lassen, weil wir uns so blendend verstanden. Und begegnen mussten wir uns weiterhin – wegen Lilli, die jedes zweite Wochenende mit ihrem sorgfältig gepackten Felix-Köfferchen zu ihrem Papa ins Auto stieg.

Mr. X (so hatte ich meinen Ex-Mann in einem Telefonat mit Johanna rasch getauft, als Lilli ins Zimmer kam, und war dann bei diesem Namen geblieben) und ich versuchten uns in einem grauenvoll-verkrampften, jeden Vornamen vermeidenden Umgang und bewegten uns dabei auf dünnem Eis. Eigentlich alles konnte diese dünne Schicht zum Einbruch bringen – das Geld, die Unpünktlichkeit, der miese Charakter des anderen, nicht eingehaltene Absprachen, alte Weinflaschen im Keller, deren Besitzstände nicht eindeutig geklärt waren, oder Lillis nicht vorhandene Frisur. Ein vergessener Kinderhustensaft im Gepäck war der Beweis für mangelnde mütterliche Sorge und die bei der Rückkehr stets verschwundenen Pyjamahosen, T-Shirts, Lieblingspullover oder Strümpfe waren das Indiz für väterliches Chaotentum. Ich fühlte mich überbelastet und von einem Unfähigen kontrolliert, er fühlte sich ausgegrenzt und von einer Egoistin, die machte, was sie wollte, aus seinem Zuhause vertrieben.

Und eigentlich steckte hinter jeder Attacke nur die Wut und Enttäuschung darüber, dass der eine (ich) tatsächlich gegangen war und auf diese Weise die schon gefährlich bröckelnde Fassade für alle sichtbar zum Einsturz gebracht hatte, und der andere (er) es meiner Ansicht nach schon vorher »vermasselt« hatte.

Vermasselt hatten wir es natürlich beide, aber der Verlassende wird zwangsläufig zum Täter und der Verlassene zum Opfer. Auch wenn wir jetzt getrennte Wege gingen, waren wir meilenweit entfernt von jener spirituellen Gelassenheit, die empfiehlt, sich vom anderen »zu verabschieden« und ihm »schöne Gedanken zu schicken«.

Ich für meinen Teil wäre, so seltsam das klingen mag, lieber Witwe gewesen. So wie Audrey Hepburn in

»Charade«. Oder wie meine Vermieterin im wirklichen Leben, die alte Frau Noller, die ihrem verstorbenen Mann noch zehn Jahre nach dessen Tod nachtrauerte.

Jeden Morgen, wenn ich zur Arbeit eilte, stand Gertrude Noller schon in ihrem blaugeblümten Haushaltskittel bei den Briefkästen. Ich weiß nicht genau, was sie dort eigentlich machte, so früh am Morgen, ich glaube, sie wartete einfach auf mich und unser morgendliches Begrüßungsritual, das mich an das Märchen von der Gänseliesel erinnerte und ihr »Oh-du-Fallada-da-duhangest«-Klagelied.

»Guten Morgen, Frau Noller! Na, wie geht's denn?«, fragte ich immer. Und sie antwortete mit einem zuverlässigen Seufzen:

»Ach! Wie soll's schon gehen, Frau Berger, wie soll's schon gehen?! Ich leb ja jetzt allein.«

Und dann erzählte sie mir manchmal von ihrem Mann, dem Hubert, der so ein Netter gewesen war. »So ein Netter«, sagte sie immer. Ganz anders als sein Sohn, der Frau Nollers Stiefsohn war und sich als geldgieriger Bursche entpuppte, welcher nach dem Tod des Vaters versuchte, sich das gesamte Erbe unter den Nagel zu reißen. Sogar nach dem Stadthaus von Frau Noller hatte er seine gierigen Finger ausgestreckt. Und dabei *lebte* sie ja von ihren Mieteinnahmen.

»Verstehen Sie, Frau Berger – ich *lebe* doch davon!« Frau Nollers Entrüstung kannte keine Grenzen und ihre großen grünlichen Augen schwammen in den großen weißen Augäpfeln.

Mittlerweile kannte ich jede Einzelheit dieser unglaublichen und unerhörten Geschichte, die stets mit dem endete, was ich das »Noller'sche Apfelgleichnis« getauft hatte. Meine Vermieterin trug es jedes Mal mit der gleichen Emphase und in schönstem Kölsch vor.

»Isch mein«, hub Frau Noller da auch schon mit klagender Stimme an und rollte dramatisch die Augen. »Isch mein, wenn dä eine 'nen janzen Apföllbaum hat und dä andere hat nur den *einen* Apföll – muss denn dann dä mit dem Apföllbaum auch noch den *einen* Apföll haben?« Ihre Stimme zitterte vor Empörung und sie sah mich mit vorwurfsvollem Blick an. Ich schüttelte selbstverständlich den Kopf.

Trotz des bösen Stiefsohns beneidete ich die alte Frau Noller um eine Sache. Immerhin hatte sie ihren Hubert bis zum Schluss geliebt.

Nicht dass ich meinem Ex-Mann wirklich den Tod gewünscht hätte – aber Witwe zu sein wäre eine ehrliche Sache gewesen, ein sauberer Schnitt, ein Abschied für immer. Ich hätte meinen toten Mann in Ehren halten können, hätte mit Lilli Blumen auf das Grab gepflanzt, wäre nicht die »Familienzerstörerin« gewesen, hätte nicht kleinlich um den Unterhalt streiten müssen und überhaupt den ganzen Ärger am Hals gehabt, den ein gemeinsames Sorgerecht mit sich bringt, welches bei größtmöglicher Verantwortung des einen die größtmöglichen Störmanöver des anderen zulässt.

Dummerweise war ich aber keine reiche Witwe, sondern nur eine arm geschiedene Alleinerziehende mit dramatisch überzogenem Bankkonto – das hatte wenig Glanzvolles und klang so anstrengend, wie es war. Ich versuchte irgendwie zu überleben in dieser Zeit. Ich schaute nicht nach rechts und nicht nach links und war froh, wenn ich ohne größere Zwischenfälle durch den Tag kam (und durch die Nacht).

Ich war ein Hamster im Rad, drehte Runde um Runde, und der weise Spruch, dass der Weg das Ziel ist, klang in meinen Ohren wie Hohn.

3

In den nächsten zwei Monaten passierten drei Dinge, die mich aus meinem 24-Stunden-Laufrad warfen. Erstens: Meine EC-Karte wurde eingezogen. Zweitens: Ich bekam zum Valentinstag von meiner Lieblingskollegin ein elektrisches Heizkissen geschenkt. Drittens: Ich erhielt eine Einladung zum Frühlingsbrunch bei Frau Dr. Trundl.

Als ich am 1. Februar zum dritten Mal und mit zunehmender Ungeduld meine Geheimzahl in die Tastatur des Bankomats hämmerte, weil eine Auszahlung angeblich nicht möglich war, verschwand meine blaue Plastikkarte auf Nimmerwiedersehen in den Tiefen der Maschine. Aufgebracht starrte ich in den Schlitz und wartete. Jeder Mensch hat am Ersten eines Monats Geld auf seinem Konto, also wohl auch ich. Versuchsweise drückte ich auf die Taste »Abbruch«, und dann erst bemerkte ich die zarte gelbe Schrift auf dem Bildschirm:

»Karte eingezogen.«

Hinter mir hörte ich ungeduldiges Scharren. Als ich mich schuldbewusst umsah, standen etwa fünf Leute an, die mich wahrscheinlich mittlerweile zum Teufel wünschten.

»Scheint kaputt zu sein«, murmelte ich und steckte mein Portemonnaie wieder in die Handtasche zurück. Obwohl ich mir absolut sicher war, dass sich genügend Geld auf meinem Konto befinden *musste* – immerhin war Ende des Monats nicht nur das normale Gehalt überwiesen worden, sondern auch noch der sogenannte »Januar-Bonus« – den es bei Best & Seller einmal im Jahr für alle Mitarbeiter gab, wenn die Geschäfte gut liefen –, hatte ich sofort dieses ungute Gefühl, das mich immer überfällt, wenn ich in einem öffentlichen Verkehrsmittel sitze und sich plötzlich einer der unauffälligeren Fahrgäste erhebt und mit strenger Miene »Die Fahrkarten, bitte!« ruft. Ich fahre seit meiner Schulzeit *immer* mit gültigem Fahrausweis, dennoch kann ich nicht verhindern, dass mir sofort das Herz bis zum Halse klopft.

Vielleicht hat die Karte einfach einen Kratzer, versuchte ich mich zu beruhigen, als ich das Bankgebäude betrat und mich am Schalter anstellte. Oder ein kleiner Stromausfall war der Grund. So etwas kam vor.

Herr Schnurr sah mich freundlich an mit seinen braunen Teddybär-Knopfaugen, und es ging mir gleich besser.

Herr Schnurr ist mein persönlicher Ansprechpartner bei der Raiffeisenbankfiliale in der Kölner Südstadt. Bei ihm habe ich vor einigen Jahren meinen Bausparvertrag abgeschlossen – als ich noch dachte, ich würde irgendwann einmal im eigenen Haus mit Garten sitzen und selbstgebackenen Pflaumenkuchen auf der Terrasse essen – nun gut, vielleicht nicht gerade in Rodenkirchen oder Marienburg wie Johanna (die Glückliche hatte einen solventen Hautarzt zum Mann), aber vielleicht auf der anderen Seite des Rheins, wo das Wohnen im Grünen noch erschwinglich war.

Außerdem hatte Herr Schnurr mich zum Online-Banking überredet, wofür ich ihm außerordentlich dankbar war, weil es Zeit sparte, und Zeit war – neben Euro – die Währung, von der ich am wenigsten besaß. Wenn es nicht per se so eine traurige Angelegenheit gewesen wäre, das gute Geld von meinem Konto zu überweisen, hätte ich fast behauptet, dass mir das Online-Banking inzwischen einen Riesenspaß machte, wenn ich denn dazu kam.

»Guten Morgen, Frau Berger«, sagte Herr Schnurr. »Was kann ich für Sie tun?«

»Herr Schnurr«, sagte ich aufgeregt. »Was ist los mit dem Geldautomaten? Meine Karte ist gerade eingezogen worden.«

Herr Schnurr lächelte mir zu und verschwand dann hinter seinem Computer. »Einen Moment, das haben wir gleich.«

Als er wieder auftauchte, sah er mich sorgenvoll an.

»Tut mir leid, Frau Berger, mit dem Geldautomaten ist alles in Ordnung. Aber mit Ihrem Konto nicht …«

»Wie – mit meinem Konto nicht, was ist mit meinem Konto?«, sagte ich verwirrt.

»Nun ja … ähäm …« Herr Schnurr beugte sich über den Schalter zu mir und senkte seine Stimme. »Ihr Konto wurde gepfändet.«

»WAS?« Ich merkte, wie ich zu hyperventilieren begann. »Von wem?«

»Von der Stadt.« Er warf einen prüfenden Blick in den Monitor. »Sie haben offenbar eine Nachzahlung an die Kindertagesstätte nicht überwiesen. Sind fünftausend Euro für die letzten drei Jahre.«

»Aber ich zahle *jeden Monat* den Kindergartenbeitrag, wieso wollen die jetzt eine Nachzahlung?«

Herr Schnurr hob die Schultern. »Vielleicht haben Sie sich irgendwann mal zu niedrig eingestuft. Könnte das sein?«

»Und dann pfänden die sofort das ganze Konto? Das sind ja Mafiamethoden! Ich dachte, wir leben in einem Rechtsstaat«, gab ich aufgeregt zurück.

Herr Schnurr bewahrte die Ruhe. »Nun ... in der Regel bekommt man erst einmal zwei Mahnungen von der Stadtverwaltung, aber dann schlagen die zu. Geht ganz schnell.«

Ich schluckte. Und dachte an den Weidenkorb mit den ungeöffneten Briefumschlägen, der unter meinem Schreibtisch stand. Erst jetzt wurde mir bewusst, dass ich seit geraumer Zeit eigentlich nur noch nette private Briefe und Karten las, alles andere kam erst einmal in die »Ablage«.

»Meine Güte, Fritzi!«, hatte Johanna entsetzt ausgerufen, als sie das letzte Mal bei mir war und den vollen Weidenkorb entdeckte. »Du hast vielleicht Nerven! Du musst die Briefe *aufmachen*, besonders die grauen, das sind die wichtigen! Sonst kommst du noch irgendwann ins Gefängnis!«

»Alles zu seiner Zeit.« Ich hatte lässig abgewunken und gelacht. Jetzt stöhnte ich.

»Oh, mein Gott!« Ich sah meinen persönlichen Bankberater mit geweiteten Augen an. »Wie viel ist denn überhaupt noch drauf auf dem Konto?«

Herr Schnurr wiegte sein Haupt bedenklich. »Abzüglich der fünftausend Euro haben wir« – er sagte *wir,* wie ein Arzt das bei seinem Patienten macht, und das rechnete ich ihm hoch an – »haben wir noch dreiunddreißig Euro und fünfzig Cent – ich meine, dann ist Ihr *Dispo* ausgeschöpft.«

»Oh, mein Gott!«, murmelte ich wieder, und meine natürliche Schlagfertigkeit lag sicherlich noch weit unter dem, was man sonst für fünf Cent auf deutschen Bühnen zu hören bekommen hätte.

»Und was machen wir jetzt?« Das Zittern in meiner Stimme war nicht zu überhören. Was macht man, wenn am Ersten des Monats schon der ganze Dispo ausgeschöpft ist?

»Jetzt rufen Sie erst mal bei der Stadtverwaltung an und klären die Sache. Und dann muss das Geld umgehend überwiesen werden. Sonst werden nämlich auch Ihre ganzen Daueraufträge nicht angewiesen.« Er versuchte Zuversicht zu verbreiten. »Wir finden schon eine Lösung, Frau Berger.«

Mit hängenden Schultern schlich ich zum Ausgang zurück. Eine Rentnerin mit violett gefärbten Haaren sah mich mitleidig an, als sich die Glastür des Bankgebäudes vor mir öffnete. »Wird schon wieder, Kindchen. Ist nur Geld«, sagte sie und wackelte aufmunternd mit dem Kopf.

Ich stieg wie betäubt in meinen alten dunkelblauen Volvo und betete, dass der jetzt nicht auch noch versagte. Doch mein treuer Weggefährte aus schwedischem Metall sprang nach drei Versuchen zuverlässig an. Ich lenkte ihn mechanisch nach Hause, wo Mona mit Lilli

Mau-Mau spielte und nicht ahnte, dass ich derzeit nicht einmal in der Lage war, das Babysitter-Geld zu bezahlen. Immerhin studierte Mona Sozialpädagogik und hatte schon einige Einblicke in die finanziellen und menschlichen Abgründe von Familien in Not nehmen dürfen.

»Gepfändet« – das Wort hämmerte in meinen Ohren. Es klang nach Pleite, privater Insolvenz und kriminellen Machenschaften, es klang nach »nicht gesellschaftsfähig«. Und wie, bitte schön, sollte ich mit dreiunddreißig Euro und fünfzig Cent den Monat bestreiten?

Meine Verarmungsängste stiegen mit jedem gefahrenen Meter. Es war klar, dass der soziale Absturz nicht mehr aufzuhalten war. Ich würde meine schöne Dreieinhalb-Zimmer-Altbauwohnung in Frau Nollers Stadthaus verlassen und in ein Hochhaus ziehen müssen. Zwei Zimmer ohne Balkon in einem sozialen Brennpunkt, wo man nachts die Schreie geschlagener Frauen und das Gegröle betrunkener Männer hört. Meine kleine Lilli würde auf einer Grundschule mit 95 Prozent Ausländeranteil jeden Tag ihr Leben aufs Spiel setzen. Resignierte Lehrer, die ihre Schüler im Unterricht Ghetto-Lieder rappen ließen, welche in der Hauptsache aus Kraftausdrücken wie »schwul« und »Sau« und »eyischmachdischfertischalter« bestanden. Klappmesser und Joints in allen Hosentaschen. Ich würde Lilli einen Pfefferspray besorgen müssen.

Ich war so fertig von meinem persönlichen Horror-Video, dass ich vor einer grünen Ampel anhielt, weil ich dachte, es sei rot.

Hinter mir hupte es, aber ich reagierte nicht. Dann klopfte es energisch an die Scheibe und das Gesicht eines Polizisten tauchte auf.

Ich rutschte vor Schreck tiefer in meinen Sitz. Wahrscheinlich arbeitete die Pfändungsbehörde Hand in Hand mit der örtlichen Polizei. Zögernd drückte ich auf den automatischen Fensterheber und ließ die Scheibe heruntergleiten.

»Ich überweise das Geld noch heute«, stieß ich hervor, und das Blut schoss mir ins Gesicht.

Der Polizist sah mich erstaunt an. »Es kostet nur was, wenn man bei Rot rüberfährt, nicht wenn man bei Grün bremst«, sagte er langsam. »Trotzdem sollten Sie wenigstens den Blinker setzen, wenn Sie so unvermittelt an einer Ampel stehen bleiben, das kann sonst gefährlich werden.«

Ich nickte stumm und drückte den Blinker herunter.

»Ist alles in Ordnung mit Ihnen?«

Ich nickte noch heftiger und bemühte mich, die Tränen zurückzuhalten.

Der Polizist tippte verlegen an seine Mütze, und dann hörten wir beide, wie mein Handy in der Handtasche klingelte. Ich rutschte nervös auf meinem Sitz herum. Vielleicht war das Mona? Ich erinnerte mich plötzlich, dass Lilli am Morgen etwas von einem wehen Bauch gesagt hatte. Es war Mona, ich war mir sicher!

Der Polizist sah meinen flackernden Blick und hatte Erbarmen.

»Nun gehen Sie schon ran, aber machen Sie's kurz. Telefonieren ist nur auf dem Seitenstreifen erlaubt.«

Ich riss mein Mobiltelefon aus der Handtasche, doch der Himmel hatte ein Einsehen. Zumindest an diesem Tag sollte es keine weiteren Hiobsbotschaften mehr für mich geben. Am Apparat war nicht Babysitterin Mona, sondern meine beste Freundin Johanna.

»Kommst du heute Abend mit ins Kino?«, fragte sie.

»Ich kann jetzt nicht, die Polizei steht direkt neben mir«, flüsterte ich beschwörend.

»Die Polizei? Ist was passiert?«

»Kann man wohl sagen«, entgegnete ich und machte die in dieser Situation völlig sinnlose semantische Entdeckung, dass das Wort »passieren« in unserer Zeit eigentlich nur noch in negativen Zusammenhängen gebraucht wird. Ich fand das sehr bedauerlich. Immerhin können theoretisch ja auch schöne Dinge passieren.

»Ich werde nie mehr ins Kino gehen können«, erklärte ich düster, als Johanna am Abend bei mir in der Küche saß und nachdenklich in ihrem Tee rührte. Im Weidenkorb hatte ich die erste Mahnung gefunden und auch die zweite, das Geld war angewiesen, der Dispo war kurzfristig hochgesetzt worden, die Pfändung aufgehoben, Mona hatte angeboten, vorübergehend auch ohne Bezahlung auf Lilli aufzupassen, und nun überlegte ich zusammen mit Johanna, was ich tun konnte, um mein marodes Konto nachhaltig aufzufüllen.

»Hast du denn gar nichts mehr auf der hohen Kante?«

Ich schüttelte betrübt den Kopf. Ich hatte mein Geld immer irgendwie ausgegeben, und das, was dann noch da war, war von den hohen Anwaltskosten verschlungen worden.

»Vielleicht könntest du um eine Gehaltserhöhung bitten oder dir schon vorab dein Urlaubsgeld auszahlen lassen.«

»Haha«, sagte ich. »Bei Best & Seller gibt's keine Gehaltserhöhungen und schon gar nicht einfach so. Die Trundl hustet mir was.«

»Was ist mit deiner Mutter?«

»Um Gottes willen, nicht meine Mutter! Die macht sich seit Papas Tod und meiner Scheidung sowieso immerzu Sorgen. Wenn ich ihr das mit der Pfändung erzähle, kriegt sie auch noch einen Herzinfarkt. Außerdem ist sie im Moment in Amerika bei meiner Schwester.«

Ich versenkte nacheinander fünf Löffel Honig in meinem Tee und dachte angestrengt nach. »Weißt du, ich kaufe ab jetzt einfach nur noch Schwarzbrot vom Aldi und Käse und Haferflocken. Das ist gesund und nahrhaft. Ich spare jetzt einfach wie verrückt.«

»Fritzi, du *kannst* gar nicht sparen. So bist du nicht.« Johanna zupfte eine Fluse von ihrem weichen grauen Strickkleid, das ihre überschlanke Silhouette umschmeichelte. »Außerdem ist vom Sparen noch niemand reich geworden. Mach dir lieber Gedanken darüber, wie du zu Geld kommen kannst.«

»Putzen? Lotto spielen? Telefonsex? Kellnern?« Ich zählte meine Optionen an einer Hand ab. Die letzte schien mir realistisch. »Ich könnte doch an den Wochenenden kellnern, wenn Lilli bei Mr. X ist – hab ich im Studium auch gemacht. Als Barkeeper verdient man gar nicht schlecht.«

Johanna verdrehte die Augen. »Und wann willst du mal schlafen? Kannst du nicht etwas Sinnvolleres machen? Wie wär's mit Englisch-Nachhilfe? Du hast doch auch Anglistik studiert und liest jeden Tag deine englischen Bücher und Manuskripte. Und die Eltern zahlen heute jeden Preis, so verzweifelt wie die alle sind mit diesem blöden G8.«

»Hmmm«, machte ich unwillig. Johanna gab Klavierunterricht an der Musikschule und sie war eine wunderbare Pädagogin. Ich hingegen erinnerte mich noch gut an jene schrecklichen Englisch-Sitzungen mit meiner kleinen Schwester, die mit schöner Regelmäßigkeit in lautem Geschrei endeten, weil ich einfach zu ungeduldig war, und am Ende schrie ich entnervt, ob sie es *immer noch nicht verstanden hätte*, und sie heulte »Du bist total gemein!« und warf aus Protest ihre Hefte auf den Boden.

Inzwischen war meine kleine Schwester zwei Köpfe größer als ich und redete Englisch wie ein *native speaker*, weswegen ich kein schlechtes Gewissen mehr haben musste. Katharina, die sich jetzt Cathy nannte, hatte vor vier Jahren einen Biologie-Professor aus Chicago geheiratet und lebte nun ganz vergnügt mit ihrem Mann und zwei Baseball begeisterten kleinen Söhnen in der *windy city*, wo meine Mutter sie zwei Mal im Jahr für ein paar Wochen besuchte. Cathys Thanksgiving-Essen waren spektakulär, einmal hatte sie uns auch in *good old Germany* mit einem goldgebräunten Truthahn beglückt, und Lilli war inzwischen komplett ausgestattet mit Kappen, Kapuzenpullis und T-Shirts von den Chicago White Sox.

»Ich bin als Lehrerin völlig unbrauchbar, ehrlich«, seufzte ich und dachte, dass ich wohl so schnell nicht mehr nach Chicago kommen würde. Dann kam mir eine Idee und ich verschluckte mich beinahe an meinem heißen Tee. »Aber ich könnte doch ein Zimmer an einen Piloten vermieten. Oder an Messegäste. Die suchen doch immer private Unterkünfte. Ich schlafe dann einfach im Wohnzimmer in der Zeit. Oder im Kinderzimmer. Lilli wandert eh jede Nacht in mein Bett.«

»Also, bitte, Friederike! Das ist jetzt nicht dein Ernst, oder? Deine Wohnung ist doch gar nicht für Übernachtungsgäste geeignet. Allerdings ... so ein attraktiver Pilot, da hättest du wenigstens mal ab und zu einen Mann im Haus. So wie du im Moment lebst, wirst du nämlich nie mehr irgendjemand finden.«

Johanna war bei ihrem Lieblingsthema angekommen. Aber es war nicht mein Lieblingsthema.

»Mein Leben ist auch so schon anstrengend genug«, entgegnete ich unwillig. »Und es ist so wahnsinnig anstrengend, *irgendjemand* zu finden. Was soll ich auch mit *irgendjemand*? Kannst du mir das mal verraten?«

Johanna rutschte mit ihrem Stuhl um den Küchentisch, legte mir den Arm um die Schultern und sah mich mit glänzenden Augen an.

»Es wäre dann ja nicht mehr *irgend jemand*, sondern der Richtige«, sagte sie aufmunternd und lächelte ihr breites Audrey-Hepburn-Lächeln.

Das Lächeln war das Erste gewesen, was mir an ihr aufgefallen war, damals bei dieser langweiligen Ausstellungseröffnung in einer Kölner Galerie vor zwölf Jahren. Es war schwer, ja, kaum möglich, sich diesem Lächeln zu entziehen. Es war entwaffnend, charmant und fröhlich. Und so hieß sie auch: Johanna Fröhlich.

»Ach, komm, Gracie – ich wette, in einem Jahr oder so sitzt du mit einem Cary Grant irgendwo an der Côte d'Azur und dein Bankkonto ist so gut gefüllt, dass es fast platzt. Immerhin spielt dein Schwarm doch einen Juwelendieb, nicht wahr?«

Ich lächelte wider Willen. Normalerweise zog mich Johanna immer mit meinen »Über-den-Dächern-von-Nizza-Phantasien« auf. »Nizza – was für ein Klischee!«, sagte sie, oder »Hilfe, meine Freundin hält sich für Grace Kelly!«.

Aber ich war entzückt, als ich herausfand, dass sie meinen Lieblingsfilm noch nie gesehen hatte und ich diese cineastische Lücke schließen durfte.

»Mutter wird *begeistert* sein«, zitierte ich den berühmten Schlusssatz des Films in dem halbherzigen Versuch, auch ein bisschen witzig zu sein.

»Ja, wir alle werden dich beneiden!«, schwärmte Johanna. »Und bis dahin kann dir deine alte Freundin ein bisschen aushelfen. Ich hab noch einen Notgroschen, von dem weiß nicht mal Paul etwas.« Sie warf mir einen verschwörerischen Blick zu.

»Ach, du«, sagte ich gerührt. »Nein, also, das ist … das ist … also wirklich, ich weiß gar nicht, was ich sagen soll.« Ich wollte wirklich nicht, dass Johanna ihren »Notgroschen« für mich hergab, aber in diesem Augenblick hätte ich meine Freundin für keinen Mann der Welt eingetauscht. Nicht mal für Cary Grant.

Am nächsten Morgen kündigte ich meinen Bausparvertrag – vorzeitig und mit einem deutlichen Verlust. Es gab Schlimmeres und nun war wieder ein einigermaßen stattlicher Betrag auf meinem Konto.

Ich war so erleichtert, dass ich mir in der Mittagspause die teuerste Handtasche meines Lebens kaufte. Elfriede Stricker fiel fast von ihrem Stuhl und fragte mich, ob ich eine Erbschaft gemacht hätte.

»Nicht ganz«, sagte ich. »Ich hab grad meine Anzahlung auf ein Eigenheim in den Sand gesetzt.« Danach reichte ich einen Urlaubsschein ein und fuhr mit Lilli eine Woche zum Skilaufen ins Montafon.

Und während meine kleine Tochter jauchzend und mit großer Begeisterung den ersten Skikurs ihres Lebens absolvierte und meine Freunde und Kollegen sich in den Kölner Karneval stürzten, saß ich mit einer heißen Schokolade draußen in der Sonne, sah auf die schneebedeckten Berge und vermisste nichts.

4

Wenn man zum Valentinstag von seiner liebsten Kollegin ein elektrisches Heizkissen geschenkt bekommt, sollte man anfangen, sich Gedanken über sein Leben zu machen.

Als ich das in Rosenpapier eingewickelte Päckchen, das ich morgens auf meinem Schreibtisch vorfand, aufgemacht hatte, wusste ich nicht, ob ich lachen oder weinen sollte. Ich glaube, es war das erste Mal, dass ich überhaupt von einer Frau etwas zum Valentinstag bekam. Vielleicht war das der Anbruch einer neuen Ära. Dennoch – bei einem neuen Schminktäschchen wäre ich nicht so ins Grübeln gekommen. Bei elektrischen Heizkissen dachte ich normalerweise an alte Frauen, die mit morschen Knochen in ihren Betten lagen und irgendwann vergaßen, ihr Wärmekissen auszuschalten, und auf diese Weise ganze Schlösser oder Seniorenresidenzen in Brand setzten.

Ich musste wohl schon eine ganze Weile auf mein Geschenk gestarrt haben, denn Jasmin sah sich zu einer Erklärung genötigt.

»Ich dachte nur, weil du doch gesagt hast, dass du immer so kalte Füße hast«, meinte sie. Jasmin war sieben Jahre jünger als ich und frisch verliebt – sie hatte vor einem halben Jahr auf einer »After-Work-Party« am Düsseldorfer Rheinufer einen Ingenieur kennengelernt und brauchte sicher kein Heizkissen, das ihr nachts die Füße wärmte.

Auf ihrem Schreibtisch stand ein riesiger Strauß roter Rosen, von ihrem Liebsten in den Verlag geschickt, und für mich war nun offenbar auch ein neuer Lebensabschnitt eingeläutet, der einsame Abende mit einem geblümten Heizkissen in Aussicht stellte.

»Wie lieb von dir, danke!« Andächtig strich ich über den Frottee-Überzug und fragte mich, ob eigentlich alle alleinstehenden Frauen in meinem Alter diese Heizkissen hatten und nur niemand darüber sprach.

»Du bist mir aber nicht böse, wenn ich es jetzt in den Schreibtisch räume, oder?«, sagte ich schließlich. »Es muss ja nicht gleich jeder sehen, mit wem ich meine Nächte verbringe.«

Jasmin lachte ihr silberhelles Lachen. »Ist nur für den Übergang.« Sie zwinkerte mir zu. »Glaub mir, so ein Heizkissen ist voll gemütlich. Ich hatte selbst mal eins, aber das verstaubt jetzt oben auf dem Kleiderschrank.«

Ich weiß nicht, ob es das Heizkissen war, das mich auf unverhältnismäßige Weise aus dem Gleichgewicht brachte – jedenfalls ging ich an diesem Tag nach der

Arbeit in die Stadt und kaufte mir ein wunderschönes crèmeweißes Kleid aus feinem Strick mit dazu passender Jacke, die oben am Ausschnitt mit einem kleinen flauschigen Pelzkragen besetzt war. In den letzten Monaten hatte ich bestimmt fünfzehn Kilo abgenommen – ich war so dünn, wie ich es nie mehr in meinem Leben für möglich gehalten hätte, und die Verkäuferin klatschte vor Begeisterung fast in die Hände, als ich, für mich selbst überraschend, in meinem Kleidchen Größe 36 vor dem großen Spiegel stand. Immerhin – das war ein starker Trost, trotz allem!

Ich zog die weichen Strickärmel an den Handgelenken noch etwas nach unten und gefiel mir in der Rolle der verlorenen Winterprinzessin.

»Es sieht bezaubernd aus, ganz bezaubernd«, jauchzte die Verkäuferin. »Gerade mit den hochgesteckten Haaren – und dieser helle Pelzkragen schmeichelt Ihnen sehr.«

Ich wollte gern bezaubernd sein und beschloss, mir das Pelzchenkleid selbst zum Valentinstag zu schenken. Das war wohl das Mindeste, was man in meiner Situation tun konnte.

Als ich nach draußen trat, war die Stadt voll von glücklichen Paaren, die Hand in Hand durch die Straßen schlenderten und vor den mit Herzen bemalten Menu-Angeboten der Restaurants stehen blieben, um ihre Zweisamkeit zu feiern.

Mag sein, dass ich an diesem Abend die einzige Frau unter sechzig war, die ohne männliche Begleitung nach Hause ging. Ich freute mich trotzdem. Ich drückte meine große Tüte fest an mich, und als ich das Kleid später behutsam aus dem feinen Seidenpapier wickelte, an den Kleiderschrank hängte und vom Bett aus betrachtete, die Füße wohlig auf dem warmen Heizkissen ausgestreckt, überlegte ich, wann ich es wohl das erste Mal anziehen würde.

5

»Gute Arbeit, Frau Berger, ich habe nichts anderes von Ihnen erwartet.«

Die Verlegerin saß hinter ihrem gigantischen Schreibtisch und blätterte durch meine Präsentationsmappe zum Thema »Women in Misery«, die ich für die Vertretertagung erstellt hatte.

Am Wochenende war Lilli bei ihrem Vater gewesen, und ich hatte bis in die Nacht hinter dem Computer gesessen, um meine Arbeit zu Ende zu bringen und dem in der Berufswelt verbreiteten Vorurteil entgegenzuwirken, dass Alleinerziehende unzuverlässig sind und nichts auf die Reihe kriegen.

»*Women in Misery*? Was ist das – bist du jetzt auf dem Selbstfindungstrip?«, hatte mich Johanna gefragt, als sie die Mappe bei mir zu Hause entdeckte. Und ich hatte ihr versucht zu erklären, dass wir bei Best & Seller unter dieser Bezeichnung alle Bücher verstehen, in denen es um unglückliche, geschlagene, kranke oder sonst wie vom Leben gebeutelte Frauen mit und ohne Migrationshintergrund geht.

Johanna hatte die Stirn gerunzelt. »Aha. Und warum macht man dazu einen Folder?« Interessiert sah sie sich die von mir gescannten Buchumschläge von Bestsellern anderer Verlage an.

»Na ja – Frau Dr. Trundl ist der Ansicht, dass wir in diesem Genre noch etwas schwach auf der Brust sind.« Ich versuchte Johanna in das Fachchinesisch des heutigen Verlagswesens einzuführen. »Nimm zum Beispiel *Love and Landscape* – also in diesem Genre sind wir sozusagen der Marktführer. *Love and Landscape* ist die Lieblingsspielwiese von der alten Trundl. Da ist sie echt unschlagbar.«

Meine Freundin legte den Kopf schief und sah mich fragend an. »Liebe und Landschaft«, übersetzte sie. »Was muss ich mir jetzt darunter vorstellen?«

»Na, du weißt schon – all diese Schmackofatzromane, die in Cornwall spielen oder Australien oder Neuseeland. Landschaft, Frau, Familiengeheimnis, Briefe auf dem Dachboden. Einmal die ganze Pilcher rauf und runter. Nicht so frech wie die Titel, die wir unter *Sex and the City* einordnen.«

»Okaaaay.« Johanna hatte verstanden.

»Und das hier«, ich wedelte stolz mit dem roten Schnellhefter vor ihrer Nase herum, »das ist so eine Art Konkurrenzanalyse – die brauchen wir, um angreifen zu können.«

»Angreifen?«, sagte Johanna. »Ich denke, du arbeitest in einem Verlag.«

Meine Freundin lebt, was ihre Vorstellung von Verlagen angeht, noch in der Nachkriegszeit. Sie denkt bei diesem Wort sofort an Literatur und geistigen Hochadel und ist irgendwo bei der die Branche damals revolutionierenden Neuerung durch die Rowohlt-Rotations-Romane stehengeblieben.

Ich habe auch mal so gedacht, aber das war, bevor ich nach Studium und Zeitungsvolontariat bei Best & Seller anfing.

Glücklicherweise gab es damals schon Frau Dr. Trundl und die erklärte mir ohne Umschweife gleich in einer meiner ersten Lektoratskonferenzen, was Sache war.

Frau Dr. Gisela Trundl ist etwa so groß wie ich und doppelt so breit, sie kann sehr emotional werden, dann verfällt sie in den Dialekt ihrer Heimat und sagt Dinge wie »Ja, gibt's däs?« oder »Was will der blöde Säckl jetzt schon wieder?«.

Wie die meisten Menschen aus dem Schwabenland war sie nicht gerade der Typ, der mit Lob und Anerkennung nur so um sich wirft. Wenn Frau Dr. Trundl also »Gute Arbeit!« knarzte, dann konnte man sich schon etwas darauf einbilden.

Seit zwanzig Jahren leitete sie nun schon zusammen mit ihrem Mann, der von allen nur »Der Verleger« genannt wurde, den Best & Seller Verlag. Vor einigen Jahren hatte sich »Der Verleger« aus dem operativen Geschäft zurückgezogen und die Geschäfte ganz in die Hände seiner Frau gegeben. Frau Dr. Trundl galt als ein Urgestein der Branche, und man sagte ihr nach, dass sie eine knallharte Verhandlerin war und sehr *down to earth* (trotz des schwarzen Z3, mit dem sie in halsbrecherischem Tempo durch die Gegend raste). Und in der Tat hatte sie in all den Jahren etliche Bücher auf die Bestsellerliste gebracht.

»›Der letzte Tanz des grünen Bären‹ – was soll das sein? Mir scheint, Sie sind nicht auf der Rille, Frau Berger«, hatte sie zu mir gesagt, als ich im ersten Sommer meiner

Karriere bei Best & Seller unbedarft und mit großem Enthusiasmus einen beeindruckenden Erstlingsroman aus dem für mich über jede Kritik erhabenen amerikanischen Verlagshaus Farrar, Straus and Giroux vorgestellt und zum Einkauf der deutschen Rechte geraten hatte.

»Aber – das ist … das ist … ganz große Literatur«, stammelte ich und wurde rot. Ich meinte dies beurteilen zu können, immerhin hatte ich am Ende meines Volontariats für den Kulturteil der Zeitung geschrieben.

»Und wer soll das lesen?«, entgegnete die Verlegerin ruhig.

»Na, ich hoffe doch alle«, meinte ich und sah in die Runde meiner Kollegen. Ein großes, träges Schweigen machte sich im Konferenzraum breit. Die Hitze war an diesem Tag unerträglich, aber das war wohl kaum der Grund, weshalb keiner etwas sagte.

Frau Dr. Trundl lächelte fein und blickte mich über ihre rot umrandete Lesebrille hinweg scharf an. »Klingt gut«, sagte sie lauernd, und mir war noch nicht klar, dass jetzt eine Nachhilfestunde zum Thema »Verkäufliche Bücher« folgen würde.

»Wo würden Sie den Roman denn einordnen, wenn der Buchhändler Sie fragt, in welche Kategorie er passt? Ist es ein Thriller? Ein Schmöker? Ein historischer Roman? Fantasy? *All age? Coming of Age? Chick lit? Mom lit? Inspirational? Love and Landscape, Sex and the City* oder *Stupid Young Men*?« Sie rasselte gebetsmühlenartig die verschiedenen Bezeichnungen herunter, mit denen man sich bei uns im Hause verständigte, und mir schwirrte der Kopf.

»Tja … also … äh …«, stotterte ich. »Ich will mal so sagen … es ist einfach ein gutes Buch, ein wirklich, wirklich großartiger Roman. So etwas findet man selten.«

»Ein *Non-Genre*-Buch, mit anderen Worten.« Frau Dr. Trundl zog ein Gesicht, als hätte sie den Anti-Christ gesehen, und ich wunderte mich, dass man in einem so großen Haus die einzigen Bücher, die *wirklich* gut waren, mit einem Negativ-Partikel bezeichnete, als hätten sie einen Makel.

»Meine liebe Frau Berger, wir machen hier *Bestseller,* wie der Name des Verlages schon sagt, und die müssen idealerweise in eine der gängigen Schubladen passen. Unsere Bücher wollen *unterhalten.* Stellen Sie sich das Wort ›Unterhaltungsliteratur‹ vor und streichen Sie dann einfach ›literatur‹ weg. Literarische Romane, die irgendwo bei achthundert Exemplaren herumdümpeln, können und wollen wir uns nicht leisten. Wenn Sie danach streben, sollten Sie sich einen kleinen, feinen Verlag suchen, der noch an die intellektuelle Neugier seiner Leser glaubt.«

Mit diesen Worten war das Thema für Frau Dr. Trundl vom Tisch, und sie nickte wohlwollend Hartmut Resch zu, unserem Cheflektor mit dem Spezialgebiet Fantastische Literatur (wenn man das überhaupt noch so sagen durfte). Seitdem sich die Vampire erfolgreich durch die internationalen Bestsellerlisten bissen, war Hartmut Reschs Ansehen bei Best & Seller katapultartig in die Höhe geschnellt. Ein Außenseitergenre war – wer hätte das gedacht? – plötzlich auch ein *must have* für alle Deutschen geworden.

»Nun, Herr Resch, was läuft denn so an der Draculafront?«

Resch rückte seine runde Nickelbrille geschäftig nach oben. »Wiedergänger, Frau Dr. Trundl, Wiedergänger«, sagte er mit gewichtiger Miene. »Die lösen jetzt die Vampire ab.«

»Aber ...«, sagte ich zeitgleich.

»Ja?« Frau Dr. Trundl sah mich an, als hätte ich die Gestalt von Gollum aus dem »Herrn der Ringe« angenommen. »Was gibt's denn noch?«

»Entschuldigen Sie, dass ich noch einmal darauf zurückkomme«, beharrte ich und wollte doch noch eine Lanze für die ausgemusterte Literatur brechen. »Man kann doch nicht per se sagen, dass Literatur unverkäuflich ist. Ich meine ... was ist mit John Irving, mit Carlos Ruiz Zafón oder Umberto Eco? Andere Verlage machen doch auch Geld, viel Geld sogar, mit Literatur.«

Die Verlegerin seufzte. »Andere Verlage vielleicht – aber bei uns wären das keine Bestseller geworden. Bei uns werden nur Bestseller Bestseller, verstehen Sie?« Zufrieden über ihre tautologische Schlussfolgerung ließ sie sich in ihrem Stuhl zurückkrachen wie Gertrude Stein und schenkte mir einen nachsichtigen Blick.

»Hören Sie, wir reden hier doch nicht darüber, was Sie auf Ihrem Nachttisch als Lektüre liegen haben«, sie senkte ihre Stimme und um ihre Mundwinkel zuckte ein Lächeln, »oder ich. Fühlen Sie sich frei, sich die gesamte Literaturbeilage der FAZ zum Kollegenrabatt bei den entsprechenden Verlagen zu bestellen. Ich habe nichts dagegen und würde es sogar sehr begrüßen. Doch bei Best & Seller herrschen andere Gesetze.«

Sie wischte sich kurz mit dem Taschentuch über die Stirn, bevor sie mir mit einem Ausflug in die Gastronomie ein anschauliches Beispiel lieferte. »Wenn Sie zu McDonald's fahren, was erwarten Sie da? Na? Wohl doch keine Nouvelle Cuisine und einen Châteauneuf-du-Pape, was? Ha noi – dann wollen Sie einen saftigen Big Mac mit Pommes und eine eiskalte Cola.« Sie griff nach einer Mappe, die vor ihr auf dem Konferenztisch lag, und fächelte sich etwas Luft zu. »Ich hätte gerade im Moment nichts gegen eine eiskalte Cola, muss ich sagen.«

Alle lachten, und ich beugte mich ihrer bodenständigen und anschaulichen Argumentation. Auch ich hätte in diesem Moment nichts gegen eine eiskalte Cola gehabt.

Als ich der Verlegerin nun gegenübersaß, musste ich lächelnd daran denken, dass ich im Laufe meiner Jahre bei Best & Seller schon ziemlich »BS« geworden war – wie sie es ausgedrückt hätte.

»Der ist noch nicht *ganz* BS«, hatte sie erst vor ein paar Wochen über unseren neuen Marketingleiter gesagt, der sich erst einmal mit den Gesetzen des Hauses vertraut machen musste. »Aber ich bin sehr zuversichtlich.« Ich jedenfalls war nach Best & Seller-Kriterien mittlerweile sicherlich schon ein echter Hardliner.

Ich spürte Frau Dr. Trundls prüfenden Blick auf mir ruhen. Dass ich inzwischen geschieden war, hatte sich im Kollegenkreis herumgesprochen, und die Verlegerin war eine der Ersten, die ich über meinen zukünftigen Familienstand informiert hatte.

»Wie geht's denn so bei Ihnen?«, fragte sie jetzt. »Kommen Sie klar? Sie sind ein bisschen schmal geworden.«

»Oh ja, alles bestens«, sagte ich und versuchte die Tatsache auszublenden, dass ich eigentlich kaum noch schlief. Napoleon hatte schließlich auch mit vier bis fünf Stunden Schlaf seine Feldzüge erfolgreich durchgeführt. »Im Grunde muss man sich nur ein bisschen anders organisieren, dann ist alles ganz einfach.«

Es ist eine altbekannte Tatsache, dass die Menschen, denen das Chaos über den Kopf zu wachsen droht, immer die längsten *To do*-Listen haben. Meine Liste wies derzeit einhundertachtundzwanzig unerledigte Dinge auf, und für jeden Punkt, den ich durchstreichen konnte, kamen erschreckenderweise sofort drei weitere hinzu. Ich lavierte mich so gut es ging durch mein übervolles Leben und bemühte mich, das Wichtigste zuerst zu machen. Aber es gelang mir nicht immer. Es war so viel übersichtlicher und netter, einen kleinen Kuchen zu backen (der gar nicht auf der Liste gestanden hatte), als sich durch die Formulare der Steuererklärung zu quälen oder die Sache mit dem nicht mehr begehbaren Keller in Angriff zu nehmen. Und manchmal war es eben einfach tröstlicher, einen kostbaren Abend mit ein paar alten Folgen von Ally McBeal zu verplempern und sich anschließend mit dem tröstlichen Gefühl ins Bett zu legen, dass es der armen Ally auch nicht besser ging als einem selbst.

»Und finanziell? Kommen Sie zurecht«, bohrte Frau Dr. Trundl nach.

»Ja, klar«, sagte ich und dachte an meinen vorzeitig aufgelösten Bausparvertrag, der immer weiter zusammenschmolz. Ich nickte mir selbst aufmunternd zu, im Moment war ich ja ausnahmsweise mal nicht im Minus. »Außerdem habe ich ja jetzt wieder eine volle Stelle, und meine kleine Tochter ist in der Kita gut aufgehoben. Sie geht sehr gern dorthin. Und für den Notfall gibt es ja auch noch meine Mutter und eine sehr zuverlässige Babysitterin.«

Man musste seinen Vorgesetzten gegenüber immer signalisieren, dass man an der *home front* alles im Griff hatte. Nur dann hatte man vielleicht eine kleine Chance, auch mal an die interessanteren Projekte ranzukommen.

Die Verlegerin hauchte gegen ihre Brille und putzte sie zufrieden. »Schön, schön«, sagte sie. »Wissen Sie, Frau Berger, ich finde Ihre Haltung wirklich bemerkenswert. Ich muss gestehen, ich habe Sie am Anfang unterschätzt. Wenn man mal bedenkt, in was für einer Situation Sie stecken. Die meisten Mitarbeiter jammern einem immerzu damit die Ohren voll, wie überlastet sie sind und was sie alles wegschaffen. Sie tun das nie.«

Ich merkte, wie ich vor Freude rot wurde. »Oh. Danke! Na ja, ich meine … das ganze Gejammer bringt einen ja letztlich auch nicht weiter.«

»Sehr richtig.« Frau Dr. Trundl nickte. In ihrem Büro stapelten sich Bücher und Manuskripte, die in beängstigend schiefen Türmen vom Boden emporwuchsen. Sie kniff die Augen zusammen und ließ ihren Blick über das vollgestopfte Zimmer schweifen. Dann sah sie mich wieder an und ließ mich für einen kurzen Moment in ihre Seele blicken.

»All dieses austauschbare Zeug«, sagte sie. »Manchmal kann ich's nicht mehr sehen. Was für ein *bullshit*. Vielleicht sollte man einfach ein Streichholz dranhalten. Wär auch kein Verlust.«

Ich sah sie erstaunt an, und sie grinste. »Ha, i läs net gern!«, bekannte sie freimütig. »Jedenfalls nicht diesen Schmonzes!«

Und dann fragte sie mich, ob ich Zeit und Lust hätte, künftig Alexa Werner zu betreuen, eine aufstrebende Hamburger Thriller-Autorin, die mit ihrem ersten Roman bei uns einen echten Überraschungserfolg gelandet hatte und nun an ihrem zweiten Buch schrieb.

»Dann müssten Sie Anfang Mai nach Hamburg, um mit der Autorin zu arbeiten, da ist sie mit dem Manuskript fertig.«

»Kein Problem, ich bin ganz flexibel«, beeilte ich mich zu sagen und glaubte es in diesem Moment fast selbst. Dann fiel mir etwas ein.

»Aber was ist mit Frau Kaminski? Hat die nicht den ersten Roman mit Frau Werner gemacht?« Ich erinnerte mich plötzlich ganz deutlich daran, dass Anita Kaminski vor zwei Jahren unter großem Getöse ihr nervenaufreibendes Lektorat mit Alexa Werner zu Ende gebracht hatte.

»Also, Kinder, ihr glaubt es nicht, aber ich musste *jeden Satz* umschreiben«, hatte sie getönt und dramatisch ihre himmelblauen Augen verdreht. Wenn man ihren Berichten Glauben schenken durfte, war nicht die Autorin, sondern sie selbst es gewesen, die dieses Buch geschrieben hatte. Und als »Blutrausch« dann für ein paar Wochen den Sprung auf die Bestsellerliste schaffte, ließ Anita Kaminski keine Gelegenheit aus, jedem, der es hören oder auch nicht hören wollte, zu erklären, dass »Alexa« ihr ewig dankbar sein konnte. Seit dieser Zeit hieß es nur noch »Alexa und ich« – klar, dass sich Anita mit Alexa duzte, sie waren ja jetzt so was wie Schwestern im Geiste.

Eigentlich bin ich jemand, der noch an jedem Menschen etwas Nettes findet. Aber bei Anita Kaminski versagte mein Talent. Sie war so etwas wie eine natürliche Feindin für mich. Sie war das dunkle Loch im Verlagsuniversum und verbreitete in der Regel schlechte Neuigkeiten. Außerdem musste man ungeheuer aufpassen mit dem, was man ihr erzählte, denn man konnte sicher sein, dass Anita es irgendwann gegen einen verwenden würde. Sie wanzte sich mit solch durchsichtigen Komplimenten an die männlichen Abteilungsleiter heran, dass es einem ganz schlecht werden konnte davon. Doch oft genug ging die Rechnung auf, und Jasmin und ich fragten uns manchmal, wie platt eine Schmeichelei sein musste, um als solche von halbwegs intelligenten Männern noch erkannt zu werden.

»Da gibt's nach unten keine Grenze«, flüsterte Jasmin mir zu, als die Kaminski wieder einmal scherzend und lachend mit ihrem wallenden eisgrauen Haar neben Hartmut Resch den Flur entlangschritt und diesen mit ihren Plattitüden zuschwallte.

Wir nannten sie »die Druidin«, und in der Tat hatte Anita Kaminski mit ihren dunklen kaftanartigen Gewändern, den ausladenden Gesten und dem opernhaften Singsang etwas von einer mittelalterlichen Katastrophenpriesterin.

Ich wusste, dass sie mich hasste wie Goliath den David, und ich hätte mich ungern mit ihr angelegt. Ich wagte mir gar nicht vorzustellen, was passieren würde, wenn ich in ihren Gärten wilderte. Fragend sah ich die Verlagsleiterin an.

Frau Dr. Trundl lächelte sparsam. »Die beiden Damen hatten offenbar ein paar Differenzen«, erklärte sie knapp. »Ich verschone Sie mit langweiligen Details. Auf jeden Fall möchte Alexa Werner dringend eine neue Lektorin. Die Chemie hat wohl nicht gestimmt – soll vorkommen.« Sie sah aus dem Fenster, wo sich am Himmel dunkle Wolken zusammenballten.

Ich nickte und bemühte mich um einen neutralen Gesichtsausdruck. Ich war mir sicher, dass ich mich bei den Details gar nicht so gelangweilt hätte, aber das behielt ich für mich. »Das … äh … tut mir sehr leid«, sagte ich also. »Manche Autoren sind sicherlich nicht so einfach.«

»Manche Lektoren auch nicht«, entgegnete Frau Dr. Trundl mit einem spöttischen Glanz in den Augen, und für einen Augenblick hatte ich das Gefühl, dass sie meine Gedanken erriet. »Wie auch immer – setzen Sie sich zu gegebener Zeit mit Alexa Werner in Verbindung, und … Frau Berger?«

»Ja?«

»Ich gebe übernächsten Sonntag um zwölf mein traditionelles Frühlingsfrühstück. Vielleicht möchten Sie ja auch kommen?«

6

Die Trundl'schen Frühlingsfrühstücke waren legendär, und längst nicht jeder Mitarbeiter wurde dazu eingeladen. Eigentlich kamen, neben persönlichen Freunden, bedeutenden Menschen aus der Kulturszene und wichtigen Autoren des Hauses, nur die Damen und Herren aus den oberen Verlagsetagen zu dem Brunch, wie Frau Stricker zu berichten wusste. Sie war in ihrer Eigenschaft als Chefsekretärin und rechte Hand von Frau Dr. Trundl schon ein paar Mal dabei gewesen und berichtete von gepflegter Langeweile, fantastischem Essen und elitären Gästen.

»Sie sind zum *Frühlingsbrunch* eingeladen?«, fragte sie ungläubig und ich empfand eine Freude, wie sie vielleicht die Adeligen im Bannkreis von Louis XIV. empfunden hatten, wenn sie auf sein Jagdschloss eingeladen waren und an ihrer Tür nicht nur ihren Namen, sondern ein »für« entdeckten. *Für den Marquis de la Valière.* Mit diesem kleinen Wort stand man unverkennbar in der Gunst des Sonnenkönigs.

Was auch immer der Grund für die Einladung gewesen war – meine fantastische Arbeit oder vielleicht, wie mir später in den Sinn kam, auch nur Mitgefühl und der spontane Wunsch der Verlegerin, einer frisch geschiedenen Mitarbeiterin etwas Gutes zu tun –, auf jeden Fall hatte ich nun schneller als gedacht die Gelegenheit, mein neues Winterprinzessinnenkleid auszuführen. Denn der März brachte in diesem Jahr noch einmal ungewohnt viel Schnee mit sich – in Köln eine Seltenheit.

Johanna war begeistert über das schöne Projekt. »Vielleicht ... wer weiß ... lernst du bei dieser Gelegenheit jemanden kennen, halt die Augen offen«, sagte sie und bot an, dass ich Lilli sonntags zu ihr bringen könne. Lilli war im gleichen Alter wie ihr Sohn Philipp. Bevor Johanna und Paul ihr zweites Kind bekamen, hatten sie wie ich in der Südstadt gewohnt. Johanna und Philipp gingen in denselben Kindergarten. Sie kannten sich von klein auf und waren unzertrennlich.

»Meine Güte – du siehst zauberhaft aus«, sagte meine Freundin, als ich am darauffolgenden Sonntag mit Lilli an der Hand ein wenig verzagt an ihrer Jugendstilvilla in Marienburg klingelte. Sie trat einen Schritt zurück, um mich von Kopf bis Fuß zu betrachten. »Von elegischer Schönheit. Vielleicht könntest du ein bisschen mehr lächeln. Guck mal … so!«

Sie machte mir vor, wie es ging, während Lilli sich ihre kleinen Fellstiefel auszog und mit Philipp im Haus verschwand.

Also schenkte ich ihr ein schiefes Lächeln, zog meinen hellen Mantel enger um mich und fasste mir an die aufgesteckten Haare.

»Um ehrlich zu sein – mir ist ganz seltsam zumute«, sagte ich. »Es ist für mich so ungewohnt geworden, allein irgendwohin zu gehen.«

Es kam mir selbst vollkommen übertrieben vor, ja hysterisch, aber ich hatte mich auf diesen Brunch vorbereitet wie Cinderella auf ihren Ball. Was erwartete ich eigentlich? Eine plötzliche Begegnung mit dem Prinzen, der auf dem weißen Ross heranpreschte und alle meine Probleme löste? Vielleicht. Aber auch ohne das war es anders als sonst.

Wenn man nach jahrelangem Zusammenleben – egal, wie gut oder schlecht dieses auch gewesen sein mag – plötzlich wieder allein ist, wird es fast unmöglich, »einfach so« auf ein Fest zu gehen, selbst wenn dieses Fest nur ein Frühlingsfrühstück ist. Die Unbefangenheit früherer Zeiten, als man sich in der sicheren Zweisamkeit von »Das ist mein Mann, das ist meine Frau« wiegte, ist unwiederbringlich dahin. Es erforderte eben ein ganz anderes Selbstbewusstsein, sich ohne Begleitung dem Leben zu stellen, jemanden anzusprechen, witzig und geistreich zu sein, als aus der Komfortzone einer Ehe heraus.

Und dazu kam jene unbestimmte Aufgeregtheit, die wohl darin gründete, dass man eben doch noch nicht mit allem abgeschlossen hatte, sondern der heimliche Wunsch da war, die zarte Hoffnung, man könnte unerwarteterweise auf jemanden treffen, mit dem sich das Glück noch einmal wagen ließe.

In meinem früheren Leben war ich oft allein ins Café gegangen. Ich saß stundenlang im Spitz oder im 4 Cani und ließ bei einem Buch und einem Milchkaffee das bunte Leben an mir vorüberziehen – absichtslos und ohne mir etwas dabei zu denken. Heute fühlte ich mich selbst an den alten vertrauten Plätzen nur noch wohl, wenn ich mich mit meinen Freundinnen traf. Dann war alles gut. Doch sobald ich allein dort war, erfasste mich eine nervöse Unruhe. Ich wollte es nicht, gewiss nicht, aber ich merkte, wie ich mit einem Mal anfing, die Männer, die zur Tür hereinkamen, mit anderen Augen zu betrachten.

Nach all den Jahren wohltemperierten Schauens hatte ich plötzlich wieder den offenen Blick einer Jägerin, und diese Spannung auszuhalten fiel mir schwer.

Johanna zupfte ein blondes Haar von meinem Mantel.

»Nun bleib mal locker«, sagte sie. »Erstens ist es nur ein Brunch. Zweitens sind sicher ein paar Leute aus dem

Verlag dabei. Und drittens finde ich es gut, dass du endlich mal irgendwohin gehst, wo du nicht jeden kennst. Sei mal ein bisschen mutig, du bist doch eine tolle Frau.« Sie stupste mich freundschaftlich an. »Versprich mir auf jeden Fall, dass du den bestaussehenden Mann ansprichst, den die Veranstaltung hergibt.« Sie zwinkerte mir zu.

Drei Stunden später lehnte ich mit einem Glas Champagner an einer Säule in Frau Dr. Trundls loftartiger, von Stimmengewirr und leiser Jazzmusik erfüllter Wohnung und redete mit einem gutaussehenden Mann mit gewelltem blondem Haar, der sich über sein veilchenfarbenes Hemd mit unnachahmlicher Eleganz einen dieser teuren gestreiften Etro-Schals geschwungen hatte, wie man sie in den Auslagen der Herrenausstatter in der Mittelstraße finden konnte. Er war deutlich jünger als ich, hatte mir Komplimente zu meinem Kleid gemacht und nannte mich die ganze Zeit schon »Schneeflöckchen«.

»Schneeflöckchen, soll ich dir noch einen Champagner holen?«, fragte er jetzt.

Der Mann war kein Fremder für mich, leider. Er war unser Art Director Bernd Bühler, und jeder im Verlag nannte ihn BB.

BB war liebenswert, nett zu den Frauen und definitiv *nicht* an ihnen interessiert. Und er war meine Rettung gewesen auf diesem Frühlingsfest.

Nachdem mich Frau Dr. Trundl kurz, aber herzlich begrüßt und ich ihr meinen Strauß Blumen in die Hand gedrückt hatte, schellte es schon wieder, und bevor die

Verlegerin in Richtung Tür verschwand, hatte sie mir noch zugerufen: »Da hinten gibt es etwas zu trinken.« Ich war der Richtung ihres Fingers gefolgt.

Hinter einem weiß eingedeckten Tisch stand ein Kellner und bot Weißwein, Rotwein und Champagner mit Holundersaft und Minze an. Ich wählte Letzteres und schwebte dann aufrecht und mit meinem kleinen Lächeln durch das hallenartige Wohnzimmer, an dessen Wänden Gemälde hingen, die von Mark Rothko hätten sein können.

Ganz hinten an der großen Panoramascheibe, die den Blick auf die Türme des Kölner Doms frei gab, erspähte ich ein vertrautes Gesicht mit Nickelbrille. Hartmut Resch stand dort im Gespräch mit drei Herren im besten Alter an einem runden Stehtisch, und ich gesellte mich dazu.

»Hallo«, sagte ich und blickte beherzt in die Runde.

»Oh, hallo, Friederike – du auch hier?« Er schien für einen Augenblick überrascht, aber dann erinnerte er sich sofort wieder an seine guten Manieren.

»Darf ich vorstellen – meine Kollegin Friederike Berger – Karl-Otto Seiler von der Süddeutschen, Dr. Ingo Redlich von der Kanzlei Redlich & Partner und Professor Friedhelm Zinser von der Uni Bonn«, ratterte er herunter, und nur der Name Redlich blieb mir im Gedächtnis haften. Ich vergesse nie ein Gesicht, aber in Namen bin ich furchtbar schlecht – irgendwann werde ich so enden wie meine Großmutter, die immer mit ihrem Fahrrad durch das kleine Köln-Weiß fuhr und den Leuten, denen sie begegnete, so lange ihr »Guten Tag Frau Ähhähäh …« zurief, bis sie vorbeigeradelt war.

»Sehr erfreut.« Die Herren nickten mir zu. Der Professor fragte mit einem Anflug von Interesse: »Sind Sie etwa verwandt mit dem berühmten Germanisten Arnold Berger?«

»Äh … nein!« Ich schüttelte bedauernd den Kopf und die Herren setzten ihr Gespräch fort. Es ging um *Handicaps* und *Greens*, und ich bemühte mich, so auszusehen, als interessierte ich mich brennend für Golf. Hartmut Resch hatte vor Jahren mal mit mir das Büro geteilt. Dann hatte ich Lilli bekommen und er seine Beförderung zum Cheflektor. Dass er mittlerweile auch in einem Kölner Golfclub spielte, war mir irgendwie entgangen.

»In der Tat. Golf ist auch für Kinder ein so schöner Sport«, sagte er gerade. »Meine Söhne *lieben* es! Ich habe sie von Anfang an mit auf die *Driving Ranch* genommen. Ehrlich, das ist auch nicht teurer als ein Tennisverein.« Er wandte sich kurz zu mir um. »Das könnte deiner Lilli auch gefallen.« Animiert schob er sich seine Nickelbrille nach oben auf die Nase. »Solltest du mal überlegen.«

Ich merkte, wie ich anfing, mich klein und mickrig zu fühlen, und überlegte gleichzeitig, ob Hartmut noch alle Tassen im Schank hatte.

»Ach … spielen Sie auch?« Herr Dr. Redlich von der Kanzlei sah mich zum ersten Mal richtig an.

»Ja«, sagte ich und richtete mich auf. »Boccia. Ich spiele manchmal Boccia. Im Rheinpark. Mit meiner kleinen Tochter. Das ist unweltfreundlicher und man benötigt auch nicht so viele Schläger. Manchmal spielen wir auch Federball.« Ich lächelte irgendwo zwischen verzweifelt und maliziös.

Herr Dr. Redlich zog seine buschigen Augenbrauen hoch.

»Ah … ja! Boccia«, kommentierte er höflich. »Das ist doch so eine Art Boule, oder? Ich dachte immer, das spielen nur noch betagte Franzosen.« Damit war unsere kleine Unterhaltung für ihn beendet.

Auch Hartmut Resch hatte inzwischen am anderen Ende des Raumes jemanden entdeckt. »Entschuldigung …« Er schwenkte lachend seine Hand über dem Kopf. »Ich muss da mal eben …«

Nein, Hartmut, verlass mich nicht, flehte ich stumm, aber da war er schon mit einem »Wir sehen uns dann später!« verschwunden.

In den altmodischen Hollywood-Komödien, die ich kannte, hätten drei alte Knacker, die mit einer schönen blonden Frau und alkoholischen Kaltgetränken um einen Tisch standen, sich alle Beine ausgerissen, um diese zu unterhalten und zum Lachen zu bringen. Doch in der Wirklichkeit dieser elitären Truppe war man offenbar über dieses ganze Männer-Frauen-Ding erhaben.

Ich strich mir in einer Mischung aus Verlegenheit und Ärger über die Haare und beschloss, meine Aufmerksamkeit dem Mann von der Süddeutschen Zeitung zu schenken.

»Und – was machen Sie so bei der Süddeutschen?«, fragte ich Karl-Otto … wie hieß er gleich noch weiter? Und merkte sofort, dass ich in einen Fettnapf getreten war. Ich trank hastig einen Schluck aus meinem Champagnerglas. Hätte ich seinen Namen kennen müssen? Die Süddeutsche hatte ich schon seit Monaten nicht gelesen. Ich war ja schon froh, wenn ich es schaffte, am

Sonntag den Kulturteil der Frankfurter Allgemeinen Sonntagszeitung durchzublättern.

Die Pause, die entstand, ließ mich zur Ignorantin werden.

»Nun, ich leite das Feuilleton«, sagte Karl-Otto schließlich und strich sich über seinen braunen Bart.

»Ach, deswegen!«, rief ich aus. »Ich wusste doch gleich, dass mir Ihr Name etwas sagt. Ihre Artikel ... also ... die lese ich immer ganz besonders gern.« Leider wollte mir sein verdammter Nachname einfach nicht mehr einfallen. Seilmann? Seibler? Weiler? Nein, Weiler, das war dieser deutsche Autor mit der italienischen Großfamilie und dem krakeelenden Schwiegervater Marcipane.

Karl-Otto schenkte mir die Andeutung eines Lächelns und fasste sich in die Innentasche seines Jacketts. Aus einer kleinen Silberschatulle zog er eine Visitenkarte und legte sie vor mich auf den Stehtisch. Ich warf einen raschen Blick darauf. Seiler. Der Mann hieß Seiler. Seiler wie in Springseil, versuchte ich mir eine Eselsbrücke zu bauen.

»Danke.« Ich steckte die Karte in meine Handtasche. »Ich habe leider gar keine Karte dabei, die ich Ihnen geben könnte.«

»Aber, ich bitte Sie, Frau Berger.« Der Feuilleton-Chef der Süddeutschen hatte sich tatsächlich meinen Namen gemerkt. »Das macht doch nichts.« Er lächelte jovial. »Wir sind ja sozusagen Kollegen.«

Ich hatte keine Ahnung, wovon er sprach, aber ich lächelte auch. »Machen Sie nicht die Pressearbeit bei Best & Seller?«

Mir wurde heiß. »Also ... nein ... nicht wirklich«, entgegnete ich zögernd. »Sie meinen sicherlich Frau Burger, unsere Pressechefin. Ich bin Frau Berger.« Fast hätte ich »*nur* Frau Berger« gesagt.

»Oh, Verzeihung.« Er runzelte verwirrt die Stirn. »Aber Sie sind doch auch bei Best & Seller – oder habe ich da eben etwas falsch verstanden?«

Ich schüttelte den Kopf. »Nein, nein. Ich ... also ich arbeite im Lektorat. Schon seit vielen Jahren.« Ich nickte bekräftigend. »Ich bin Lektorin, wissen Sie. Schwerpunkt englische Literatur und Kriminalromane«, setzte ich hinzu, aber das machte es auch nicht wirklich besser.

Karl-Ottos Interesse war schlagartig erloschen. Er nickte noch ein paar Mal, und dann klinkte er sich mühelos wieder in das Gespräch der beiden am Tisch verbliebenen Herren ein. Ich murmelte eine Entschuldigung und floh auf die Toilette. Es war ein sehr schöner, sehr geschmackvoll eingerichteter Toilettenraum, und ich blieb eine ganze Weile dort, oder besser gesagt, ich blieb so lange, bis die Klinke mehrmals energisch von außen heruntergedrückt wurde.

»Einen Augenblick!«, rief ich, zog meinen Lippenstift nach und öffnete dann die Tür.

Eine schlanke Frau im flaschengrünen Kleid sah mich mit fragendem Lächeln an. Ihr kupferfarbenes, kinnlanges Haar glänzte wie ein Helm im Licht von schätzungsweise fünfzig Halogenstrahlern, die in der nachtblauen Decke des Vorraums eingelassen waren. Die Dame war sehr schön und ein wenig streng – wahrscheinlich war sie die Vorsitzende des Deutschen Akademischen Austauschdienstes.

Als ich wieder in den Flur trat, kam mir Frau Dr. Trundl entgegen.

»Na, Kindchen, amüsieren Sie sich gut?«, rief sie mir im Vorübergehen zu. Ich beeilte mich zu versichern, dass dies der Fall sei, und trollte mich an das kalt-warme Büffet.

Vor erlesenen Speisen drängte sich eine lachende und schwatzende Menschenschar. Alle schienen sich königlich zu amüsieren, jeder kannte jeden, nur ich konnte mit meinem Teller sprechen. Ich reihte mich ein, als ob ich irgendwo dazugehörte, und füllte meinen Teller mit Salaten, Lachsforelle und Wildschweinpastete. Solange ich am Büffet war, war ich sicher.

Als ich gerade meine Hand nach dem Löffel ausstreckte, der in der Cumberlandsauce steckte, näherte sich im selben Moment eine gebräunte Männerhand von der anderen Seite und stieß mit der meinen zusammen.

»Oh, pardon!« Ich zog meine Hand rasch zurück und blickte in die freundlichsten blauen Augen, die ich jemals gesehen hatte. Sie gehörten zu einem großen Mann, der in einem sandfarbenen Cordsakko steckte und mich freudig-überrascht ansah.

»Nein, bitte – Sie zuerst«, sagte er.

»Nein – Sie waren zuerst da«, sagte ich.

»Nein, nein, *Sie* waren zuerst da.«

»Aber ich hab mich von der falschen Seite angestellt.«

»Nein, nein, *ich* hab mich von der falschen Seite angestellt.«

Ich schüttelte den Kopf und musste lachen. Es war wie in dem Film »Die letzte Nacht des Boris Gruschenko«, in dem Woody Allen und Diane Keaton dieses Höflichkeits-Spielchen bis ins Absurde treiben. Das Ganze gipfelt darin, dass Napoleon Bonaparte, der in diesem Film auch seinen Auftritt hat, zu Diane Keaton sagt: »Sie dürfen Napoleon zu mir sagen« und Diane Keaton automatisch entgegnet: »Nein, *Sie* dürfen Napoleon zu mir sagen.«

»Kommen Sie, wir halten den Verkehr auf«, sagte der Mann mit den freundlichen Augen. »Darf ich?« Er nahm den Löffel mit der Cumberlandsauce, klatschte erst mir und dann sich selbst etwas davon auf die Pastete und trug unsere beiden Teller an einen Stehtisch, der noch nicht besetzt war.

»Danke. Mit wem habe ich denn das Vergnügen?«, fragte ich und fühlte mich mit einem Mal unglaublich wohl. »Sind Sie auch Kulturchef bei einer renommierten Zeitung?«

Er grinste. »Sie dürfen Napoleon zu mir sagen«, sagte er und spitzte erwartungsvoll den Mund.

Für einen Moment verschlug es mir die Sprache. Ein Seelenverwandter!

»Nein – *Sie* dürfen Napoleon zu mir sagen«, entgegnete ich strahlend, und ich schwöre, es waren für mich die ersten glücklichen Minuten auf diesem Fest. Leider sollten es auch die letzten sein. Aber das wusste ich in diesem beschwingten Moment noch nicht.

»Das gibt's ja nicht!«, rief ich freudig erregt. »Sie kennen Boris Gruschenko?«

»Nun ... nicht persönlich. Aber ich bin ein großer Woody-Allen-Fan.«

»Nein, *ich* bin ein großer Woody-Allen-Fan«, feixte ich und kicherte albern.

»Nachdem das geklärt ist – würdest du mir die reizende Dame vielleicht auch mal vorstellen, Liebling?«

Die Frau mit dem kupferfarbenen Pagenkopf und den Sommersprossen, die noch eben an der Klinke des Toilettenraums gerüttelt hatte, war unbemerkt an unseren Tisch getreten und legte ihren Arm um meinen neuen Freund vom Büffet.

Sie lächelte mir kühl zu, und mein Herz sank. Wie hatte ich mir auch nur eine Sekunde lange einbilden können, dass ein so wunderbarer Mann nicht schon vergeben war.

»Tja, meine Liebe, das würde ich sehr gern, aber wir sind gerade noch bei der Namensfindung«, erklärte Napoleon freundlich. »Wir haben uns nämlich erst vor wenigen Augenblicken über einer Schüssel mit Cumberlandsauce kennengelernt.« Er streckte seine Hand aus. »Robert Sturm. Verraten Sie uns auch, wie Sie heißen?«

»Berger. Friederike Berger«, sagte ich schnell und gab beiden nacheinander die Hand. Seine war warm, ihre kalt.

»Angenehm«, sagte die Frau mit den roten Haaren, und ich konnte ihr noch nicht einmal böse sein, dass sich ihre Begeisterung über mich in Grenzen hielt. »Schreiben Sie?«

Offenbar hielt sich mich für eine Autorin.

»Na ja … nicht mehr«, versuchte ich zu scherzen. »Ich hab mal bei der Zeitung gearbeitet, aber im Moment schreibe ich eher kleinere Sachen … Klappentexte, Vorschautexte und so weiter. Ich bin Lektorin bei Best & Seller.« Je öfter ich mein Sprüchlein aufsagte, desto blöder kam ich mir vor.

»Aha«, sagte sie höflich-desinteressiert, und ich schrumpfte zusammen wie das Erdmännchen Zoppo Trump aus dem »Kleinen König Kalle Wirsch«, den ich vor kurzem erst mit Lilli in der »Augsburger Puppenkiste« gesehen hatte.

»Friederike … den Namen hab ich schon lange nicht mehr gehört«, sagte Napoleon alias Robert Sturm. »Etwas altmodisch, aber er passt zu Ihnen.« Er wandte sich wieder seiner schönen Gefährtin zu. »Findest du nicht auch, Linda?«

Linda rang sich zu einem Lächeln durch, und er nahm ihre Hand und küsste ihre Finger. »Und das ist Linda Terheen«, sagte er dann zu mir gewandt. »Die beste Agentin, die man sich nur vorstellen kann. Sie hat erst letzte Woche einen fantastischen Filmdeal mit der Bavaria unter Dach und Fach gebracht.« Er lächelte. »Ich versuche gerade, sie davon zu überzeugen, Berlin zu verlassen und ins schöne Rheinland zu ziehen. Eigentlich soll man Berufliches und Privates ja nicht vermischen, aber manchmal muss man einfach eine Ausnahme machen, finde ich.« Er trank Linda zu und sah ihr dabei tief in die Augen.

Ich verstand gar nichts mehr, außer dass Linda verdammt viel Glück gehabt hatte. Ich an ihrer Stelle hätte Berlin schnellstens verlassen, aber mich fragte ja keiner.

»Schatz, ich hatte mich eigentlich gerade an den Verlegertisch gesetzt. Der Verleger ist da mit dem österreichischen Botschafter und dem Herrn vom Hamburger Abendblatt. Und Regina Ziegler *brennt* darauf, dich kennenzulernen. Ich hab gesagt, ich würde dich kurz holen. Kommst du?« Sie hakte sich entschlossen bei ihm ein, richtete ihre grünen Augen auf mich und beschloss, mir ein Almosen zu schenken.

»Vielleicht möchten Sie ja auch mitkommen, Frau Berger?«

»Ach ja!«, rief Napoleon. »Bitte kommen Sie mit!«

Ich starrte auf meinen vollgefüllten Teller und schüttelte bedauernd den Kopf. Sie hätte auch sagen können, an ihrem Tisch sitze Marcel Reich-Ranicki mit dem Papst und dem Maharadscha von Eschnapur. Hier war Indien und ich war die unterste Kaste. Auf eine weitere Aschenputtel-Nummer wollte ich gern verzichten. (Und was machen Sie beruflich? – Oh, ich bin nur eine Lektorin ohne jede Bedeutung. – Und was macht Ihr Mann? – Keine Ahnung, was der gerade macht, wollen Sie seine Telefonnummer, dann können Sie ihn selbst fragen. Wir sind nämlich geschieden. – Und nein, ich spiele kein Golf!)

»Nein, nein. Ich … also eigentlich wollte ich auch gerade zu einem anderen Tisch«, entgegnete ich lahm. »Da drüben im Wintergarten.« Ich zeigte vage in die entgegengesetzte Richtung, und wie vom Himmel geschickt, tauchte dort plötzlich BB mit seinem bunten Etro-Schal auf. Er sah mich und winkte mir zu.

»Tja, dann …«, sagte Linda Terheen und zog Napoleon mit sich fort. Er drehte sich noch einmal nach mir um und rief: »Vielleicht können wir ja später den Kaffee zusammen nehmen, ich würde mich so freuen!«

Nein, *ich* würde mich freuen, ergänzte ich in Gedanken, aber mir war klar, dass es für uns kein Später geben würde. Das würde Linda, die beste Film-Agentin der westlichen Hemisphäre, schon zu verhindern wissen.

Seufzend nahm ich meinen Teller und balancierte ihn vorsichtig bis zum Eingang des Wintergartens, wo unser Art Director auf mich wartete. Bernd Bühler ließ seinen Blick wohlgefällig über mich gleiten und pfiff leise durch die Zähne. Dann strich er mir sanft über mein weißes Pelzkrägelchen.

»Ja, hallo, mein schönes Schneeflöckchen, was machst *du* denn hier?«

»Wenn ich das selbst nur wüsste«, sagte ich. »Du kannst dir gar nicht vorstellen, *wie* froh ich bin, dich zu sehen.«

7

»Du kannst dir nicht vorstellen, wie schrecklich ich mich gefühlt habe. Der reinste Spießrutenlauf, so was mache ich nie wieder!«

Seit einer Stunde lag ich bei Johanna im Wohnzimmer auf der Couch und heulte mich aus. »Wenn Bernd Bühler nicht am Ende noch aufgetaucht wäre, hätte ich den Rest des Festes wohl auf dem Klo verbracht.« Unglücklich schaute ich durch die großen Sprossenfensterscheiben in den Garten. Draußen schneite es noch immer, und Paul versuchte, mit den Kindern einen Schneemann zu bauen.

»Wer ist denn dieser Bernd Bühler eigentlich?«, fragte Johanna. Sie lag mir gegenüber auf dem anderen Sofa. Zwischen uns auf dem Glastisch standen eine Schale mit Gebäck und eine große Kanne Tee mit zwei eleganten weißen Teeschalen.

»Unser Art Director. Unglaublich nett, geschmackvoll, witzig. Aber mach dir keine falschen Hoffnungen, er ist schwul wie ein Tusnelda-Schnittchen.« Ich seufzte und ließ mich noch tiefer in die helle Ligne-Roset-Couch einsinken.

Nachdem ich eine Weile mit BB über den neuesten Klatsch und Tratsch aus dem Verlag geredet hatte – mein Kollege hatte eine spitze Zunge und konnte sehr amüsant lästern und glücklicherweise zählte ich nicht zu seinen Feinden –, war dieser von einem jungen ambitionierten Grafiker in ein Fachgespräch über Bildagenturen verwickelt worden, und ich hatte beschlossen, das Fest endgültig zu verlassen.

»Oh, wie schade, müssen Sie wirklich schon gehen?«, sagte Frau Dr. Trundl, als ich mich von ihr verabschiedete. »Jetzt wird es doch gerade erst richtig gemütlich.«

Sie winkte einer barocken Dame in knallrotem Kleid zu, die auf uns zusteuerte, und ich fand, es war allerhöchste Zeit, das Weite zu suchen. Ich murmelte etwas von einem Babysitter, der zu Hause wartete. Dann raffte ich meinen weißen Lammfellmantel an mich und lief die vier Stockwerke des Treppenhauses hinunter wie Aschenputtel auf der Flucht.

Als ich die schwere hölzerne Eingangstür aufriss, stieß ich fast mit dem Mann von der Süddeutschen zusammen, der von draußen hereinkam und einen Schwall Kälte mit sich brachte.

»Oha«, sagte er überrascht. »Da hat es aber jemand eilig!« In seiner Hand baumelte ein BMW-Schlüssel und auf seinem Jackett schmolzen ein paar Schneeflocken. »Herrschaftszeiten, ist das ein Sauwetter draußen! Wer hätte gedacht, dass es im März noch mal schneit. Müssen Sie auch Geld nachwerfen?«

»Nein«, stieß ich atemlos hervor. »Ich muss … nach Hause … meine kleine Tochter …«

»Na, dann noch einen schönen Sonntag.« Er ließ mir noch einmal sein joviales Lächeln zuteil werden. »Wiedersehen, Frau Berger. War nett, Sie kennenzulernen.«

»Wiedersehen, Herr … äh …« Ich zögerte einen kurzen Augenblick und versuchte mich an meine Eselsbrücke zu erinnern. Seilchen springen – Springseil – Springer. »Springer«, sagte ich erleichtert.

»Seiler«, verbesserte er und zog die Augenbrauen hoch.

Und das war dann der krönende Abschluss meines unrühmlichen Auftritts auf dem Frühlingsbrunch der Verlegerin.

Ich lag auf dem Sofa und stöhnte, als ich mich wieder daran erinnerte. »Und dann sag ich auch noch Springer zu dem Kulturchef von der Süddeutschen! *Springer!* Wie blöd kann man eigentlich sein? Ich fass es nicht!«

Johanna lachte. »Ist doch eigentlich ganz lustig.«

Ich setzte mich auf und schlang die Arme um meine Knie. »Das ist *überhaupt* nicht lustig! Das ist einfach nur peinlich. *Ich* bin peinlich.«

»So ein Unsinn.«

»Doch«, haderte ich und ließ meinen Blick durch das schöne, wohlaufgeräumte Heim meiner Freundin schweifen. Alles war so hell und licht und übersichtlich. Alles war an seinem Platz. Sobald ich Johannas Haus betrat, fing ich an mich zu entspannen. In diesem friedlichen Kosmos gingen die Uhren anders als in meinem kleinen hektischen Leben. Johanna verwechselte keine Namen, und wenn sie mal unter Stress geriet, dann höchstens, weil sie zu viele Einladungen für das Wochenende hatte. Sie spielte wunderbar Klavier, kochte jeden Mittag selbst, sang ihrer kleinen Tochter Rosina abends Schlaflieder vor, und ihr Mann, der solvente Botoxspritzer, sah gut aus, verschönerte in seiner Praxis den weiblichen Teil von halb Marienburg und hatte *auch noch* Zeit, mit den Kindern Schneemänner zu bauen. Ich war mir sicher, dass der kleine Philipp, der jetzt draußen mit Lilli durch den Schnee tollte, noch niemals in seinem Leben zwei verschiedene Socken angehabt hatte.

»Ich bin eine Komplettversagerin«, sagte ich düster. »In drei Wochen werde ich vierzig Jahre alt und mein Leben ist ein einziges großes Durcheinander. Ich bin weder beruflich erfolgreich, noch privat. Ich hab keinen tollen Job, ich hab keinen netten Mann, ich hab nicht mal eine klitzekleine Eigentumswohnung. Ich hab die ganze Zeit gemacht und getan, und es ist nichts dabei herausgekommen, nichts! Das Einzige, was mir geblieben ist, ist ein aufgelöster Bausparvertrag und ein alter Volvo mit einer Beule hinten am Heck.« Ich war selbst ganz erschüttert von meinem mickrigen Leben. »Ich bin eine Nullnummer!«, sagte ich und Tränen des Selbstmitleids stiegen mir in die Augen.

»Was ist eine Nullnummer, Mami?«, fragte eine helle Kinderstimme. Lilli war von uns unbemerkt ins Wohnzimmer getreten und hatte das Ende meines großen Weltschmerz-Monologs mit angehört. Sie schlitterte auf ihren dicken geringelten Wollsocken über das Parkett zu mir herüber und sah mich mit großen blauen Augen fragend an.

Ich schluckte und versuchte zu lächeln.

»Eine Nullnummer – das ist so was wie sechs Richtige im Lotto, nur du hast vergessen den Schein abzugeben«, sagte ich.

»Aber du spielst doch nie Lotto, Mami.« Sie spürte meine Traurigkeit und setzte sich zu mir auf das Sofa. »Wenn man nicht Lotto spielt, kann man auch nicht gewinnen«, erklärte sie mir ernsthaft.

Ich drückte Lilli an mich und nickte. »Da hast du recht, mein Schätzchen. Weißt du was – nächste Woche füllen wir beide auch mal einen Lottoschein aus, und dann knacken wir den Jackpot.«

Lilli war begeistert. »Au ja«, rief sie. Sie sprang wieder auf und schlitterte auf ihren Socken weiter zur Toilette.

»Du hast eine wunderbare Tochter«, sagte Johanna, als Lilli im Flur verschwunden war. »Vergiss das nicht.«

Ich nickte stumm.

»Und du bist eine tolle Frau.«

Ich nickte wieder.

»Wirklich, Fritzi, ich bewundere dich ohne Ende, wie du das alles schaffst. Du machst das großartig, und ich kenne niemanden, der weiter davon entfernt ist, eine Nullnummer zu sein, als dich.«

»Findest du?«, fragte ich zaghaft.

Sie nickte und goss mir Tee nach. »Ja, finde ich. Eigentlich müssten die Männer bei dir Schlange stehen.«

»Klar«, sagte ich und zeigte nach draußen, wo die Schneeflocken unermüdlich vom Himmel fielen. »Sieh, wie sie alle Schlange stehen. Ich bin Grace Keller über den Dächern von Köln, und die Männer stehen Schlange bei mir im Hinterhof.«

Johanna lächelte unbeeindruckt.

»Sehen wir es doch mal realistisch«, fuhr ich fort. »Wenn schon fantastisch aussehende Dreißigjährige ohne Kind und mit abbezahlter Wohnung Probleme haben, einen netten Mann zu finden, welche Chance habe dann, bitte schön, ich?«

»Welche Chance gibst du dir denn selbst?« Johanna sah mich an wie eine Therapeutin. »Ich sag dir mal was – wenn ein Mann dich wirklich liebt, nimmt er dich auch mit drei Kindern.«

»Ha, ha«, sagte ich. »Du hast schon bessere Witze gemacht.«

Johanna runzelte die Stirn. »Nein, nein, jetzt nimm das mal ernst. Lilli hat schon ganz recht – wer nicht spielt, kann auch nicht gewinnen. Ich meine – du gehst so gut wie gar nicht mehr raus. An Karneval hast du dich in den Bergen verkrochen.«

»Ach, Karneval!« Ich winkte ab. »Was soll ich mit all den betrunkenen Kerlen? Ich bin nicht der Typ, der im Karneval jemanden kennenlernt.«

»Wenn deine nette Kollegin dich mit zur After-Work-Party nehmen will, sagst du, dass das nicht dein Ding ist«, fuhr Johanna unbeirrt fort.

»Komm schon, Johanna – eine *After-Work-Party*! Das ist ja lächerlich. Da bin ich dann die Oma unter all den jungen Hüpfern.«

»Ach, weißt du, du hast immer eine Ausrede. Du ziehst dich zurück wie eine beleidigte Prinzessin, und dann beschwerst du dich. Wie soll denn irgendjemand ahnen, dass in der Rosenstraße 15 eine attraktive Frau wohnt, die noch zu haben ist?«

»Glaub mir, das interessiert keinen Hutmacher«, entgegnete ich.

»Du bist eine tolle Frau«, wiederholte sie. »Wir suchen jetzt einen Mann für dich.«

8

In den darauffolgenden Wochen ging Johanna abends mit mir weg, wann immer es möglich war. In dieser Zeit lernte ich alle Abendcafés und Bars kennen, die Köln so zu bieten hat, und ich will nicht behaupten, dass es nicht hin und wieder auch ein paar launige Gespräche mit Fremden gegeben hätte, die durch die Nacht schwärmten auf der Suche nach einem kurzen Abenteuer oder vielleicht auch nach mehr. Doch einen Mann lernte ich nicht kennen. In der Regel endeten diese Ausgeh-Abende immer gleich. Spätestens um zwölf fing ich an heimlich zu gähnen und rührte angestrengt in meinem dritten Latte macchiato, um wach zu bleiben, während Johanna noch ganz munter war und sich bestens zu unterhalten schien. Wen wunderte es, sie suchte ja auch niemanden.

»So wird das nichts«, schimpfte sie, wenn ich wieder da saß und meine Verlegenheit mit einem hoheitsvollen Lächeln zu überspielen versuchte. »Du musst mal ein bisschen auf die Leute zugehen. Schau mal – der da hinten sieht doch ganz nett aus.«

Seufzend ließ ich meinen Zucker in den Milchschaum rieseln und dachte an den teuren Babysitter zu Hause.

»Ich bin einfach nicht der Typ, der im Café oder in der Bar jemanden kennenlernt«, sagte ich. »War ich noch nie.«

Johanna sah mich erstaunt an. »Und was für ein Typ bist du dann?«

»Na ja – ich habe meine Männer immer über andere Freunde kennengelernt. Oder bei der Arbeit. Selbst als Studentin. Auf diesen riesigen Asta-Feten hab ich nie jemanden getroffen, ich bin in so was einfach nicht gut. Das kommt mir so … so … zwanghaft vor. Irgendwie finde ich es einfacher, wenn ich denjenigen schon vorher kenne … ich meine, aus einem anderen Zusammenhang, der nicht so offensichtlich auf das eine abzielt, verstehst du?« Ich überlegte. »Zum Beispiel an der Uni … da hab ich meinen ersten Freund in dem Seminar ›Mittelhochdeutsche Grammatik‹ kennengelernt. Und bei so was kann ich dann auch ganz locker und witzig sein.«

»Mittelhochdeutsche Grammatik – du meine Güte! Wie langweilig ist das denn?« Johanna schnaubte missbilligend.

»Ich bin eben nicht so ein Party-Girl«, entgegnete ich störrisch. »Glaub mir, ich würde noch eher jemanden beim Schlittschuhlaufen auf dem zugefrorenen Dorfweiher kennenlernen oder auf einem einsamen Strandspaziergang als an diesen lauten, überfüllten In-Plätzen, wo man sich nur schreienderweise unterhalten kann.«

Meine Freundin sah mich eine Weile nachdenklich an.

»Tja«, sagte sie dann. »Im Moment sind die Weiher leider nicht mehr zugefroren. Und ich hab auch keinen

Junggesellen zur Hand, den ich dir vermitteln könnte. In Marienburg lebt man nämlich nur paarweise.« Sie verdrehte die Augen. »Von daher kannst du froh sein, dass du nicht in Marienburg wohnst. Wenn ich geschieden wäre, würde ich sofort wieder in die Südstadt zurückziehen.« Sie lächelte. »Nicht dass ich das vorhabe, aber man weiß ja nie, was noch kommt. Gibt es denn bei euch im Verlag niemanden, der dir gefallen könnte?«

Ich schüttelte den Kopf. »Im Verlag kenne ich doch schon jeden hundert Jahre. Und die Neuzugänge sind rar, meistens weiblich und immer schon verheiratet. Bei uns kündigt nämlich so gut wie keiner – einmal Best & Seller, immer Best & Seller. Ist ja eigentlich eine feine Sache, aber als Partner-Börse kannst du den Verlag komplett vergessen.«

»Na, dann müssen wir demnächst wohl mal einen langen Strandspaziergang machen«, sagte Johanna, und ich konnte geradezu sehen, wie es hinter ihrer hellen Stirn anfing zu arbeiten.

Meine Schwester schickte mir »Eat Pray Love«. Das Buch sei einfach großartig und habe schon ganz vielen ihrer Single-Freundinnen geholfen, schrieb sie auf der beigefügten Karte. »Ich bin mir sicher, es wird auch dein Leben verändern.«

Ich starrte auf das Buch in meiner Hand und fragte mich, ob so etwas wohl möglich war. Obwohl ich bei Best & Seller jeden Tag mit Büchern zu tun hatte – oder vielleicht gerade deswegen –, war ich skeptisch. Klar gab es Goethes Werther und die darauf einsetzende Lust am Selbstmord unter unglücklich Verliebten – in Germanistenkreisen auch als »Werthermanie« bekannt. Aber wie viele Bücher gab es in der heutigen Zeit, die ein Leben wirklich verändern konnten – zum Guten verändern, meine ich. Natürlich fand man auch heute hin und wieder, eher selten, noch Bücher, die einen beeindruckten, die einem halfen, das Leben aus einem anderen Blickwinkel zu betrachten, die einen zum Lachen brachten oder zum Weinen, die etwas zum Vorschein holten, das man längst vergessen hatte, oder eine Sehnsucht weckten, die schon lange in einem schlief. Aber ändern, also ändern tat das nichts.

Das einzige Mal, dass ein Buch mein Leben verändert hatte, lag Jahrzehnte zurück. Ich las damals »Försters Pucki« und lag meinen Eltern anschließend so lange in den Ohren, bis ich – wie die kindliche Heldin – ein paar Holzkläpperchen geschenkt bekam. Sie hatten eine rote Lederschnalle, und ich rannte in ihnen treppauf, treppab durch das ganze Haus und freute mich im Gegensatz zu wahrscheinlich allen anderen Familienmitgliedern an dem klappernden Geräusch, das ich beim Gehen auf dem Holzfußboden erzeugte.

Die kindliche Lust am geräuschvollen Gehen hielt sich merkwürdigerweise bis ins Erwachsenenalter. Ich glaube, ich war die Einzige, die mit beinahe vierzig Jahren zu Hause Holzclogs trug anstelle von weichen Filzpantoffeln, dicken Wollsocken oder niedlichen Ballerinas. Und wenn ich draußen allein durch eine Straße ging, lauschte ich zufrieden auf das Klackern meiner Absätze auf dem Pflaster. Es hatte etwas Beruhigendes für mich, es klang gewichtig. Es war der schönste Beweis dafür, dass man da war.

Von »Eat Pray Love« hatte ich natürlich schon gehört. Der Selbsterfahrungsbericht einer bekannten amerikanischen Autorin lag ja auch bei uns fast in jeder Buchhandlung aus. Ich wusste, dass es um eine Art Sabbatical ging, eine Auszeit von einem Jahr, die eine Frau meines Alter sich nimmt, aber gelesen hatte ich es nie.

»A woman's search for everything« stand im Untertitel. Nun denn. Schaden konnte es ja sicher nicht. Schließlich war auch ich auf der Suche nach einem Mann, einer großen Liebe, einem Vater für meine Tochter, einer neuen Familie. Das war zwar nicht *everything*, aber auch schon ganz schön viel.

Als ich Elizabeth Gilberts kluges Buch ein paar Tage später an einem verregneten Samstagabend zuklappte, wusste ich wieder, was mich an den Heilsversprechen solcher Titel störte. Die Parameter stimmten nie.

Natürlich gab es Parallelen zu meinem Leben. Wie ich hatte die Heldin eine schmerzhafte Scheidung hinter sich, wie ich hatte sie einiges Geld verloren, wie ich hatte sie ziemlich viel abgenommen und war auf der Sinnsuche. Aber damit hörten die Parallelen auch schon auf.

Die reiselustige Journalistin hatte kein Kind, um das sie sich kümmern musste, damit fing es schon mal an. Und sie hatte die Möglichkeit, ein Jahr bezahlten Urlaub zu machen, um mit sich ins Reine zu kommen. Die Redaktion ihrer Zeitung überwies ihr eine hübsche Summe Geld aufs Konto dafür, dass sie über ihre Erfahrungen an drei Traumorten der Welt berichtete. Sie lebt ein paar Monate in Rom, wo sie sich endlich einen lang gehegten Traum erfüllt und Italienisch lernt und die italienische Küche in vollen Zügen und ohne Reue genießt. Dann reist sie weiter nach Indien, um in einem Ashram, wo sie nur gesund und vegetarisch isst und die Zeit mit Meditation, Gebetsgesängen und Fußbodenschrubben verbringt, ihre innere Erleuchtung zu finden. Sie kommt zu einigen wirklich großartigen Erkenntnissen, und ich gebe zu, dass ich allmählich ein bisschen neidisch wurde, besonders im dritten Teil des Buches, der auf Bali spielt und in dem die Heldin abgesehen von einem weisen, zahnlosen Guru, der sie ins Herz schließt, auch einen interessanten Mann aus Portugal trifft, der gerade wieder frei ist, fantastisch kocht und sie fast gegen ihren Willen verführt (das Zölibat, das sie sich für dieses eine Jahr auferlegt hat, ist noch nicht ganz um). Am Ende möchte er sein Leben mit ihr teilen.

Wirklich, ich hätte es mir auch sehr schön vorstellen können, mich für drei oder sechs oder zwölf Monate von meinem bisherigen Leben zu verabschieden und mich um nichts zu kümmern als um mich selbst. Italienisch hätte ich gern gelernt, es hätte nicht mal in Rom sein müssen, und in einem Ashram wäre selbst aus mir vielleicht noch eine ganz brauchbare spirituelle Seele geworden. Und dann drei Monate Bali! Ich meine, *drei* Monate! Auf solch ein Glück hätte ich in meinen kühnsten Träumen nicht zu hoffen gewagt, auch wenn ich inzwischen schon einige Male mit Lilli einen Lottoschein ausgefüllt und nichts gewonnen hatte.

Bedauernd legte ich das Buch zur Seite. Ich hatte es mit großem Interesse gelesen, aber es ließ sich wohl doch nicht so ohne weiteres auf mein Leben übertragen. Weder hatte ich die Zeit, noch das Geld für solche Experimente, und Lilli konnte ich auch nicht so lange einfrieren, bis ich meine Mitte wiedergefunden hatte oder den Mann meiner Träume.

Von »Eat Pray Love« blieb mir der Umstände halber vorerst nur »Eat«, wenn auch nicht in Rom. Lilli schlief schon, und ich kochte mir einen großen Topf Spaghetti. Während ich die von der Tomatensoße rot gefärbten Nudeln um die Gabel wickelte, überlegte ich, ob es unter Umständen sinnvoll sein könnte, sich im Yoga anzumelden. Doch dann wäre der einzige freie Abend, den ich dank Mona hatte, auch dahin. Ich verwarf den Gedanken wieder, starrte eine Weile in den Regen, der allmählich von der einbrechenden Dunkelheit verschluckt wurde, und beschloss, das Einzige zu tun, was in Krisenzeiten wirklich Trost spendet. Ich holte mir die letzte Tafel Milka Vollmilch Nuss aus dem Kühlschrank, machte es mir auf dem Sofa gemütlich und schob »Über den Dächern von Nizza« in den DVD-Player.

9

»Ihr Kind malt nur noch in Braun und Schwarz.«

Die Leiterin der Kindertagesstätte saß mit mir im Bastelraum an einem kleinen Kindertisch und sah mich mit tragischer Miene an. Der Vorwurf in ihrem Blick war nicht zu übersehen. Seit drei Jahren besuchte Lilli nun schon die aus einer privaten Elterninitiative hervorgegangene und später von der Stadt subventionierte Montessori-Kindertagesstätte mit dem munteren Namen »Die kleinen Raser«, und noch nie hatte mein Kind in Braun und Schwarz gemalt. Ich war damals unglaublich froh gewesen, dass ich einen Platz in dieser tollen Kita ergattert hatte. Das Team der Erzieher und Erzieherinnen war sehr engagiert, das Dach des Kindergartens begrünt, die Kinder spielten auf Holzxylophonen und machten bei Wind und Wetter lange Wanderungen durch den nahe gelegenen Wald. Und die Köchin Annalena trug eine rot karierte Schürze und kochte mittags Vollwertgerichte. »Dinkel macht stark und zärtlich«, sagte sie mindestens einmal am Tag.

»Ich kenne einen guten Kinderpsychologen, vielleicht sollten Sie da mal hingehen«, meinte Barbara Stadler jetzt und schenkte mir einen weiteren besorgten Blick. »So etwas muss man im Auge behalten.«

Ich hätte mich am liebsten unter mein himmelblaues Kinderholzstühlchen verkrochen. Mein Kind war verhaltensauffällig und brauchte einen Psychologen!

»Aber Lilli kommt mir eigentlich ganz fröhlich vor … also, ich meine … sie ist doch ganz normal, oder?«, fragte ich bestürzt.

Frau Stadler wiegte bedächtig ihr Haupt mit den kleinen dunkelblonden Löckchen. »Tja«, sagte sie und machte eine bedeutungsvolle Pause. »Was ist schon normal? Wissen wir, was in den kleinen Kinderseelen vor sich geht?«, philosophierte sie weiter. »So ein Kind ist immer ein Gesamtkunstwerk – und ihre Tochter Lilli leidet bestimmt unter …«, sie vermied das Wort Scheidung, »unter der *Situation*. So etwas ist ja immer Stress für ein Kind.«

Ich nickte schuldbewusst und dachte an den letzten Wortwechsel mit Mr. X, den ich beschimpft hatte, weil er Lilli zwei Stunden später als ausgemacht abgeholt hatte. »Ja … klar«, sagte ich lahm. »Aber die Dinge sind nun mal so, wie sie sind, nicht wahr? Ich denke, mein … mein Ex-Mann und ich haben die Situation ganz gut geregelt … unter den Umständen … meine ich. Also, wir bemühen uns, das alles so gut wie möglich hinzukriegen, aber ja … klar, das ist nicht immer einfach.«

Himmel, Lilli war doch nicht das einzige Kind auf der Welt, dessen Eltern sich hatten scheiden lassen!

»Sie müssen sich *mehr* bemühen«, rügte mich Frau Stadler. »Denken Sie *immer* an Ihr Kind!«

Ich nahm mir vor, von jetzt an jede mögliche Sekunde an Lilli zu denken, und beschloss, Mona für den kommenden Donnerstag abzusagen und meiner Tochter abends im Bett drei statt üblicherweise ein Kapitel aus »Der Löwe ist los« vorzulesen.

Durch das unerwartete morgendliche Gespräch mit der Kindergartenleiterin kam ich zu spät in den Verlag. Glücklicherweise hatten wir keine Besprechung, aber leider begegnete mir Frau Dr. Trundl, als ich gerade die Stufen zum Verlagsgebäude hinauflief. Es war halb zehn, und die Verlagsleiterin sah mich irritiert an. Sie hasste Unpünktlichkeit.

»Äh … ja … guten Morgen, Frau Dr. Trundl«, sagte ich schnell. »Bin leider zu spät, das blöde Auto ist nicht angesprungen, wahrscheinlich der Anlasser … Aber mein Nachbar hat mir netterweise Starthilfe gegeben.« Ich nickte entschuldigend und hastete an ihr vorbei.

»Lilli malt in Braun und Schwarz«, sagte ich düster, als ich mir im Sekretariat einen Kaffee holte. Frau Stricker sah mich besorgt an.

»Ach du liebes bisschen, das ist ja *furchtbar*«, sagte sie mitfühlend. »Und was machen Sie jetzt?«

»Keine Ahnung«, entgegnete ich und nahm im Stehen einen heißen Schluck Kaffee. »Ich muss mehr auf Lilli eingehen.«

»Aber Sie machen doch schon total viel mit Lilli«, tröstete mich Frau Stricker. »Wirklich, ich kenne kaum jemanden, der so viel mit seinem Kind macht. Wenn ich da an meine Mutter denke … ich glaube, die hat nie mit mir gespielt.«

»Ja, aber neulich … da wollte Lilli abends so gerne noch mit mir Mensch-ärgere-dich-nicht spielen … und nach dem dritten Mal hatte ich einfach keinen Nerv mehr. Außerdem musste ich noch die Wäsche aufhängen. Schließlich braucht das Kind ja auch saubere Anziehsachen.« Ich seufzte und fuhr mir nervös durch die Haare. »Ich bräuchte einfach mehr Zeit und Ruhe, aber die habe ich einfach nicht. Meine Mutter war früher nie so gestresst. Auf jeden Fall kann ich mich nicht daran erinnern. Die war immer zu Hause und machte am Nachmittag gemütliches Kaffeetrinken mit ihren Freundinnen. Und sie hatte immer Zeit. Ich habe nie Zeit. Und jetzt sagt die Leiterin der Kita, ich solle mir überlegen, mit Lilli zum Kinderpsychologen zu gehen.«

»Ach du liebes bisschen«, wiederholte Elfriede Stricker wieder und schüttelte den Kopf. »Sie *haben* aber auch was an der Hacke. Das ist echt ganz schön viel, was Sie da stemmen, so ganz allein. Das hat selbst die Kaminksi letzte Woche gesagt.«

Ich horchte auf. »Wieso? Was sagt denn die Kaminski?« Das war ja interessant. Man redete offenbar schon über mich im Verlag.

»Na ja, sie meinte nur, dass sie gar nicht weiß, wie Sie das alles schaffen«, ruderte Frau Stricker zurück. »Mit der Berger möchte ich echt nicht tauschen, hat sie gesagt.«

Mal ganz davon abgesehen, dass ich mit Anita Kaminski auch nicht tauschen wollte, erschütterte mich diese Nachricht fast noch mehr als die Farbwahl meiner Tochter.

Anita Kaminski war hässlicher als ich, sie war dicker als ich, sie war weniger beliebt als ich. Sie hatte keinen Mann und keine Kinder. Ich weiß nicht mal, ob sie großartig Freunde hatte. Sie fuhr ein Mal im Jahr nach Lanzarote zum Wandern, aber das war's dann auch. Und sie wollte *nicht* mit mir tauschen!

Ich ersoff in Selbstmitleid. Wenn nicht mal Anita Kaminski mit mir tauschen wollte, stand es wirklich schlecht um mich. Ich schwieg betroffen und nahm mir den Kaffeebecher mit in mein Büro.

Jasmin saß am Schreibtisch und sah mich an. »Guten Morgen, Fritzi«, sagte sie. »Was ist denn mit dir los?«

»Lilli malt nur noch in Braun und Schwarz und nicht mal die olle Kaminski würde mit mir tauschen«, erklärte ich tonlos. »Die Leute reden über mich. Ich habe alles verkehrt gemacht.« Ich lehnte mich bleich an die Tür.

»So ein Unsinn!« Jasmin stand auf und nahm mich kurz in den Arm. »Keiner redet über dich, und du machst alles gut. Und wenn die olle Kaminski sagt, dass sie nicht mit dir tauschen will, dann ist das ihr Problem. Jetzt hör doch endlich mal auf, dich ständig in Frage zu stellen.« Sie fasste mich an den Schultern und sah mir fest in die Augen. »Es ist völlig normal, dass nicht immer alles glatt läuft. Hörst du, völlig normal! Muss ich dir wirklich sagen, dass das zum Leben dazugehört? Und wenn Lilli mal in dunklen Farben malt, dann ist das doch kein Weltuntergang. Bitte, lass dich nicht verrückt machen.«

Ich hörte ihr zu und nickte immer wieder. Vielleicht hatte Jasmin recht, vielleicht war alles gar nicht so schlimm, wie es aussah.

Als ich an diesem Tag nach Hause fuhr, hielt ich bei Schreibwaren Müller und kaufte meiner Tochter den großen Pelikan-Wasserfarbkasten mit vierzig Farben und einer großen Tube Deckweiß.

»Voll schön, Mami, da ist ja sogar Braun und Schwarz dabei!«, rief meine Tochter, als sie zu Hause den Kasten aufklappte, und ich erstarrte. »Die nimmt mir der Tobi im Kindergarten immer weg, weil der seine doofen Erdmännchen zeichnen will.« Meine Tochter runzelte ärgerlich die Stirn. »Aber letzte Woche, da war der Tobi krank, und da hab ich dann endlich mal Braun und Schwarz für mich allein gehabt. Ich hab so lange gemalt, bis die Töpfchen leer waren.« Sie lächelte zufrieden und strich ehrfürchtig über die viele Farben.

Sie malte mir ein Bild mit einer großen gelben Sonne und einer braunen Wiese mit bunten Blumen. Unter ein kleines Mädchen, das ein dreieckiges hellblaues Kleid trug und Riesenhände hatte, schrieb sie in ungelenken Druckbuchstaben mit Schwarz ihren Namen: LILLI.

Ich hätte sie vor lauter Liebe und Erleichterung fast erdrückt.

»Was ist, Mami, du hast so nasse Augen, bist du traurig?«, fragte Lilli.

Ich schüttelte den Kopf. »Nein, im Gegenteil, ich bin sehr, sehr glücklich. Das ist ein wirklich tolles Bild!«

10

Einmal im Jahr, im Anschluss an das sogenannte »Jahresanfangsspektakel«, einem Frühlingsfest in der Kita, an dem alle Kinder bei einem bunten Abend ihre Kunststücke zeigten und zu dem die Eltern oder besser gesagt die Mütter Salate, Hackfleischbällchen und selbstgebackene Kuchen beisteuern mussten, fuhren die »Kleinen Raser« für vier Tage mit dem gesamten Kindergartenteam in eine Jugendherberge ins Sauerland.

Diese Fahrt, die stets unter einem Motto stand wie »Gespenster« oder »Indianer« war immer eine große Sache. Die Kinder liebten es, die Erzieher offenbar auch, und alle Mütter und Väter waren, nachdem sie den drei großen Bussen gerührt nachgewunken hatten, bis diese endgültig am Ende der Straße verschwunden waren, für ein langes Wochenende freigestellt. Noch ein bisschen verunsichert ob der plötzlichen Stille steckte man sein Taschentuch weg oder wischte sich über die Augen. Und dann atmete man einmal durch, sah sich ein wenig irritiert um und freute sich mit zart klopfendem Gewissen, dass die Welt sich für vier Tage drehte, ohne dass man trösten, kochen, spielen oder Anweisungen geben musste wie »Putz dir die Zähne!«, »Mach deine Jacke zu!« oder »Räum deine Sachen vom Boden!«.

Leute, die keine Kinder haben, wissen gar nicht, wie gut sie es haben, dass sie nicht ständig Befehle erteilen müssen.

In diesem Jahr fand der Ausflug der Kindertagesstätte am dritten Wochenende im April statt. Und so kam es, dass ich einen Tag vor meinem vierzigsten Geburtstag mit meiner Freundin auf einer Nordseedüne saß und aufs Meer schaute.

Ich habe am 22. April Geburtstag und wenn man den Sternzeichenbüchern Glauben schenken darf, sind Widder jene Menschen, die immer wieder auf die Füße fallen.

»Nichts beugt einen Widder für immer« – so stand es in dem Astrologiebuch, das ich mir als Schülerin gekauft hatte, und als ich jetzt in der Mittagssonne saß, ein paar hundert Kilometer von der Wirklichkeit entfernt, hatte ich fast das Gefühl, es könnte stimmen.

Ich steckte meine nackten Füße in den Sand und seufzte.

»Eigentlich wollte ich an meinem vierzigsten Geburtstag immer ein richtig großes Fest machen«, sagte ich sinnend. »Aber so ist es auch sehr schön.«

Johanna hatte alles in die Hand genommen. Sie hatte die Idee gehabt, über meinen Geburtstag ein paar Tage ans Meer zu fahren.

»Das bietet sich doch geradezu an, wenn die Kinder weg sind!«, hatte sie gerufen. »Was willst du denn zu Hause, da kriegst du nur den Moralischen.« Wenn ich ehrlich war, stand mir der Sinn in diesem Jahr wirklich nicht nach einer Feier, auch wenn es ein runder Geburtstag war. »Ein Freundinnenwochenende, wie findest du das?«, fuhr sie fort. »Wir machen lange Spaziergänge, trinken heißen Kakao und essen Kroketten am Strand und machen es uns ganz gemütlich.«

Ich fand, es klang verlockend.

Johanna hatte für uns ein Zimmer in einer kleinen Frühstückspension in einem hübschen reetgedeckten Haus gemietet und gesagt, ich solle dieses Wochenende als ihr Geschenk zu meinem Geburtstag betrachten. Die Aussicht auf vier ganze Tage ohne jede Verpflichtung ließ uns so übermütig werden, dass wir auf der holländischen Autobahn beschwingte hundertsechzig Stundenkilometer fuhren und prompt von einem Polizeiwagen gestoppt wurden. Aus dem Lautsprecher auf dem Dach des Autos dröhnte mit einem Mal ein blechernes: »Folgen Sie dem Wagen!«

Die Polizei eskortierte Johannas schwarzen Golf zur nächsten Ausfahrt und hielt uns dort einen kleinen Vortrag über Richtgeschwindigkeiten auf holländischen Autobahnen. Um zweihundert Euro erleichtert, fuhren wir den Rest der Strecke dann in gemäßigtem Tempo. Wir beschlossen, uns nicht zu ärgern.

»Hast du dir auch etwas Nettes zum Anziehen eingepackt?«, fragte Johanna, als wir in die Antonistraat einbogen, wo sich unsere Unterkunft befand. »Heute Abend habe ich nämlich eine Überraschung für dich.« Sie tat sehr geheimnisvoll. Schließlich rückte sie mit der Sprache heraus und erzählte mir, dass wir mit ein paar Kollegen aus ihrer Musikschule verabredet wären, die an diesem Wochenende auch nach Bergen fuhren. »Aber nur ganz locker«, fügte sie hinzu.

»Wie jetzt?«, fragte ich. »Hast du mir nicht gesagt, wir machen uns ein gemütliches Freundinnenwochenende?«

»Das tun wir ja auch.« Sie schaltete den Motor aus. »Wir machen ein Freundinnenwochenende *und* wir treffen ein paar nette Männer.«

Ich seufzte lachend.

»Nun sei keine Spielverderberin, Fritzi. Was spricht denn dagegen, wenn wir ausgehen und abends ein bisschen Spaß haben?«

»Nichts«, sagte ich und merkte, wie die Schmetterlinge in meinem Bauch anfingen zu flattern.

Nach einem ausgedehnten Spaziergang am Strand fuhren wir wieder in den kleinen Ort Bergen zurück. Wir kamen durch die Ewige Laan, eine Allee, wo die Bäume sich von beiden Seiten so schief über die Straße neigten, dass man sogar ein Schild angebracht hatte, auf dem vor den »schiefen Boomen« gewarnt wurde.

Johanna war schon zwei Mal in Bergen gewesen. Sie kannte den Ort durch ihren Kollegen Jan, einen Klarinettisten, der bereits vor Jahren in Bergen aan Zee ein kleines Ferienhaus gekauft hatte. Als wir jetzt vorsichtig die enge grüne Allee in Richtung Bergen binnen entlangholperten, erklärte mir Johanna, dass in Bergen die »besseren Holländer« lebten. Immer wieder wies sie mit Ausrufen der Begeisterung durch die »schiefen Boomen«, hinter denen in verträumten Gärten wunderschöne Häuser und prachtvolle Villen zu sehen waren.

»In Bergen findest du alles, was das Herz begehrt, obwohl es so klein ist«, erklärte sie mir stolz, und dass der Ort seinen ganz eigenen Reiz habe.

Als wir am Nachmittag durch die kleinen Straßen mit ihren hübschen Cafés, Boutiquen und Geschäften schlenderten, die rund um die rote Backsteinkirche lagen und Blumen, Holzmöbel, Bilder, Porzellan, Spiegel, Lampen, gesteppte Paisleydecken und riesige Windlichter zum Kauf anboten, musste ich ihr recht geben.

Bergen war zauberhaft, das ideale Städtchen für einen Wochenendausflug. Wir tranken einen »koffie verkeerd«, wie der Milchkaffee hier hieß, und Johanna kaufte für uns in ihrer Lieblingskonditorei zwei kleine mit rosafarbenem Marzipan überzogene Törtchen, die »Rosa Josephine« hießen und sehr süß und sehr köstlich waren.

Abends gingen wir ins Nero, ein angesagtes Restaurant und Café, das nur zehn Minuten von der Antonistraat entfernt an einem der Hauptplätze gelegen war und mich mit seinen Jugendstillampen und dem bunten Glas eher an ein altes belgisches Café erinnerte, so wie man sie oft in Brüssel findet.

Auf den Tischen standen riesige, silberne Kerzenleuchter mit flackernden Kerzen. Draußen auf der überdachten und verglasten Terrasse drängten sich Gäste jeden Alters an den Tischen neben den Heizstrahlern. Man hörte Holländisch, Deutsch und Englisch, und die Luft war erfüllt von Heiterkeit und gelblichem Licht.

Wir setzten uns an einen runden Tisch, und ich hatte mit einem Mal das Gefühl, mitten im Leben zu sein. Johanna bestellte Weißwein für uns und »Pitterballen«, eine holländische Spezialität, die ich unbedingt probieren sollte. »Die Saté-Spieße sind auch ganz köstlich – oh, und erst die Pfannekuchen mit Speck und Stroop!«, schwärmte sie und deutete auf einen rotgesichtigen Holländer, der gerade mit großer Inbrunst auf ein Plastikfläschchen drückte und dunkel glänzendes Rübenkraut auf seinen Speckpfannekuchen laufen ließ.

Ich schüttelte mich. »Brrr – Speck mit süßem Rübenkraut, wie kann das schmecken?!«

»Das schmeckt sehr gut!« Johanna lachte und strich sich eine dunkelbraune Haarsträhne aus dem Gesicht. Ihre gute Laune war ansteckend, und ich fühlte mich in meiner schwarzen Bluse und der erst am Nachmittag gekauften weißen Jeans, die anlag wie eine zweite Haut, so verwegen wie schon lange nicht mehr.

In der Scheibe, die seitlich von unserem Tisch in halber Höhe aufragte, sah ich uns beide sitzen. Zwei Frauen mit schulterlangen Haaren, die eine blond, die andere braun. Es war ein schönes Bild.

»Auf dich«, sagte Johanna, als der Kellner zwei langstielige Weingläser vor uns auf den Tisch stellte.

»Nein, auf dich«, sagte ich, dachte mit einem kleinen Lächeln an Napoleon und stieß mit meinem Glas an das ihre. »Danke für diese schöne Idee! Und ich freue mich, dass du meine Freundin bist.« Ich trank einen Schluck und überlegte. »Was meinst du – ob das Wort *Freundin* wohl von *freuen* kommt?«

Johanna lachte und ihre Augen glänzten.

»Auf jeden Fall«, entgegnete sie und hob noch einmal ihr Glas. »Also – ich *freunde* mich auch sehr!«

Wir nahmen einen Schluck von dem kalten Weißwein und bestellten unser Essen, wir aßen und tranken und alberten herum. Der Abend verflog, ohne dass wir es merkten. Ab und zu ließ Johanna einen Blick durch das Restaurant schweifen. Inzwischen war es Viertel nach elf. Ihr Kollege von der Musikschule war noch nicht eingetroffen.

»Wir hatten uns für keine bestimmte Uhrzeit verabredet, Jan wusste noch nicht genau, wann er losfährt und wer alles mitkommt«, erklärte sie. »Er ist wahnsinnig nett, mein Lieblingskollege.« Sie sah mich verschwörerisch an. »Auf jeden Fall hat er mir von seinem *besten Freund* erzählt, der auch *wahnsinnig nett* ist und seit drei Jahren geschieden. Ein Diplom-Psychologe und er hat eine kleine Tochter – genau wie du. Und … also … der … kommt auf jeden Fall auch mit.« Die Katze war aus dem Sack. Meine Freundin hatte ein *blind date* für mich arrangiert.

»Oh, Gott! Ich fass es nicht! Meine Freundin hat ein *blind date* für mich arrangiert«, stieß ich in komischer Verzweiflung hervor. »Ich dachte, das gäbe es nur noch in amerikanischen High-School-Filmen. Und dann noch ein *Psychologe*!« Wie die meisten Menschen hege ich ein gesundes Misstrauen gegen Leute, die es sich zur Aufgabe gemacht haben, in den Seelen anderer Menschen herumzuwühlen. »Da hat man ja gar keine Chance, wenn man sich mal streitet.«

»Der ist so wahnsinnig nett – da braucht ihr euch gar nicht zu streiten«, entgegnete Johanna, spießte einen Pitterballen auf ihre Gabel und tauchte ihn in das Schälchen mit dem Senf. »Außerdem sieht er phantastisch aus – ich hab ein Foto von ihm gesehen. Sehr sympathisch. Ein bisschen wie Hugh Grant.«

Ich überlegte gerade, dass Johannas Vorstellungen von gutem Aussehen sich nicht immer mit den meinen deckten und dass ich an ihrem Lieblingsschauspieler so gar nichts finden konnte, außer dass er schlecht alterte, als der Kellner zwei Gläser mit Champagner vor uns auf den Tisch stellte.

»Von den Herren da drüben an der Bar«, erklärte er in einem fröhlichen Mischmasch aus Holländisch und Deutsch.

Wir sahen auf. Am Tresen im hinteren Teil des Restaurants lehnten drei Männer und blickten zu uns herüber. Zwei waren dunkelhaarig und steckten gerade lachend ihre Köpfe zusammen. Der größere von beiden, ein wahrer Riese, hob grüßend die Hand. Der dritte war schlank, blond und stand etwas abseits. Er hatte die Ärmel seines dunklen Pullovers bis zum Ellbogen hochgeschoben und ich bemerkte seine gebräunten durchtrainierten Arme, als er jetzt einen Schluck aus dem Bierglas nahm und zu uns herübersah.

Johanna sprang auf. »Da sind sie! Komm!«, rief sie und zog mich mit sich. Ich taumelte leicht beschwippst hinter ihr her, der Wein zeigte seine Wirkung.

»Hey!« Johanna blieb vor dem hünenhaften Mann mit den dunklen Locken stehen, der uns eben zugewinkt hatte und offensichtlich die Klarinette war. »Was macht ihr denn für Manöver? Konntet ihr nicht einfach ganz normal an unseren Tisch kommen? Also, wirklich!«

»Wir wollten uns erst mal vorsichtig ranpirschen«, sagte der Hüne und grinste wie ein kleiner Junge. »Ich bin Jan«, stellte er sich mir dann artig vor. »Und das ist Frank.« Frank war eher klein, hatte hängende braune Dackel-Augen, ein verschmitztes Lächeln, und er besaß – wenn man sich *große* Mühe gab – eine entfernte Ähnlichkeit mit Hugh Grant. Das war also der Diplom-Psychologe. Mit Bedauern stellte ich fest, dass sein Haar sich im Gegensatz zu seinem englischen Pendant schon ziemlich lichtete.

»Und das ist meine liebe Friederike, die gleich Geburtstag hat«, sagte Johanna und legte den Arm um mich. »Ihre Freunde nennen sie Fritzi.«

»Hallo, Fritzi!« Wir lachten alle, und dann blickte ich erwartungsvoll zu dem blonden Mann im dunklen Strickpullover, der lässig neben Frankie-Boy an der Theke lehnte und mich weiterhin über sein Bierglas hinweg fixierte. Er war von den drei Männern der interessanteste.

Wenn das auch ein Musiker ist, dann spielt er sicher Saxophon, dachte ich. Sein Gesicht war gut geschnitten, etwas kantig vielleicht, und sein Mund verzog sich zu einem Lächeln, als ich mich jetzt in seine Richtung drehte.

»Und wer ist der Dritte im Bunde?«, krähte ich übermütig durch das Stimmengewirr und zeigte auf den großen Blonden mit dem schwarzen Pulli.

Jan drehte sich zur Seite. »Der Dritte?«, wiederholte er. »Oh … keine Ahnung. Der gehört nicht zu uns.«

Der große Blonde zog belustigt die Augenbrauen hoch, trank schweigend noch einen Schluck Bier, und ich wurde rot.

Johanna zerrte an meinem Ärmel. »Kommt, lasst uns an den Tisch zurückgehen«, rief sie ausgelassen. »Es ist gleich zwölf Uhr. Wir wollen feiern!«

Widerstrebend folgte ich ihr und sah aus dem Augenwinkel, wie der einzige Mann, der mich an diesem Abend wirklich interessiert hätte, sein Bier bezahlte und ging.

11

Als ich am nächsten Morgen aufwachte, wusste ich im ersten Moment nicht, wo ich war. Dann sah ich auf den dunklen Haarschopf neben mir und es fiel mir wieder ein. Alles fiel mir wieder ein.

Johanna schlief noch tief und ich schlich mich in die kleine Küche unseres Ferienappartements, um Kaffee zu machen.

»Sommerhüsje« hatte es die Vermieterin genannt, als wir unsere Taschen in dem Häuschen im Hinterhof abstellten, das aus einem Wohnraum mit Küche, einem Bad mit Dusche und dem Schlafzimmer bestand. Es war ein weißes Holzhaus mit spitzem Dach und wäre der Traum meiner Kindheit gewesen, in der es im Wesentlichen darum ging, mit seinen Freunden irgendwelche Hütten zu bauen. Das Wasser fing an zu kochen und ich nahm eine Porzellankanne mit verblassten Rosen aus dem Regal und hielt nach einem Filter Ausschau, um den Kaffee aufzugießen. Es war schon lange her, dass ich auf solch altmodische Weise Kaffee aufgebrüht hatte. Es war ganz still, man hörte nur das leise Plätschern des heißen Wassers, das in den Filter rann und das dunkle Pulver kurz aufsteigen ließ, bevor es wieder zurücksank, als täte es einen ersten friedlichen Atemzug. Ich musste an meine Großmutter denken, die immer gesagt hatte: »Einen Löffel für die Kanne, mein Kind, und immer eine Prise Salz in den Filter.«

Seltsam, was man aus seiner Kindheit so alles mitschleppte. Erinnerungen, wichtige und unwichtige, bedeutsame Momente und unbedeutende Details, die nebeneinander standen und sich in völliger Gleichberechtigung die Leinwand des Lebens teilten.

Während der Duft des Kaffees das Zimmer erfüllte, ließ ich die Bilder des gestrigen Abends an mir vorüberziehen. Wie wir alle um zwölf Uhr angestoßen hatten auf mich, die Vierzigjährige, wie Johanna mich fest umarmt und mir alles Gute gewünscht hatte und mir dann eine feingliedrige Halskette aus tiefroten Granatperlen schenkte, die ich gleich anlegte. Wie der gutmütige Jan sagte, er hätte gar nicht gedacht, dass ich schon vierzig sei, und wie Frank daraufhin erklärte, mit vierzig werde das Leben doch erst interessant.

Ich lächelte und schüttelte unwillkürlich den Kopf. Frank würde jedenfalls nicht zu den großartigen Erinnerungen meines Lebens gehören. Der Abend mit meinem *blind date* hatte sich dann doch ganz anders entwickelt als von Johanna geplant. Ein Plan war eben ein Plan, nichts weiter. Etwas sehr Theoretisches, das in unseren Köpfen entsteht und in der Wirklichkeit oft ganz eigene Wege nimmt.

Auch wenn Johanna uns sehr nett miteinander bekannt machte und sich dann mit ihrem Kollegen von der Musikschule befasste, damit ich die Möglichkeit hatte, mich mit dem Diplom-Psychologen zu unterhalten, war schon nach wenigen Minuten klar, dass es nichts werden würde mit Frankie und mir. Die Tatsache, dass wir beide geschieden waren und beide eine kleine Tochter hatten, reichte eben nicht aus, um den Funken überspringen zu lassen. Und bald schon wandten wir uns wieder Johanna und Jan zu, die sich offenbar besser amüsierten. Meine Gedanken schweiften ab. Ich dachte an den gutaussehenden blonden Nicht-Saxophon-Spieler, der bedauerlicherweise nicht zu Jans Clique gehörte, und bekam erst nach einer Weile mit, dass sich meine Freundin inzwischen angeregt mit Frankie unterhielt, der ihr mit zunehmender Offenheit und in offenbar äußerst unterhaltsamen Anekdoten seine ganze verkorkste Ehegeschichte erzählte. »Ist nicht wahr!«, rief sie gerade wieder und lachte ihr charmantes Audrey-Hepburn-Lachen, während ich wie Grace Kelly (»schön wie ein Bild und ebenso stumm«) danebensaß.

So viel weibliches Interesse ließ auch das Herz eines ernsthaften Psychologen höher schlagen, jedenfalls zog Frankie schließlich irgendwelche Fotos aus der Brieftasche.

»Wie süß!«, rief Johanna. »Schau mal, Fritzi, das ist Annabelle, Franks Tochter! Sie lebt mit ihrer Mutter auf Teneriffa.«

Ich warf einen angelegentlichen Blick auf die Fotos und heuchelte Interesse. Dann sah ich auf die Uhr und gähnte verstohlen. Es war halb zwei, und ich machte Johanna ein Zeichen, mit auf die Toilette zu kommen.

»Wollen wir nicht bald mal gehen?«, fragte ich, als wir vor dem Spiegel standen.

Johanna starrte mich an, das heißt, sie starrte mein Spiegelbild an. »Gehen?!«, wiederholte sie, als ob sie das Wort noch nie gehört hätte.

»Ja, gehen«, wiederholte ich. »Es ist halb zwei, ich bin müde und die alte Frau Berger muss jetzt ins Bett.«

»Hör auf mit der alten Frau Berger. Es ist doch gerade total schön. Außerdem hast du Geburtstag!«

»Ich hab ja den ganzen Tag noch Geburtstag«, sagte ich unwillig, aber meine Freundin überhörte es natürlich.

»Nein, nein, wir bleiben noch ein bisschen.« Entschlossen zückte sie ihren Lippenstift. »Und – was sagst du zu Frank? Ist doch ein echt netter Typ, was? Ich glaube, ihr würdet unglaublich gut zueinander passen.«

»Es sieht eher so aus, als ob *ihr* unglaublich gut zueinander passen würdet.«

Johanna zog sich die Lippen nach. »Ich sondiere nur für dich«, erklärte sie.

»Frank ist völlig hin und weg von dir. Jetzt sag nicht, dass du das nicht mitbekommen hast.«

»Er ist einfach nur nett. Außerdem habe ich ja schon einen Mann.«

»Eben«, entgegnete ich. »Dann könnten wir doch eigentlich auch nach Hause gehen. Zwischen Frankie-Boy und mir wird es keine amourösen Verwicklungen geben, eher fallen Ostern und Weihnachten auf einen Tag.«

Sie seufzte. »Mensch, Gracie, du bist echt ne harte Nuss, weißt du das? Dieser Frank wäre nämlich ideal für dich.«

Ich nickte. »Morgen ist auch noch ein Tag.«

»Also gut, aber dann lass uns wenigstens noch ein Viertelstündchen bleiben. Auf ein letztes Glas Wein.«

Ich seufzte ergeben.

Das Viertelstündchen dehnte sich bis weit in die Nacht. Johanna zuliebe, die auf keinen Fall wollte, dass ich schon allein nach Hause vorausging, aber auch nicht bereit war, aufzubrechen, harrte ich aus. Schließlich ergab ich mich meinem Schicksal, es gab wirklich Schlimmeres, als seinen Geburtstag mit seiner besten Freundin und ein paar ganz passablen Männern in einem holländischen Szene-Café zu feiern. Ich trank meinen Wein und ließ mich treiben, hörte zu, erzählte, und schließlich lachte ich genau wie alle anderen am Tisch über jeden noch so kleinen Witz.

Als wir uns endlich um Viertel nach drei und leicht schwankend vor dem Nero verabschiedeten und Jan und Frank uns eine gute Nacht wünschten, hatte der Psychologe – war es die Wahrheit, die im Wein liegt, oder seine Kenntnis der weiblichen Seele? – noch einen Moment unerwarteter Hellsichtigkeit, der mich wohl ebenso verblüffte wie Johanna.

Er lehnte sich gegen die Mauer des Cafés, sah uns eine Weile an und grinste – jetzt in der Tat wie Hugh Grant. Johanna lächelte entzückt zurück, ich wartete, unschlüssig, ob dem Grinsen noch ein Satz folgen würden, da sagte er mit schwerer Zunge:

»Ihr seid süß, ihr beiden. Wie Schneeweißchen und Rosenrot. Und das Lustige an der Sache ist – und ich wette, das wisst ihr selbst nicht, deswegen verrate ich es euch jetzt –, jede von euch möchte nämlich das, was die andere hat. Die eine will das Abenteuer und die Aufregung, die es in ihrem Leben nicht gibt, und die andere möchte die Sicherheit und die Ruhe, die ihrem Leben fehlen.«

Er nickte, zog die Augenbrauen hoch und wackelte wissend mit dem Zeigefinger. »Rosenrot segelt auf stürmischer See und sehnt sich nach dem Hafen, Schneeweißchen sitzt am sicheren Ufer und sehnt sich heimlich nach der Ferne.« Er legte seine Arme um uns beide und lächelte schlau. »Deswegen passt ihr auch so gut zusammen.«

Jemand legte die Arme um mich. »Du bist ja schon auf!«

Johanna stand in ihrem Nachthemd hinter mir, ich hatte sie gar nicht gehört. »Na, Geburtstagskind, so früh am Morgen und schon so in Gedanken?«

»Guten Morgen. Hast du gut geschlafen? Ich wollte dir gerade einen Kaffee bringen, Schneeweißchen«, setzte ich hinzu.

Sie lachte und griff nach der Zuckerdose. »Ganz schön schlau, was unser Psychologe zu vorgerückter Stunde vom Stapel gelassen hat. So habe ich das noch nie gesehen. Aber es könnte doch was dran sein.«

»Schon möglich.« Ich schüttete den Kaffee in zwei große weiße Becher. »Ich weiß nicht, ob dir der Sinn wirklich nach dem großen Abenteuer steht, ich für meinen Teil hätte manchmal nichts dagegen, wenn mein Leben ein bisschen friedlicher wäre. So wie deins. Und so wie gerade jetzt.« Ich holte die Milchtüte aus dem Kühlschrank, goss etwas Milch in den dunklen Kaffee und reichte Johanna ihren Becher. »Auf jeden Fall weiß ich eines ganz sicher: Frank ist definitiv nicht an Rosenrot interessiert, sein Herz schlägt für Schneeweißchen.«

Täuschte ich mich, oder wurde Johanna ein bisschen rot?

Bevor sie antworten konnte, klingelte mein Handy. Ich hörte leise Stimmen, dann war Lilli am Apparat und sang mit heller durchdringender Stimme: »Happy birthday, liebe Mama, happy birthday tooo youuu …«

»Hallo, Lilli, wie lieb von dir«, sagte ich gerührt, als der Gesang verstummte. »Geht's dir gut, mein Spätzchen?«

»Ja, Mama, mir geht's ganz toll. Ist voll schön hier. Weißt du was, wir machen jetzt gleich eine Schatzsuche, und ich hab ein ganz tolles Geschenk für dich gefunden im Wald. Und der Ben ist gestern gegen die Heizung gesprungen und hatte ein Blutgesicht, aber die Ärzte haben schon wieder alles zugenäht. Und er hat eine Tüte Gummibärchen gekriegt gegen den Schmerz. Und wir haben alle zusammen Schokoladenkuchen gebacken.« Lilli assoziierte frei aus ihrem Leben und ich lauschte beglückt. Es war schön, eine kleine Tochter zu haben, besonders, wenn man Geburtstag hatte.

»Dann wünsch ich dir noch ganz viel Spaß, Lillikind. Wir sehen uns am Sonntag wieder, da hole ich dich ab, wenn ihr zurückkommt. Und pass gut auf dich auf, ja?« Ich hoffte inständig, dass Lilli einen großen Bogen um Heizkörper machte, gegen die man springen konnte.

»Ja, Mama. Ich hab dich lieb, Mama.«

»Ich dich auch, Spätzchen.«

Ich wandte mich wieder Johanna zu. »Lilli«, sagte ich.

Johanna nickte. »Ich hab das Ständchen bis hierher gehört. Du solltest überlegen, Lilli in den Chor zu schicken.« Sie lächelte und nahm einen Schluck Kaffee. »Und – was machen wir heute?« Sie holte Rosinenstuten aus der Tüte, schnitt zwei unförmige Scheiben ab (Johanna war die schlechteste Brotschneiderin, die ich kannte), bestrich sie dick mit Butter und ließ dann Schokoladenstreusel darüberrieseln, die wir gestern Nachmittag im Supermarkt gekauft hatten. »Ein holländisches Frühstück ohne Bensdorp-Schokoladenstreusel – das geht nicht«, hatte Johanna mir erklärt, als sie die Streusel-Packung aus dem Regal nahm.

Ich zog die Gardinen zurück und blickte hinaus. Über den kleinen Hof spannte sich ein herrlicher blauer Frühlingshimmel. »Auf jeden Fall gehen wir an den Strand«, sagte ich. »Vielleicht sollten wir uns Fahrräder mieten, was meinst du?«

Als wir nach einem ausgedehnten Frühstück durch die grünen Felder Richtung Bergen aan Zee radelten, vorbei an Windmühlen und schwarz-weißen Kühen, fühlte ich mich plötzlich ganz beschwingt und trotz der wenigen Stunden Schlaf war ich überhaupt nicht müde.

Wir bogen in einen kleinen Weg ein, der an einem Bach entlangführte, über den sich malerisch ein paar alte Weiden neigten. Das Licht fiel durch die Zweige und brach sich in Hunderten von silbrig-grünen Blättern, die sich sanft im Wind bewegten.

Ich war so vertieft in das schöne Bild, dass ich gar nicht merkte, wie Johanna kurz abbremste. Als ich mich nach ihr umdrehte, weil sie plötzlich nicht mehr neben mir fuhr, sah ich, dass sie telefonierte.

»Das war Frank«, erklärte sie atemlos, als sie wieder neben mir war. »Er fragt, ob wir uns gleich im Museum treffen wollen? Ist nicht weit von hier, in der Ewigen Laan. Jan kommt auch mit.«

Ich erinnerte mich an die schöne safrangelbe Villa, an der wir gestern mit dem Auto vorbeigefahren waren, und ich muss gestehen, ich hatte weder Lust auf einen Museumsbesuch noch auf Frankie.

»Och … nööö«, stöhnte ich. »Ich möchte wirklich lieber an den Strand.«

»Das Museum liegt aber auf dem Weg«, sagte Johanna und sah mich erwartungsvoll an. »Und Frank würde sich *so* freuen, wenn wir kämen. Er lässt dich übrigens ganz herzlich grüßen. Na, was meinst du? Vielleicht eine gute Gelegenheit, ihn sich noch einmal bei Tageslicht anzusehen?«

Bevor sie mich erneut über die Vorzüge des fabelhaften Frank aufklären konnte, der sicherlich nicht meinetwegen angerufen hatte, machte ich einen Vorschlag.

Wie sich später herausstellen sollte, war es einer jener schicksalhaften Vorschläge, die einem Leben eine ganz neue Richtung geben können. In diesem Fall meinem Leben.

»Weißt du was, Johanna – geh du ins Museum. Ich fahre an den Strand, und wir treffen uns dann später an der türkisfarbenen Strandbude, wo wir gestern Nachmittag Kaffee getrunken haben.«

Johanna sah mich zweifelnd an. »Du willst allein an den Strand fahren?«

»Ist schon okay«, sagte ich und setzte entschlossen einen Fuß auf das Pedal. »Ich bin schließlich ein großes Mädchen und kann auch mal ein Weilchen alleine sein. Bis später!« Ich fuhr los und winkte mit einer Hand über meinem Kopf. »Grüß Frankie-Boy auch ganz herzlich von mir!«

Ich sagte es mit einer Leichtigkeit, die mich selbst ein wenig überraschte und die eigentlich ehrlich gemeint war – wenn auch nicht bis in den letzten Winkel meines Herzens. Auch wenn der fabelhafte Frank nicht mein Fall war, hätte ich es doch – nur mal rein theoretisch –

gut gefunden, wenn er sich für mich interessiert hätte. Die Liebe ist immer ein schönes Kompliment, und ich gönnte es Johanna von Herzen. Aber was war mit mir?

Während ich durch die Sonne fuhr, begannen leise Zweifel an mir zu nagen. Hatte ich mich verändert? Sandte ich die falschen Signale aus? War ich zu wählerisch? Konnte ich es mir leisten, wählerisch zu sein? Ich war nicht Grace Kelly, auch wenn ich manchmal davon träumte. Das wirkliche Leben war anders. Aber deswegen musste es nicht schlechter sein.

Eine halbe Stunde später spazierte ich am Meer entlang und Am-Meer-entlang-Spazieren macht immer gelassen und ein bisschen philosophisch. Vor allem, wenn man Geburtstag hat. Versonnen blickte ich auf die vielen Fußspuren im Sand, die irgendwann zu sanften Mulden wurden und sich schließlich ganz verloren. Ich sah übers Meer und dann wieder den Strand entlang, in der Ferne ließen ein paar Kinder bunte Drachen steigen, die unruhig am Himmel hin und her zuckten.

Unwillkürlich dachte ich an das, was Frank gestern Nacht gesagt hatte, über Johanna und mich – und über mein Schiffchen, das auf hoher See segelte. Wohin ging die Reise? Ich wusste es nicht. Noch nicht. Ich stand an einer Wegkreuzung und wusste nicht, wohin die vielen Wege führten, die es plötzlich gab – all das Neue, Beängstigende, oft auch Schöne. Ich war auf mich selbst zurückgeworfen und hoffte, daraus stärker hervorzugehen.

Ich hob einen weißen Stein auf und warf ihn so weit ich konnte über das Meer. Gar nicht schlecht für den Anfang.

Inzwischen war ich bei der türkisfarbenen Strandbude angekommen. Es würde sicherlich noch etwas dauern, bis Johanna und die anderen hier eintreffen würden. Ich holte mir ein Eis und setzte mich damit auf die Stufen, die in den Sand hinunterführten.

Als mein Handy klingelte, dachte ich erst, es wäre Johanna, aber es war meine Mutter, die mir zum Geburtstag gratulieren wollte. Wie immer rief sie von ihrem Handy an, aber das hieß nicht zwingend, dass sie unterwegs war. Meine Mutter hat es bis heute nicht kapiert, dass man auch vom Festnetz aus auf einem Handy anrufen kann. Jedes Mal, wenn sie anrief, wollte ich es ihr sagen, vergaß es dann aber im Laufe des Gesprächs wieder.

»Geht es dir auch gut, Kind«, schrie sie in den Hörer, als müsse sie die zweihundertachtzig Kilometer zwischen Düsseldorf und Bergen allein mit der Kraft ihrer Stimme überwinden. Ich lächelte.

»Ja, Mama, es ist toll hier«, sagte ich und stellte erstaunt fest, dass sich der Dialog zwischen meiner Mutter und mir im Wesentlichen nicht von dem zwischen mir und Lilli unterschied. Ob das bei allen Müttern und Töchtern so war? Ich erzählte ihr, dass wir in meinen Geburtstag hineingefeiert hatten und dass es spät geworden war, und sie erzählte mir, dass sie am Abend mit ein paar Bekannten aus dem Tennisclub im Schauspielhaus gewesen war und dass wir das doch auch mal machen könnten.

»Klar, Mama«, sagte ich. »Das machen wir mal.«

»Ach, Kind, ich wünsch dir, dass alle deine Wünsche in Erfüllung gehen«, sagte sie jetzt. »Ich wünsche es dir wirklich. Hab noch eine schöne Zeit am Meer. Und pass gut auf dich auf, ja? Ich hab dich lieb.«

»Ich dich auch, Mama«, sagte ich.

Dann dachte ich darüber nach, was ich mir wünschen würde, wenn ich die freie Wahl hätte. Ich hatte noch so viele Wünsche ans Leben. Ich knabberte an meinem Eishörnchen und überlegte. Wäre es nicht wunderbar, wenn man einfach all seine Wünsche auf Zettel schreiben und in Flaschen stecken könnte, um diese dann bei Vollmond ins Meer zu werfen? Und dann würde alles, was man aufgeschrieben hatte, in Erfüllung gehen.

Bei der Vorstellung, wie ich nachts mutterseelenallein am Meeresrand stand und eine Flaschenpost nach der anderen ins Wasser schleuderte, musste ich leise lachen.

Ich blickte über das Meer bis zum Horizont. Heute war mein Geburtstag. Am Geburtstag durfte man sich etwas wünschen. Ich schloss für einen Moment die Augen und überlegte.

Ich wünsche mir, dass endlich mal was Schönes passiert, sagte ich stumm.

»Einen Cent für deine Gedanken«, sagte eine Stimme neben mir, die einen leichten holländischen Akzent hatte.

Ich riss überrascht die Augen auf und wäre fast von der Treppe gefallen.

Vor mir stand der große Blonde mit dem schwarzen Pulli.

Er hieß Ton van der Laan, ihm gehörte das Strandcafé und im goldenen Licht der Nachmittagssonne sah er noch besser aus als gestern im Nero. Um genau zu sein, er sah *umwerfend* aus, und ich konnte es im ersten Moment gar nicht glauben, dass wirklich ich gemeint war.

»Ton wie in Tooon?«, fragte ich verwirrt und hob die Hand über die Augen.

Er lachte und die blonden Härchen auf seinen sonnenverbrannten Armen schimmerten im Gegenlicht. »Ton wie in Anton«, korrigierte er und setzte sich neben mich auf die Stufen. »Darf ich?«

Ich nickte überwältigt. Er meinte tatsächlich mich. Ich lächelte mein schönstes Lächeln.

»Aber für dich auch Ton wie in Tooon, denn ich glaube, ich würde Wachs sein in deinen schönen Händen«, fuhr er in seinem holländischen Deutsch fort. »Du bist mir gestern Abend schon aufgefallen im Nero, aber da warst du sou belagert. Und ich teile nicht gern.« Er grinste und um seine grauen Augen bildeten sich feine Lachfältchen.

Junge, Junge, der ging aber ganz schön ran. Ich schluckte ein paar Mal, um mich wieder einzukriegen. »Ja, gestern hab ich mit ein paar Freunden in meinen Geburtstag hineingefeiert«, sagte ich und beglückwünschte mich zu meinem ersten kompletten Satz.

»Aaaah«, sagte er. »Ich glückwünsche dir sehr.« Er legte kurz den Arm um mich und ich ließ es geschehen. »Dann hast du heute Geburtstag und du bist in meinem Strandcafé gekommen. Das ist schön.«

Ich fand das auch schön. Sehr schön sogar.

»Komm«, sagte er und nahm meine Hand. »Ich möchte dich zu einem Drink einladen zu deinem Geburtstag. Darf ich das?«

Ich nickte und stolperte hinter ihm die Stufen hoch.

Ton rückte einen der Korbstühle, die hinter der großen Glasscheibe an runden Tischen standen, für mich zurecht und wir setzten uns. Dann machte er der Bedienung ein kurzes Zeichen und wenig später standen zwei Campari Orange vor uns.

Ton umfasste sein Glas. Er trug keinen Ring. »Verrätst du mir deinen Namen?«

»Ja, natürlich. Ich heiße Fritzi …«

Er lachte. Offenbar klang »Fritzi« für holländische Ohren mindestens ebenso komisch wie »Ton« für deutsche. »Fritzi wie in Fritsoos?«, fragte er.

Dank der Edel-Currywurst-Bude in der Nähe des Friesenplatzes, in die ich mich manchmal mit Lilli verirrte und in der man ungefähr fünfzehn Soßen angeboten bekam, wusste ich zumindest, was Fritsoos war. Man tat sie auf die Pommesfrites und sie schmeckte wie Mayonnaise, nur besser. Das behauptete jedenfalls Lilli.

»Nein, Fritzi wie in Friederike«, erklärte ich.

»Okay«, sagte er und hob sein Glas. »Ich hoffe, Campari ist okay für dich, Fritzi?«

Ich nickte und dachte: Campari – was sonst? Auch ich war ein Opfer der Werbung, aber was machte das schon in diesem Augenblick. Tons Bein streifte flüchtig mein Bein und ich spürte einen wohligen Schauer über meinen Rücken rieseln. Ich setzte mich auf und griff auch nach meinem Glas.

»Proust, Fritzi«, sagte Ton. »Schön, dass du gekommen bist. Ich hoffe, du kommst noch oft.« Er lächelte und ließ seinen Blick an mir heruntergleiten. Ich nahm einen Schluck, zog die Regenjacke enger um mich und fragte mich für den Bruchteil einer Sekunde, ob das eben eine anzügliche Bemerkung gewesen war.

Ton lachte und stellte sein Glas geräuschvoll auf dem Holztisch ab.

»Und … Fritzi … wo ist dein Freund?«, fragte er. Waren Holländer immer so direkt?

»Ich habe keinen Freund«, gab ich zurück.

Er zog die Augenbrauen hoch. »Ouh«, meinte er. »Da habe ich ja großes Glück mit dir.«

Ich nahm noch einen beherzten Schluck Campari und wurde nun auch sehr direkt.

»Wie man's nimmt«, erwiderte ich.

Seine grauen Augen ruhten fragend auf mir. »Ouh, ich verstehe, du bist verheiratet«, sagte er dann.

»Spielt das eine Rolle?«, fragte ich.

Er lehnte sich in seinem Stuhl zurück und hob lässig die Schultern. »Für mich nicht. Ich würde dich in jedem Fall gerne heute Abend zum Essen einladen.«

Ich nahm noch einen Schluck und knallte mein Glas entschlossen auf den Tisch. »Jetzt hör mal gut zu. Ich bin nur für das Wochenende hier. Ich bin geschieden. Ich bin vierzig Jahre alt. Und ich habe eine kleine Tochter. Möchtest du mich immer noch gerne zum Essen einladen?« Ich merkte, wie mein Herz plötzlich schneller klopfte.

»Klar«, sagte Ton. »Warum denn nicht?« Er war offenbar nicht zu erschüttern. »Ist doch cool, dass du eine kleine Tochter hast. Ich finde Kinder cool. Ich hab selbst drei kleinere Schwistern. Sagt man das so – Schwistern?«

»Schwestern«, korrigierte ich und merkte, wie die Anspannung von mir abfiel. So sehr ich Lilli liebte, ich hätte von mir nicht so einfach behaupten können, dass ich die kleinen Kinder anderer Leute immer cool fand.

Ton sah mich an. »Hey – was ist los?«, fragte er und nahm spielerisch meine Hand. »Bist du auf einem Feldzug gegen das Böse oder so was?«

Ich lachte erleichtert. »Nein, natürlich nicht. Ich wollte nur … die Dinge klarstellen.«

»Okaaaay«, sagte er gedehnt und verknotete seine langen Finger mit den meinen. »Ich muss jetzt los, hab noch in der Segelschule in Egmont zu tun. Nachdem du nun … wie sagst du? … die Dinge geklärt hast … gehst du jetzt heute Abend mit mir essen?«

Ich nickte. »Ja, sehr gern«, sagte ich ohne Umschweife und beschloss, mir diesen ganzen Oh-ich-muss-erst-mal-schauen-ob-ich-Zeit-habe-Quatsch zu schenken. Meine Mutter hatte mir immer eingehämmert, dass man sich »schwierig« machen sollte. »Du musst dich immer schwierig machen, Kind«, hatte sie gesagt. Aber mit vierzig und bei einem solchen Mann konnte man es sich auch mal leisten, sich nicht schwierig zu machen, fand ich.

Ton erhob sich, und wir tauschten unsere Handynummern aus, bevor er ging. Ich sah ihm nach, wie er mit federndem Gang den steilen Sandweg nahm, der durch die Dünen zur Strandpromenade führte.

»Ich erwarte dich um halb neun hier im Strandcafé«, hatte Ton van der Laan gesagt. »Dann werden wir deinen Geburtstag noch mal sou richtig feiern.«

12

Zum ersten Mal seit langer Zeit war Johanna sprachlos. Ihre großen Augen wurden noch eine Spur größer, als sie mich ansah und fragte, was das heißen solle, ich hätte schon eine Verabredung.

Meine Freundin saß auf dem Korbstuhl, auf dem noch vor einer halben Stunde Ton van der Laan gesessen hatte, und verstand gar nichts mehr.

Ich rührte in meinem Milchkaffee, leckte den Schaum von dem langstieligen Löffel und kostete meinen kleinen Triumph noch einen Moment aus. Dann lehnte ich mich in meinem Stuhl zurück. Hinter der Glaswand des Cafés herrschte Windstille, und es war so warm geworden, dass wir beide unsere Jacken ausgezogen hatten.

»Es tut mir leid, wenn ich deine Pläne durchkreuze, aber ich *bin* heute Abend schon zum Essen eingeladen«, sagte ich noch einmal und räkelte mich zufrieden in der Sonne. Meine Freundin hatte mir gerade verkündet, dass Musikerkollege Jan heute für uns ein Curry kochen wollte und uns zu sich ins Ferienhaus einlud. Selbstverständlich würde auch der fabelhafte Frank mit von der Partie sein. Wie schön, dass ich diesmal nicht dabei sein konnte.

»Komm, Fritzi, mach es nicht so spannend, was ist passiert?«

»Nun ja, während du mit deinem Verehrer im Museum warst, habe ich hier einen netten Holländer kennengelernt, das ist passiert.«

»Wie jetzt?«, fragte Johanna. »Einfach so? Einen Holländer? Was ist das denn überhaupt für ein Mann? Du kennst ihn doch gar nicht. Und wieso lädt er dich gleich zum Abendessen ein?«

»Wieso nicht?«, entgegnete ich. »Im Übrigen liegt es in der Natur der Sache, dass man jemanden nicht kennen kann, den man erst noch kennenlernen will, oder?« Ich wartete nicht auf Johannas Zustimmung, sondern redete gleich weiter. »Ich habe ihn übrigens gestern Abend schon im Nero gesehen. Er stand an der Theke, gleich neben deinen Kollegen, und guckte immer zu mir rüber.«

»Der ist mir gar nicht aufgefallen.« Johanna versuchte sich zu erinnern und schüttelte den Kopf.

»Aber mir«, sagte ich. »Er ist sicherlich der coolste Typ, der mich jemals angesprochen hat. Ihm gehört das Strandcafé.«

Das schien Johanna nicht zu beeindrucken, im Gegenteil, sie runzelte besorgt die Stirn. »Du meinst, er ist so ein holländischer Strandbudenbesitzer?«, fragte sie misstrauisch. »Du meine Güte! Hoffentlich kifft er nicht. Suchst du dir deine Männer jetzt in der Leichtlohngruppe? Also, ich weiß nicht, Friederike ...«

Ihre plötzliche Arroganz ärgerte mich. »Aber ich weiß! Erst knatschst du mir die Ohren voll mit deinem ewigen ›Wir-suchen-jetzt-einen-Mann-für-dich‹, aber wenn ich dann selbst jemanden finde, ist es auch nicht recht. Wenn es nach dir ginge, sollte es lieber ein langweiliger Diplom-Psychologe sein. Oder ein adeliger Großgrundbesitzer. Oder ein Kinderarzt mit eigener Praxis. Weißt du was, Johanna? Du redest gerade wie deine eigene Großmutter. Ich wusste gar nicht, dass du so spießig sein kannst.«

Johanna ruderte sofort zurück. »Ist ja schon gut, Fritzi. Ich bin ... also ... vielleicht bin ich einfach bloß so überrascht.« Sie stupste mich kurz an und ich gab einen unwilligen Laut von mir. »Komm, jetzt sei nicht beleidigt.« Lächelnd und in dem Versuch, es wiedergutzumachen, fragte sie: »Wie heißt er denn, dein Holländer?«

Die Unterhaltung nahm jetzt endlich die richtige Wendung, fand ich. »Er heißt Ton van der Laan«, erklärte ich. »Er spricht sehr gut Deutsch. Witzig ist er auch. Und er sieht aus wie … wie …«

»Wie ein Gott«, ergänzte Johanna. Um ihre Mundwinkel zuckte es.

»Ja, genau!« Ich stützte mein Kinn in die Hand und blickte über das Meer. »Ist schon der Hammer, dass einem plötzlich so was passieren kann.« Ich schwieg und dachte an meine nachmittäglichen Flaschenpost-Phantasien. »Ich meine, ich saß gerade auf den Stufen da unten und hab mir gewünscht, dass endlich mal was Schönes passiert. Und im nächsten Moment steht dieser Mann vor mir – wie vom Himmel geschickt. Ist das nicht absolut erstaunlich?«

Meine Freundin nickte, aber ich sah ihr an, dass sie nicht vollkommen überzeugt war. Johanna, das muss man wissen, ist nicht so schicksalsgläubig wie ich. Sie ist eher so der rationale Typ, was nicht heißen soll, dass sie nicht sehr lustig und charmant sein kann. Doch wie hatte es ihr Psychologenfreund so treffend ausgedrückt, ich war schließlich die Abenteurerin von uns beiden.

Mit klopfendem Herzen parkte ich Johannas Auto eine Viertelstunde zu früh an der Promenade und stieg aus. Ich ging ein paar Schritte vor und blickte auf das türkisfarbene Strandcafé hinunter. Die Terrasse war beleuchtet, aber es saßen nur noch vereinzelt Gäste dort, die sich in ihre Jacken oder Decken gehüllt hatten, welche gefaltet über den Stühlen bereitlagen. Auch wenn die Sonne tagsüber schon so warm gewesen war, dass meine

Wangen richtig Farbe bekommen hatten – abends wurde es doch empfindlich kühl. Ende April war eben noch nicht Sommer.

Das Meer rauschte leise und ein leichter Wind strich durch die Gräser der Dünen und verfing sich in meinen Haaren. Ich strich mir eine losgelöste Strähne hinters Ohr zurück und beugte mich über das Holzgeländer, um besser sehen zu können. Im Inneren des Cafés, das zur Meeresseite hin verglast war und abends offenbar als Restaurant diente, standen eingedeckte Tische. Eine große Gesellschaft saß schon dort und schien zu feiern. Kleine bunte Lämpchen, die in einer Kette unter der Decke hingen, tauchten den Raum in ein sanftes Licht. Es sah so zauberhaft aus, dass man es hätte malen wollen. Dieses stimmungsvolle Bild ließ das Herz eines jeden Romantikers höher schlagen. Und mein Herz schlug ja schon.

»Na, dann wollen wir mal.« Vorsichtig ging ich mit meinen schwarzen Ballerinas den schmalen Sandweg hinunter, kleine Holzschwellen und das Geländer gaben mir Halt. Auf Anraten von Johanna hatte ich wieder meine weiße Jeans und die schwarze Bluse angezogen, in meinem Ausschnitt baumelte die zarte Granatkette.

Johanna, die ich vorher bei Jan abgesetzt hatte, hatte mir ihr Auto überlassen. Von Bergen binnen bis nach Bergen aan Zee fuhr man eine gute Viertelstunde.

»Nimm dein Handy mit und pass auf, wenn du zurückfährst«, hatte sie zum Abschied gesagt und mich kurz gedrückt. »Die Allee ist tückisch.« Dann hatte sie mir einen schönen Abend gewünscht und das grüne Gartentor aufgestoßen, das zu Jans Ferienhaus führte.

Ich ging gerade über die Holzbohlen der Terrasse auf den Eingang des Restaurants zu, als sich ein Schatten von der Mauer löste. Instinktiv fuhr ich zusammen und hielt den Arm abwehrend über das Gesicht, dann lachte ich auf. Es war Ton van der Laan.

»Meine Güte, du hast mich vielleicht erschreckt!«

Er legte den Arm um meine Schultern. »Entschuldige, das wollte ich nicht. Ich habe schon die ganze Zeit auf dich gewartet. Ich hatte Angst, du würdest vielleicht nicht kommen.« Seine Stimme war ganz nah an meinem Ohr, und ich merkte, wie ich eine Gänsehaut bekam.

Ich lächelte verlegen. »Nun, jetzt bin ich ja da.«

Er sah mir in die Augen. »Ja, jetzt bist du da«, wiederholte er und geleitete mich in das Restaurant. Ich blickte mich entzückt um. Strandbude – von wegen! Dazu würde ich Johanna noch mal ein paar Takte sagen. Ton nahm mir die Jacke ab, sein Blick streifte meine schwarze Bluse, deren oberste drei Knöpfe offenstanden, und dann führte er mich an einen Zweiertisch, der durch einen halbhohen Bambus-Paravant abgeschirmt in einer Ecke vor der großen Glasfront stand, die den Blick aufs Meer freigab. »Bitte«, er wies auf den Stuhl.

Ich setzte mich und schaute auf die spiegelnde Scheibe, hinter der das Meer eher zu erahnen war, als dass man es wirklich sah. Dennoch glaubte ich den grauen Streifen der Brandung zu erkennen. Dieselbe Farbe wie seine Augen, dachte ich und spürte, wie meine Wangen brannten.

»Meine Freundin ist heute auch zum Essen eingeladen, eigentlich hätte ich zu ihrem Freund mitkommen sollen … also nicht zu *ihrem* Freund, haha«, ich lachte wie eine Schwachsinnige, »es ist nur ein Kollege von der Musikschule, Jan, er spielt Klarinette und hat ein kleines Sommerhaus hier …« Ich brach ab und zupfte verlegen an der dicken dunkelroten Rose, die in einer kleinen Vase steckte. Wen um Himmels willen interessierte das?

»Ouh«, sagte Ton und zog die Augenbrauen hoch und seine grauen Augen ruhten einen Moment auf mir. »Ein Klarinettenspieler! Wärst du heute Abend lieber zu ihm gegangen?«

Er sagte es, als ob ich die Wahl zwischen zwei Männern gehabt hätte, und ich spürte, wie die Röte mir ins Gesicht kroch.

Ich lachte und schüttelte energisch den Kopf. Nein, natürlich nicht.

Während Ton den Wein für uns aussuchte (»Wir nehmen einen Weißen«, bestimmte er und schenkte mir einen tiefen Meeresbrandungsblick, »Rotwein entspannt, aber Weißwein macht rebellisch!«) und anschließend das Essen bestellte (»Sag mir einfach, ob du Fisch oder Fleisch möchtest, und dann vertrau mir«), nutzte ich die Gelegenheit, mir den Mann, der mich zum Essen eingeladen hatte, genauer anzuschauen. An diesem Abend trug er ein sportliches khakifarbenes Hemd zu einer schwarzen Jeans, ein weicher schwarzer Kapuzenpullover mit dem Aufdruck *Sail & Sound – it's groovy* hing über der Stuhllehne. Die halblangen blonden Haare fielen ihm in die Stirn, wenn er sprach, und er strich sie sich immer wieder mit einer beiläufigen Handbewegung zurück. Man sah sofort, dass Ton ein Mann war, der sich im Freien aufhielt und viel Sport trieb, und der dunkelblonde Drei-Tage-Bart verlieh dem jungenhaften Gesicht etwas Piratenhaftes. Ich lächelte. Ich hatte keine schlechte Wahl getroffen.

»Na, zufrieden?« Ton, der gerade den Wein nachschenkte, hatte meine verstohlenen Blicke bemerkt und sah mich an.

»Äh ... ja.« Ich fühlte mich ertappt und pickte mit meiner Gabel ein Fischlein vom Vorspeisenteller.

»Nur keine Scheu – du kannst ruhig sagen, dass ich dir gefalle – ich finde dich auch sehr sexy.« Er grinste.

Hoppla, so einen Satz musste man erst einmal bringen! Seine Direktheit verwirrte mich. War es Direktheit? Oder war diese Bemerkung nicht schon ein bisschen unverschämt? Verunsichert kaute ich auf meinem Fisch herum. Zweifellos verfügte Ton van der Laan über ein sehr gesundes Selbstbewusstsein und war sich seiner Wirkung auf Frauen bewusst. Na, und wenn schon! Ich spülte den Fisch mit einem großen Schluck Wein herunter. Männer mit Minderwertigkeitskomplexen konnte man an jeder Ecke finden, und das waren in der Regel die, die nachher am unerträglichsten wurden. Dieser Mann sagte einfach, was er dachte. Er war einfach besonders ehrlich. Und das war doch eigentlich sehr sympathisch.

Ich deutete auf den Kapuzenpulli. »*Sail & Sound* – was ist das?«, fragte ich, um das Thema zu wechseln.

Kapuzenpulli? Ich zog meinen Wein zu mir herüber und fragte mich zum ersten Mal, wie alt dieser Ton eigentlich war. Fünf Jahre jünger als ich? Zehn Jahre jünger? Oder vielleicht sogar noch mehr?

Hastig nahm ich meinen nächsten Schluck Wein und hörte nur noch mit halbem Ohr hin, als Ton jetzt davon erzählte, dass er als Segellehrer in Egmont arbeitete und zu den Organisatoren des jährlich im September stattfindenden Jazz- und Segelregatta-Festivals *Sail & Sound* zählte. Er lachte und versicherte mir, wie »cool« dieses Festival sei, und ich lachte auch und versuchte in seinem gebräunten Gesicht Spuren des Alters zu entdecken und fand keine.

Überhaupt war meine Alterseinschätzung, was jüngere Menschen anging, mit der Zeit recht ungenau geworden. Wahrscheinlich lag es daran, dass ich selbst bei gefühlten dreißig Jahren stehengeblieben war. Dieses »Innengefühl« war wohl auch der Grund dafür, dass ich mich auf den meisten aktuellen Aufnahmen überhaupt nicht mehr wiederfand. Was heißt wiederfand? Ich fing an, Fotos, die mit Blitzlicht gemacht wurden, regelrecht zu hassen. Das bin doch nicht ich, dachte ich immer öfter, wenn ich Bilder von mir in den Händen hielt, und starrte ungläubig auf die fremde Frau, die mir entgegenblickte und Friederike Berger sein wollte. Und jetzt saß die fremde Frau mit einem jugendlichen Surferboy in einer holländischen Strandbude. Himmel, was machte ich hier eigentlich?

Erschrocken hob ich die Hand an den Mund. War ich jetzt schon in jenem verfänglichen Alter, in dem man sich mit Halbstarken einließ? War ich Tante Julia aus »Tante Julia und der Kunstschreiber«? War ich Claire Goll?

»Fritzi? Fritzi?! Was ist los mit dich? Ist die Vorspeise nicht in Ordnung?«

Ton musterte mich besorgt.

Ich schüttelte den Kopf und wollte sagen, dass der Fisch köstlich schmecke, obwohl ich ehrlicherweise hätte sagen müssen, dass ich im Moment gar nichts schmeckte. Stattdessen sagte ich:

»Wie alt bist du eigentlich, Ton?« Die Worte fielen wie von selbst aus meinem Mund.

Er sah mich überrascht an. »Ich werde im Juni dreißig Jahre alt. Ist das wichtig?«

»Ja … nein … ich weiß nicht«, stammelte ich. Zehn Jahre jünger! Das war nicht ganz so schlimm, wie ich befürchtet, aber auch nicht ganz so gut, wie ich gehofft hatte. Auf jeden Fall fiel es nicht unter die Rubrik Verführung Minderjähriger. »Ich meine …«, setzte ich erneut an.

»Jaaa?« Ton beugte sich etwas vor, um nichts von meinem Gestammel zu verpassen. »Was meinst du?« Meine Güte, er war wirklich sexy.

»Es ist nur ungewohnt … irgendwie … ich hatte bisher noch kein … äh … Rendezvous … mit einem zehn Jahre jüngeren Mann.« Meine Güte, ich klang wie meine eigene Tante. *Rendezvous!* Wer sagte denn heute noch so etwas! Aber ich wollte den Altersunterschied zumindest mal erwähnt haben.

»Dann wird es vielleicht höchste Zeit. Ich verspreche dir, du wirst es nicht bereuen.« Ton lachte leise, griff nach meiner Hand und führte sie kurz an seine Lippen. Mir wurde heiß. »Die Jahre haben doch keine Bedeutung«, hörte ich ihn sagen. »Der Moment ist das Einzige, was zählt.«

Ich nickte benommen und war es noch, als der Kellner in seiner langen dunkelroten Schürze die Dorade filetierte. Ton van der Laan verstand es wirklich, einer Frau das Gefühl zu geben, etwas ganz Besonderes zu sein. So umschmeichelt worden war ich schon lange nicht mehr. Mag sein, dass er das immer so machte, vielleicht war es seine Masche, es war mir egal. Ich wusste nur, dass es sich verdammt gut anfühlte, und wider besseren Wissens und benebelt von zu viel Wein sog ich all die Komplimente und schönen Worte auf wie ein ausgetrockneter Meeresschwamm das Wasser. Ich schwebte auf einer Wolke, mein weibliches Selbstbewusstsein stieg von Minute zu Minute, ich war klug, bezaubernd und verführerisch, ich war die Königin von Saba, und als wir beim Dessert angelangt waren, glaubte ich es fast selbst.

Nach dem Essen legte Ton die Serviette neben seinen Teller und nahm die Blume aus der kleinen Vase. »Für die schönste Frau des Abends«, sagte er, seinen Blick unverwandt auf mich gerichtet, und hielt mir die Rose entgegen wie eine Aufforderung. »Ich hoffe sehr, dieser Abend ist noch nicht zu Ende.«

Kann es mir irgendwer verdenken, dass ich die Rose nahm?

Im Leben einer jeden Frau kommt irgendwann der Moment, da sie ihre Prinzipien über Bord wirft. Als ich mit Ton in der Dunkelheit am Strand entlangging, nichts über mir als den Himmel und die silberne Sichel des Mondes, wusste ich, dass der Moment gekommen war. Ein leises Meeresrauschen erfüllte leise und stetig die Luft, und vor dieser unwirklichen Kulisse verloren alle Grundsätze ihre Gültigkeit. Und was waren gute Vorsätze überhaupt? War »Nicht beim ersten Mal« auch mit vierzig noch ein guter Vorsatz? Ich war frei, ich konnte tun und lassen, was ich wollte, ich hatte nichts zu verlieren. Das dachte ich jedenfalls.

Und als Ton die Tür zu dem alten Bootshaus öffnete, sich zu mir umdrehte und sagte »Kommst du?«, steckte ich mir die Rose ins Haar. Und alles, was ich dachte, war: Warum eigentlich nicht?

Im Inneren des Bootshauses war es dunkel. Ein paar Seile hingen von der Decke, Eimer standen auf dem Boden, ich erkannte Surfbretter und Segel, die an der Wand lehnten, im hinteren Teil zeichneten sich die Umrisse einen Ruderbootes ab. Ton zog mich zu sich, und dann spürte ich seine Lippen, die sich hart und fordernd gegen meinen Mund pressten. Mit wüsten kleinen Bissen öffnete er meine Lippen, eine merkwürdige Art zu küssen, dachte ich etwas irritiert, aber irgendwie auch aufregend. Ein seltsames Gefühl erfasste mich. Ich war ganz bei mir und hatte doch gleichzeitig das Gefühl, die Szene wie in einem Film mit zu verfolgen.

Ton griff in mein Haar und zog ein wenig daran, dann bog er mir den Kopf zurück und küsste meinen Hals, mit einer Bewegung hatte er meine Jacke aufgemacht, mir die Bluse von der Schulter gestreift und sein Haarschopf schwebte einen Moment über meinem bloßen Halsansatz, bevor sich sein Mund gierig in meine Haut vergrub und fest und immer fester zu saugen begann. Ich stöhnte auf, dann spürte ich einen stechenden Schmerz und zog die Schultern hoch.

»Au … nicht so fest, bist du ein Vampir, oder was?«

Ton lachte leise, im fahlen Lichtschein, der durch das kleine Fensterchen fiel, blitzten seine grauen Augen kurz auf und er ließ für einen Moment von mir ab. Ich hörte das Rascheln von Kleidung, die zu Boden fiel, dann war er wieder bei mir, über mir, seine Hände packten mich überall, seine drängenden Küsse und Bisse fegten tsunamigleich über meinen Körper, ich spürte, wie der Reißverschluss meiner Jeans mit einem ungeduldigen Ratsch aufgezogen wurde. Einen Augenblick später war ich nackt.

Ton murmelte mir Worte ins Ohr, die ich lange nicht gehört hatte oder auch noch nie, schmeichelhafte Worte, unanständige Worte. Er griff mir zwischen die Beine und drückte mich gegen das Boot, dessen Haltevorrichtung für die Ruder sich schmerzhaft in meine Haut bohrte. Ich genoss es, ich genoss auch das, ich genoss alles, ich fühlte mich nach langer Zeit so überaus lebendig und begehrt und taumelte durch alle Sensationen, die diese Nacht für mich bereithielt. Die kleine Stimme, die mir anfangs noch ab und zu einflüsterte, ob das nicht alles ein bisschen zu viel war, ein bisschen zu schnell ging, versank in einer Brandung des Wollens und Sich-treiben-Lassens. Es gab kein Zuviel. Und als Ton am Ende mit ein paar schnellen kräftigen Stößen in mir kam und dabei wie ein Besessener hervorstieß »Du gehörst mir, nur mir!«, war das ein erschreckend beseligender Überfall auf meine kleine Welt.

13

Am nächsten Morgen begutachtete Johanna die Spuren der Verwüstung. »Du meine Güte«, sagte sie und starrte auf den bläulich-roten Fleck in meiner Schulterbeuge. »Bist du unter einen Laster gekommen?«

»Fast«, sagte ich und lächelte. Im frühen Morgengrauen war ich nach Bergen zurückgefahren und völlig übermüdet noch für ein paar Stunden auf dem Sofa eingeschlafen.

»Dann muss ich dich ja gar nicht fragen, wie der Abend war … die Nacht«, setzte sie hinzu und hielt mir einen Becher mit Kaffee hin.

Ich umfasste den heißen Becher mit beiden Händen. »Nein, musst du nicht«, sagte ich. »Aber ich sag's dir trotzdem.« Ich lehnte mich in dem gestreiften Sofa zurück und spürte jeden einzelnen Knochen. »Es war total irre, irgendwie völlig abgefahren. Wir haben es in einem Bootshaus … getrieben.«

»Getrieben« war nicht unbedingt ein Ausdruck, der zu meinem aktiven Wortschatz gehörte, aber ich hielt ihn für angemessen, um die Abenteuer der letzten Nacht zu umschreiben.

»In einem Bootshaus, oh là là«, Johanna schnalzte mit der Zunge und ihre Augen bekamen einen eigentümlichen Glanz. »Das ging ja schnell. Mir scheint, du bist einem Don Juan in die Hände gefallen.«

Ein holländischer Don Juan! So etwas gab es doch gar nicht. Ich lächelte in mich hinein. Im Vergleich zu dem gepflegten Abend, den Johanna mit den netten Langweilern Jan und Frank verbracht hatte, war mein nächtlicher Ausflug sicherlich mehr als exzessiv gewesen. Ich nahm einen Schluck Kaffee und spürte, wie das heiße Getränk sich den Weg durch meine Eingeweide bahnte.

Am Ende der Nacht, nach einer letzten heftigen Umarmung, hatten wir noch eine Weile auf der kratzigen Wolldecke gelegen, die Ton auf dem Boden ausgebreitet hatte. »Sehen wir uns morgen?«, hatte er gefragt und ich hatte gesagt: »Morgen bin ich schon über alle Berge. Du meinst heute«, und wir hatten beide gelacht. Ich hatte mich aufgestützt und mit dem kleinen goldenen Anhänger gespielt, der in seinen Brusthaaren aufblinkte. Eine runde seltsam geformte Scheibe.

»Was ist das?«

»Ein altes Symbol der Maori. Steht für Glück.«

»Und – bist du glücklich?«

»So glücklich, wie man im Moment nur sein kann.«

Ich hatte mich wieder auf die Decke zurückfallen lassen.

»Darf ich dich etwas fragen?«

»Klar, frag ruhig.«

»Hast du keine Freundin?«

Er lachte wieder sein leises Lachen, das mir schon ganz vertraut war. »Ihr Frauen wollt es immer ganz genau wissen, was?« Einen Moment schwiegen wir beide. Ich wartete.

»Nichts Festes«, sagte er schließlich, und ich kuschelte mich zufrieden an ihn.

»Hallo!« Johanna wedelte mit der Hand vor meinem Gesicht herum. »Redest du noch mit mir?«

»Nicht Don Juan«, sagte ich, ihren letzten Satz aufgreifend. »Eher *Salz auf unserer Haut*. Die pure Leidenschaft in der Fischerhütte.«

»Klingt gut«, feixte sie. »Aber du weißt ja auch, wie das ausgegangen ist.«

Ich setzte mich auf. »Ja, weiß ich. Aber egal, wie das hier ausgeht – und wenn es nur diese eine Nacht gewesen ist, ich bereue nichts«, versicherte ich. »*Je ne regrette rien!* Dazu war es viel zu schön, zu aufregend … ach, Johanna!«

Ich seufzte und vergaß in meiner schwelgerischen Euphorie, dass es einfach ist, nichts zu bereuen, wenn man die Süße des Kuchens noch unmittelbar auf der Zunge hat. Solche Sätze sagen sich leicht, wenn das Objekt der Begierde in greifbarer Nähe ist und die Liebe ewig zu sein scheint. Und das war alles, was ich wusste, an diesem verheißungsvollen Frühlingstag, in den ich meine Hoffnungen warf – bedenkenlos und leichtsinnig wie all jene, die gerade dabei sind, sich zu verlieben.

»Auf jeden Fall hat er keine feste Freundin, ich habe ihn gefragt.«

»Ein Don Juan hat nie *eine* feste Freundin.«

Ich warf ein Kissen nach meiner Freundin. »Jetzt hör schon auf damit und freu dich mal ein bisschen für mich.«

»Ich freue mich sehr für dich, Fritzi.« Sie lächelte. »Genieße es, solange es geht und solange es dir gut tut.«

Ich überhörte ihre Bemerkung. Irgendetwas daran gefiel mir nicht. »Ton hat mich gefragt, ob wir uns heute Nachmittag noch mal sehen. Kommst du mit?«

Natürlich kam Johanna mit. Den supergut aussehenden leidenschaftlichen Fischermann und »Strandbudenbesitzer« wollte sie sich nicht entgehen lassen. Sie summte vergnügt vor sich hin, als wir wieder einmal die Ewige Laan entlangfuhren und sie ihren Wagen geschickt an den eng zusammenstehenden Bäumen vorbeimanövrierte. Als ich ihr erzählte, dass Ton als Segellehrer arbeite und das Sail & Sound-Festival mit organisiere, bemerkte sie kurz: »Ein Segellehrer?«, und ich konnte geradezu hören, wie sie im Stillen ergänzte: »In jedem Hafen eine Braut«. Aber sie hielt sich zurück und meinte sogar freundlicherweise, von diesem Festival habe Jan auch schon geschwärmt.

»Das muss ganz toll sein«, fiel ich ein. »Ton hat mir erzählt, die ganze Stadt sei dann bis spät in die Nacht auf den Beinen, überall gibt es Jazzmusik und am Strand liegen die tollsten Katamarane. Vielleicht können wir da ja mal zusammen hinfahren, was meinst du?« Ich war voller positiver Zukunftsenergie. »Vielleicht kann Lilli im Sommer hier einen Segelkurs machen. Ton sagt, es gibt so ganz kleine Segelboote, Optimisten heißen die, da können auch Kinder drin segeln.«

Ton, Ton, Ton – ich benutzte seinen Namen auf der Strecke zwischen Bergen und Bergen aan Zee ungefähr dreißig Mal, offenbar war ich dem Erwähnzwang schon völlig erlegen.

Johanna lachte mich aus und parkte den Wagen in einer Seitenstraße nahe dem großen Meeres-Aquarium, in dem man Muscheln kaufen und kleine Haie hinter einer Panzerglasscheibe bestaunen kann.

An einer Fischbude auf der Promenade kauften wir uns eine Tüte Pommesfrites und Backfisch und schlenderten damit zum Strand hinunter und dann immer Richtung Schoorl am Meer entlang. Der Himmel war wolkenlos, das türkisfarbene Café war das letzte am Strand. Als wir die Stufen zur Terrasse hinaufgingen, stand Ton schon am Eingang des Restaurants, mit wehendem Haar, ein schwarzes Piratentuch um den Kopf geschlungen, und hieß uns mit freundlichem Wolfslächeln willkommen.

»Wow!«, flüsterte Johanna, und so sehr sie mich auch vorher mit meinem »holländischen Don Juan« aufgezogen hatte – eine Bezeichnung, von der sie sich nicht mehr abbringen ließ –, als wir uns jetzt mit Ton zusammen an einen der Tische setzten, erlag auch sie seinem anzüglichen Charme. Und als Ton eine halbe Stunde später den Arm um mich legte und mich – wie er grinsend erklärte – nun zu einer kleinen Dünenwanderung entführen müsse, zwinkerte mir Johanna zu und hielt verstohlen beide Daumen in die Höhe.

Die Dünenwanderung dauerte ganze zwanzig Minuten. Wir redeten und alberten herum und blieben immer wieder stehen, um uns zu küssen. Dann hatte Ton eine tiefe Mulde zwischen zwei Sanddünen gefunden, die ihm geeignet erschien. Er setzte sich und sah mich auffordernd an.

»Hier?«, fragte ich.

»Warum nicht?«, sagte er. ›Warum nicht?‹ schien eine seiner Lieblingsfloskeln zu sein. Seine fast schon unverschämte Unbekümmertheit verblüffte mich jedes Mal aufs Neue. Sie empörte und entwaffnete mich gleichermaßen.

»Du bist ja gut. Und wenn Leute kommen?«

»Dann werden sie uns beneiden.«

»Du hast wohl vor gar nichts Respekt, was?«

»Sollte ich?« Er griff nach meiner Hand und zog mich zu sich hinunter. »Sei mal nicht sou spießig, mein Meisje.« Es gefiel mir, wie er das sagte, »mein Meisje«. Ich fühlte mich schon als halbe Holländerin. Blond genug war ich ja. Er fasste mir mit einer Hand in die Haare. »Du willst es doch auch, ich sehe es dir an!«

Die Bilder der letzten Nacht rasten durch meinen Kopf. Natürlich wollte ich »es«. Ich wäre ja bescheuert gewesen, wenn ich »es« nicht gewollt hätte. Also legte ich mich in den Sand, sah in den weiten Himmel über mir, sah ein paar Möwen, die kreischend in die Höhe stiegen, ließ mich küssen, beißen, festhalten und dachte, wie wunderbar es war, solche Begehrlichkeiten in jemandem auszulösen.

»Meine Güte, das war der Wahnsinn«, sagte Ton, als ich erhitzt und etwas durcheinander meine Kleider wieder ordnete. Ich fuhr mir mit den Fingern durch die Haare und versuchte den Sand hinauszubekommen. »Es ist unglaublich, wie gut wir zusammenpassen …« Er grinste. »In jeder Beziehung, oder? So etwas wie mit dir habe ich noch nie erlebt. Du bist meine Traumfrau, weißt du das eigentlich, mein Goldmeisje …«

Ich hielt inne und sah ihn an wie ein betrunkenes Schaf. Ich hätte stundenlang zuhören können. So süchtig war ich nach all den schönen Worten.

Als sein Mobiltelefon klingelte, seufzte ich enttäuscht auf. Ton warf einen kurzen Blick auf das Display und wandte sich dann mit einer entschuldigenden Geste von mir ab. Er sagte mit gedämpfter Stimme etwas auf Holländisch, das ich nicht verstand. Es klang wie »Jetzt ist es schlecht, ich ruf dich später an, okay?«.

»Entschuldige.« Er kam wieder zu mir herüber.

»Wer war das?«, fragte ich und biss mir sofort auf die Lippen. Wie uncool von mir, so etwas zu fragen!

»Ein Kumpel von mir.« Ton sagte es ohne jede Verlegenheit. Dann strich er mir über den Rücken und fragte: »Tut es noch weh?«

Die Metallöse des Ruderbootes hatte einen ziemlich großen blauen Fleck auf meinem Rücken hinterlassen.

»Das macht nichts … macht gar nichts«, versicherte ich. »Es war die Sache wert.« Ich lächelte und zog mir einen Strumpf an. »Auf diese Weise vergesse ich dich jedenfalls nicht so schnell.«

»Du sollst mich nie vergessen. Diese Nacht mit dir war … das Aufregendste, was ich jemals erlebt habe.«

Ich lauschte dem Klang seiner Stimme, dann setzte ich mich auf. »Das sagst du bestimmt jeder Frau, oder?«

Er sah mich eine Weile intensiv an und grinste dann. »Das sage ich *dir.*« Er streifte sich seinen Pullover über, setzte sich neben mich in den Sand und biss mir ins Ohrläppchen.

Ich kicherte. »Nicht, sonst ziehe ich mich wieder aus.«

»Mach doch.«

»Du bist wirklich verrückt.«

»Ja, verrückt nach dir.« Er küsste mich so lange, bis wir beide wieder im Sand lagen, und legte sich mit seinem ganzen Gewicht auf mich. Ich spürte seine Erektion durch den Stoff der Segeltuchhose.

»Oder verrückt nach Sex?«, stieß ich hervor und rang nach Luft.

Er lachte und sein warmer Atem streifte mein Ohr.

»Klar, verrückt nach Sex«, raunte er und drückte sich gegen mich. »Was denn sonst? Sex ist die Basis von allem. Wir können gerne über alles reden und reden und reden, aber glaub mir, am Ende ist es immer der Sex, der zählt.«

Die Sonne stand schon tief am Himmel. Ton schaute auf die Uhr und stand auf. »Komm, mein Meisje, wir müssen los.«

Ich hatte Johanna versprochen, den letzten Abend in Bergen mit ihr zu verbringen, und Ton begleitete mich noch bis zum Strandcafé zurück, wo meine Freundin in eine Decke eingehüllt in ihrem Korbstuhl saß und las.

Am nächsten Tag wollten wir schon früh am Morgen nach Hause aufbrechen, mittags würde Lilli mit dem Bus von ihrer Ferienfahrt zurückkehren. Ich seufzte tief. Köln war im Moment für mich so weit weg wie der Nordpol. Der Abschied von Ton fiel mir schwer, ich hatte den Gedanken daran die ganze Zeit von mir weggeschoben, doch jetzt war der Moment unausweichlich gekommen.

»Ton«, sagte ich und sah ihn an.

»Schon gut, Meisje, keine langen Abschiede.« Er nickte mir zu.

»Wann sehen wir uns denn wieder?« Erst jetzt fiel mir auf, dass wir darüber noch gar nicht gesprochen hatten.

»Wann du willst«, sagte er. »Wir telefonieren.«

Er hielt seine Hand mit abgespreiztem Daumen und kleinem Finger ans Ohr, lachte und ging dann mit langen federnden Schritten davon, ohne sich noch einmal umzudrehen.

»Ich glaube, ich muss Abbitte leisten«, sagte Johanna.

Wir saßen in dem kleinen französischen Restaurant unweit der Dorpstraat, das Jan uns empfohlen hatte, und aßen Lammrücken in Thymiankruste. Nach meinem ausgedehnten Ausflug in die Dünen hatte ich plötzlich einen Riesenappetit.

»Der Typ ist ein Knaller«, sagte sie.

Ich nickte zufrieden. Endlich hatte meine Freundin es eingesehen.

»Aber auch ein Herzensbrecher.«

»Warum? Nur weil er gut aussieht?«

Johanna schüttelte den Kopf. »Nein, nein, das hat nichts mit dem Aussehen zu tun. Es ist diese ganze Art. Wie alt ist er eigentlich? Er wirkt so total ... jungenhaft.«

»Zehn Jahre jünger als ich«, entgegnete ich. Und um irgendwelchen Kommentaren vorzubeugen, fügte ich gleich noch hinzu: »Aber glaub mir, er ist schon ein ganz großer Junge.«

Johanna nickte. »Das glaub ich dir gern. Am Meer altert man ja bekanntlich auch schneller. Aber zehn Jahre – tja, das ist schon eine ganze Ecke. Ich meine, zwischen dreißig und vierzig passiert ja noch jede Menge.«

»Das musst du mir nicht sagen, ich bin ja nicht blöd.«

Johanna kaute nachdenklich auf ihrem letzten Stück Lamm, dann schüttelte sie den Kopf und lachte. »Ach, was soll's! So ungewöhnlich ist das nun auch wieder nicht. Außerdem tut er dir gut, das ist das Wichtigste.« Sie warf mir einen wohlwollenden Blick zu. »Du müsstest dich mal sehen mit deinen roten Wangen und diesen glänzenden Augen. Alle Leute haben dich angeschaut, als wir eben ins Restaurant gekommen sind.« Sie zwinkerte mir zu. »Was habt ihr eigentlich den ganzen Nachmittag gemacht?«

»Na, was wohl.« Ich ließ den Rotwein einen Moment im Glas schaukeln und musste an Tons Worte denken: Rotwein macht angenehm müde, Weißwein macht rebellisch. Auch ich wurde allmählich müde, aber das lag wohl nicht nur am Rotwein. »Wir sind spazieren gegangen.« Ich beugte mich lächelnd über mein Rotweinglas und nahm dann einen tiefen Schluck.

Mein Alkoholkonsum hatte sich in den letzten zwei Tagen drastisch gesteigert, aber ich hatte ja schließlich auch etwas zu feiern – meinen Geburtstag und mein ganz persönliches Frühlingserwachen.

»Ton hat gesagt, Sex ist die Basis von allem. Wie findest du das?« Ich merkte, dass ich ein wenig betrunken war.

»Eine kühne Behauptung, würde ich sagen.« Johanna legte ihr Besteck auf dem Teller zusammen.

»Aber Sex *ist* doch wichtig«, beharrte ich und senkte die Stimme. Ich wusste, wovon ich sprach. Immerhin hatte ich lange genug ohne Sex gelebt und ich konnte nicht wirklich behaupten, dass eine solch körperlose Existenz großartig war. »Ohne Sex ist alles nichts.«

»Ohne Liebe ist alles nichts«, sagte Johanna. »Sex und Respekt und Liebe, aber am wichtigsten ist die Liebe … *das* hier.« Sie klopfte sich mit der flachen Hand aufs Herz. »Wenn das fehlt, ist alles in der Tat nichts.«

»Du sprichst wie die Bibel«, sagte ich und merkte, wie meine Worte zunehmend an Deutlichkeit verloren.

»Und du gehörst ins Bett.«

»Sag ich doch.« Ich prostete meiner Freundin zu. »Das Bett ist das Wichtigste.«

14

Ich lag im Bett und konnte nicht einschlafen. Vor meinem Fenster prasselte ein milder Aprilregen und ich dachte an Ton. Er hatte sich nicht gemeldet.

Als ich mich nach einer eher schweigsamen Rückfahrt, bei der jeder seinen ganz eigenen Gedanken nachhing, vor meiner Haustür von Johanna verabschiedete, hatte ich das Gefühl, von einer Mondreise zurückzukehren. Alles war vertraut und zugleich ein wenig fremd, und meine Freude darüber, wieder ins Hamsterrad zu steigen, hielt sich in Grenzen. Ich schloss die Wohnungstür auf und sah mich irritiert um. Nach einem solchen Wochenende zum alltäglichen Leben überzuwechseln, das zum größten Teil aus Einkaufslisten, Mülltonnen rausstellen, Essen zubereiten, Lilli von der Kita abholen, »Urmel aus dem Eis« vorlesen, die Wohnung putzen, Manuskripte prüfen und in öden Konferenzen hocken bestand, war nicht leicht. Ich war wie eine Somnambule, die eine Weile mit traumwandlerischer Sicherheit auf dem Dachfirst herumspaziert war, um dann mit einem Mal abzustürzen und auf das harte Pflaster der Wirklichkeit zu knallen.

In der Wohnung war es kalt, der Anrufbeantworter blinkte. Ich drückte die Taste und hörte die Nachrichten ab. Nichts wirklich Interessantes. Keine Nachricht aus Holland, obwohl ich Ton zur Sicherheit auch meine Festnetznummer gegeben hatte. Er besaß gar nicht erst so etwas wie eine Festnetznummer. Das war heutzutage wohl völlig *out of fashion*. Ich zupfte ein paar welke Blätter von der Birkenfeige und sah auf die Uhr. In zwei Stunden kam Lilli von der Ferienfahrt zurück, da konnte ich vorher gerade noch die Tasche auspacken, die Waschmaschine anwerfen und etwas zu essen vorbereiten. Am liebsten wäre ich gleich wieder ans Meer zurückgefahren, wo alles so schön überschaubar war und keiner etwas von mir wollte außer mein holländischer Fischermann.

Ich vergaß ihn für eine Weile, als Lilli aus dem Bus stieg und sich in meine Arme warf. Sie erzählte den ganzen Nachmittag begeistert und mit hochroten Wangen von ihren Erlebnissen auf der Ferienfahrt und überreichte mir mit kindlichem Stolz eine Art Traumfänger, den sie mir zum Geburtstag gebastelt hatte und den wir sofort über meinem Bett anbringen mussten. Ich war ganz gerührt über diese Schreckenskonstruktion, die sicherlich mit viel Liebe, aber doch mit wenig Geschick angefertigt worden war.

Als ich jetzt im Bett lag und an die Decke starrte, schwebte das kleine Monstrum aus Holz, beklebten Klopapierrollen und langen bunten Wollfäden im fahlen Licht der Straßenlaterne über mir und sah ziemlich gespenstisch aus. Ich hatte die Befürchtung, dass es schlechte Träume eher befördern als verhindern würde, aber vielleicht würde ich mich ja daran gewöhnen.

Unruhig wälzte ich mich im Bett herum und versuchte mein Kopfkissen so zurechtzuknuffen, dass ich möglichst angenehm lag. Doch ich fand keinen Schlaf. Auf meinem Nachttisch warteten mein Telefon und mein Mobiltelefon. Mittlerweile war es schon halb eins, und die Chancen, dass Ton sich noch melden würde, verringerten sich mit jeder Minute. Du darfst nicht so ungeduldig sein, befahl ich mir streng.

Leider hat Geduld noch nie zu meinen Stärken gehört. Ich glaube, ich hätte niemals in England leben können. Abwarten und Tee trinken – das war wirklich der langweiligste Spruch, den ich je gehört hatte. So viel Zeit hatte ich nicht, hatte doch eigentlich niemand. Und wenn man selbst sehr schnell war – und bei meinen täglichen Tausendpunkte-Listen *musste* ich einfach schnell sein –, kamen einem alle, die in normalem Tempo durchs Leben trotteten, ein bisschen retardiert vor.

Ich schlug wieder auf mein Kissen ein und versuchte es dann in der Bauchlage. Viertel vor eins, der Wecker würde um halb sieben klingeln.

Gut, dass keiner im Verlag vor neun Uhr mit mir rechnete. Ich gähnte herzhaft und drehte mich wieder auf den Rücken. Der Rücken tat weh, ich dachte an die Nacht im Bootshaus. Warum rief der Holländer nicht an?

Schon auf der Autofahrt hatte ich immer mal wieder mein Handy hervorgeholt, in der Hoffung, eine klitzekleine SMS vorzufinden, aber es gab nur eine Nachricht von Jasmin, die mir noch nachträglich zum Geburtstag gratulierte und schrieb, sie freue sich schon, wenn ich am Dienstag wieder ins Büro käme. Die Druidin sei inzwischen durchgedreht, es gäbe einiges zu erzählen.

Machte mich das neugierig? Nein! Was ging mich die Druidin an? Das alles war so weit weg von mir und meinen schönen Phantasien!

Als wir die weiten grünen Wiesen Hollands hinter uns ließen, ertappte ich mich dabei, wie meine Gedanken schon weit vorauseilten oder besser gesagt zurückflogen – ich plante bereits meinen nächsten Besuch bei Ton. Am übernächsten Wochenende würde Lilli bei ihrem Vater sein. Ich fasste an meinen Hals, wo noch immer der blaue Knutschfleck war, und schluckte. Ich sehnte mich nach Tons Berührungen. Ja, wir würden uns ein tolles Wochenende machen, wir würden aus den Betten gar nicht mehr herauskommen, und dann würde er wieder sagen, dass ich nur ihm gehörte … Ein wohliger Schauer lief mir über den Rücken und mir wurde ganz schlecht vor Lust. Ich sah zum Fenster hinaus und beruhigte mich ein wenig. Im Grunde war alles ganz einfach. Eigentlich konnte ich an jedem kinderfreien Wochenende nach Bergen fahren, so weit weg war das schließlich nicht, und dann kamen bald schon die Sommerferien … und dann … und dann …

Ich stellte mir gerade vor, wie ich mit Mann und Kind in einem kleinen Häuschen am Meer wohnte und Ton mit Lilli in die Segelschule ging, während ich im Garten saß und eine Übersetzung lektorierte, als Johanna zu mir herübersah. »Na, hat er sich gemeldet?«

Ich schüttelte den Kopf. »Nein, das war nur Jasmin.« Ich überlegte eine Weile, dann sagte ich. »Na ja, wir haben uns ja auch gestern erst verabschiedet.«

»Wie seid ihr denn überhaupt verblieben?«, wollte Johanna wissen.

»Er hat gesagt … also, er hat gesagt, wir würden uns sehen, wann immer ich es wolle, und dass wir telefonieren. Vielleicht sollte ich ihn anrufen, wenn wir in Köln angekommen sind.« Das war überhaupt die beste Idee! »Ich meine, nur um zu sagen, dass wir gut angekommen sind.«

Johanna fand die Idee offenbar nicht so genial. »Also – das würde ich *nie* machen«, sagte sie und schüttelte lachend den Kopf.

»Das ist jetzt aber sehr altmodisch, oder?«

»Nein«, sagte Johanna mit Nachdruck. »Ist es nicht. Wenn du meinen Rat hören willst, dann lass deine Finger vom Telefon. Er muss anrufen.«

Ich schimpfte noch eine Weile herum und sagte, dass ich zu alt wäre für diese albernen Wer-ruft-wen-als-Erster-an-Spielchen und dass wir schließlich alle erwachsen wären, doch Johanna beharrte auf ihrem Standpunkt. Und so ließ ich die Finger von allen Telefonen, denn manchmal höre ich auf meine Freundin. Ich machte also das, was ich am wenigsten konnte. Ich wartete.

15

Die ersehnte Nachricht kam, als ich am nächsten Morgen auf dem Weg in den Verlag vor einer roten Ampel stand und ungeduldig Zwischengas gab. Das Handy glöckte zweimal vom Beifahrersitz und kündigte mir eine SMS an.

Aufgeregt wie ein Teenie riss ich mein Mobiltelefon an mich und öffnete die Nachricht.

Hallo, mein Goldmeisje! Mein Herz frohlockte. *Bin gerade im Bootshaus und räume auf. Du gehst mir gar nicht mehr aus dem Kopf. Ton*

»Ja!«, rief ich. »Ja! Ja! Ja!« Ton hatte sich gemeldet und meine Stimmung stieg vom Nullpunkt in schwindelerregende Höhen. Verzückt ließ ich die Nachricht immer wieder über das Display wandern, bis es hinter mir zu hupen anfing. Ich blickte in den Rückspiegel.

Der junge Businesstyp, der hinter mir in seinem schwarzen A6 saß, schlug sich ein paar Mal gegen die Stirn und ließ dann das Fenster herunter. »Meine Güte, Frauen!«, rief er. »Nun fahr schon, Mädchen, grüner wird's nicht!«

Ich hasse Audi-Fahrer. Die meisten Audi-Fahrer, die ich kenne, wobei ich – zugegebenermaßen oder auch Gott sei Dank – keinen persönlich kenne, sind so gelackte, gutverdienende Jungkarrieristen, die dich jedes Mal, wenn du auf der Autobahn gerade einen Laster überholst, mit aufgeblendeten Scheinwerfern und sportlich-aggressivem Auffahren von der Spur drängen wollen.

Audi-Fahrer sind heutzutage das, was früher die BMW-Fahrer sich eingebildet hatten zu sein. Die Könige der Straße. Aber ohne mich!

Ich ließ den Wagen laufen, stieg aus und knallte die Autotür hinter mir zu. Dann stöckelte ich in meinem Kostüm zu dem A6 hinter mir und hielt mein Gesicht in das Wagenfenster.

»Für Sie immer noch Frau Berger, ja?«, herrschte ich den verdutzten Fahrer an. »Und sparen Sie sich Ihre frauenfeindlichen Sprüche für die nächste Stammtischsitzung, da weiß man so etwas vielleicht zu schätzen.« Ich stöckelte wieder zurück und legte in aller Ruhe den ersten Gang ein. Das Hupen hatte aufgehört und ich steuerte meinen Wagen zufrieden über den Hansaring. An der nächsten Ampel wandte ich mich wieder meiner neuen Lieblingsbeschäftigung zu. Ich las noch einmal

Tons Nachricht. Besonders schön fand ich den letzten Satz. *Du gehst mir gar nicht mehr aus dem Kopf.*

Ich beschloss, Ton anzurufen. Jetzt gleich.

Die Ampel sprang auf Grün, ich fuhr weiter, das Telefon am Ohr.

Es klingelte ein paar Mal, dann meldete sich eine männliche Stimme. Mir schlug das Herz bis zum Hals.

»Ton?«, sagte ich. »Ich bin's, Fritzi. Weißt du was – du gehst mir auch gar nicht mehr aus dem Kopf.«

»Ouh«, sagte er. »Das ist gut.«

Ich nickte glücklich.

»Was machst du gerade?«, fragte er.

»Ach, ich sitze im Auto und fahre zur Arbeit.«

»Ich würde jetzt gerne neben dich sitzen«, sagte Ton, und seine Stimme bekam diesen gewissen Unterton, den ich schon kannte und der mir jedes Mal das Blut ins Gesicht trieb. »Dann könnte ich meine Hand zwischen deine schönen Beinchen legen …« Er machte eine kleine Pause, und ich schnappte nach Luft. »Sag mir, was hast du an?«

»Ein … ein Kostüm …«, stotterte ich. Sollte das der erste Telefonsex meines Lebens werden? Unglaublich! Dieser Mann dachte wohl an nichts anderes.

»Umso besser.« Er gab ein zufriedenes Brummen von sich. »Dann werde ich jetzt deine suße kleine Schlupfer ausziehen, und dann …«

»Ton!«, rief ich und mein Wagen schlingerte ein wenig nach rechts. »Bitte! Ich muss Auto fahren. Da kannst du doch nicht solche Sachen zu mir sagen.«

»Wieso nicht?«, sagte er. »Ich weiß doch, dass dich das anmacht.« Ich hörte ihn lachen.

»Ton, du bist wirklich unmöglich.« Ich lachte auch. »Lass uns dieses aufregende Gespräch doch lieber heute Abend fortsetzen, da ist die Gefahr, dass ich einen Unfall baue, geringer. Ich ruf dich so gegen neun Uhr an, wäre dir das recht?«

»Klar. Neun Uhr ist gut. Dann machen wir weiter ...«, sagte er und sein Satz schwebte in der Luft wie eine Seifenblase.

Nach dieser Bemerkung war jedenfalls eines klar: Mein Holländer verzehrte sich vor Sehnsucht nach mir, und so nahm ich all meinen Mut zusammen und sagte: »Hör mal, Ton, was würdest du davon halten ... ich meine ... sollen wir uns am übernächsten Wochenende sehen? Lilli ist da bei ihrem Vater, und da könnte ich ... also, wenn du Zeit hättest, könnte ich kommen.« Gespannt hielt ich den Atem an.

»Warum nicht?«, sagte Ton und ich sah seinen Mund vor mir, der sich zu einem vielsagenden Grinsen verzog. »Komm nur.«

Das war zwar nicht exakt das, was ich hatte hören wollen, aber die meisten Männer können ihre Begeisterung eben nicht so zeigen wie wir Frauen. Das weiß man ja. Hauptsache, Ziel erreicht, dachte ich und warf das Telefon übermütig auf den Beifahrersitz. Ich war so gut gelaunt, dass ich den Wagen, der mir folgte, gar nicht bemerkte, oder besser gesagt, ich bemerkte ihn erst, als ich in der Engelbrechtstraße parkte, wo der Verlag seinen Sitz hatte.

»Sie schon wieder«, sagte der Polizist.

Ich war ausgestiegen und blickte in zwei dunkelbraune Augen, die mich strafend musterten.

»Ja?«, fragte ich und strich mir das Kostüm glatt. Es war derselbe Polizist, der mich vor ein paar Wochen verwarnt hatte, weil ich vor einer grünen Ampel angehalten hatte. Jetzt zog er einen Block hervor und schrieb sich mein Kennzeichen auf. Warum müssen Polizisten es immer so spannend machen, dachte ich, aber ich war klug und hielt den Mund. Die Hüter des Gesetzes wollen, dass man Ihnen zuhört, nicht, dass man selbst spricht.

»Ich bin Ihnen vom Hansaring aus gefolgt, junge Frau. Sie haben fast die ganze Zeit über Ihr Handy benutzt, Sie haben zwei Mal die Vorfahrt missachtet, ein Stoppschild überfahren und im Übrigen« – er trat einen Schritt zurück und deutete nach oben – »ist hier ein eingeschränktes Halteverbot, also dürfen Sie hier nur parken, um Ihren Wagen zu be- oder entladen«, ratterte er herunter.

»Aber«, sagte ich erstaunt. »Ich parke *immer* hier. Das Schild muss neu sein.«

»Schon klar«, sagte er. »Und telefoniert haben wir auch nicht.«

Ich senkte schuldbewusst den Kopf, dann beschloss ich das Unheil mit einer Charme-Offensive abzuwenden.

»Nun ja … jetzt, wo Sie es sagen … ein bisschen telefoniert habe ich schon, aber nur ganz kurz … und ich … also normalerweise telefoniere ich *nie* im Auto, wirklich«, sagte ich mit einem entwaffnenden Lächeln.

»Schon klar«, sagte er wieder und nickte. »Wir haben nur ganz kurz telefoniert.«

Ich nickte auch und griff sein »wir« auf. »Tja, also … und was machen wir jetzt?« Die Kunst bestand darin, die Leute ins Boot zu holen.

Er schob unbeeindruckt seine Kappe nach hinten. »Nun, was Sie jetzt machen, weiß ich nicht, ich schreibe jedenfalls ein Protokoll. Das wird teuer. Und ein paar Punkte in Flensburg.«

»Oh, nein, bitte warten Sie!« Ich hätte ihm fast den Stift aus der Hand gerissen. In letzter Zeit war ich schon so oft wegen zu schnellem Fahren in geschlossenen Ortschaften geblitzt worden, dass weitere Punkte in Flensburg mich vermutlich für eine Weile den Führerschein gekostet hätten. Und den brauchte ich jetzt doch dringender als je zuvor. Wie sollte ich sonst nach Bergen aan Zee kommen?

»Wissen Sie was«, meinte ich beherzt. »Ich stelle jetzt hier sofort meinen Wagen weg, und wir vergessen das ganz einfach. Ich meine, auch die Polizei kann doch mal ein Auge zudrücken, oder?«

Er kniff die Augen zusammen, aber es sah nicht sehr freundlich aus.

»Bitte«, flehte ich, »wenn Sie mich jetzt aufschreiben, ist das wahrscheinlich der eine Punkt zu viel, und ich brauche mein Auto, ich brauche es *wirklich*!«

Er schrieb weiter auf seinen Block. Ich zupfte aufgeregt an seinem Ärmel.

»Warten Sie«, versuchte ich es noch einmal, und er hörte einen Moment auf zu schreiben. »Sie waren doch bestimmt auch mal verliebt – ich meine, wann waren Sie das letzte Mal verliebt?«

Er schien tatsächlich einen Moment zu überlegen. »Ist schon ne ganze Weile her«, meinte er dann und schrieb weiter.

»Aber ich«, rief ich aufgeregt, »ich habe mich gerade frisch verliebt, und das, nachdem ich gedacht habe, es sei alles schon gelaufen für mich, und da hab ich gerade gar nicht mehr daran gedacht, dass man natürlich im Auto nicht telefonieren soll. Aber, was will man machen, ich musste ihn jetzt einfach sprechen. Mensch, Sie wissen doch, wie das ist, wenn man verliebt ist, da macht man manchmal so Sachen, die man normalerweise eigentlich nicht tun würde … ich meine, haben Sie denn gar kein Herz?«

Der Polizist starrte mich an, dann riss er das Blatt von seinem Block und knüllte es leise fluchend zusammen.

»Jetzt hören Sie mir mal gut zu«, sagte er ungehalten. »Wenn ich Sie noch einmal mit dem Handy erwische oder im Parkverbot oder an einer roten *oder* grünen Ampel, wo Sie sich in irgendeiner Form verkehrswidrig verhalten, dann sind Sie dran, klar?«

Ich nickte demütig. »Ja«, hauchte ich. »Natürlich. Danke! Vielen, vielen Dank!«

»Nhaaach!« Er winkte ärgerlich ab und stiefelte zu seinem Wagen zurück wie John Wayne.

»Sie sind ein guter Mensch, das wusste ich gleich!«, rief ich ihm hinterher.

John Wayne schnaubte und warf sich in sein Auto. Der Motor heulte auf und einen Augenblick später war er in einer Staubwolke verschwunden. Na ja, nicht wirklich in einer Staubwolke, schließlich waren wir in der Engelbrechtstraße und nicht in der Sierra Nevada.

Erleichtert blickte ich ihm nach, und dann fuhr ich meinen Wagen ein Stück die Straße hinunter, dorthin, wo Parken erlaubt war. Ich legte zur Feier des Tages sogar meine Parkscheibe ins Fenster. Das Leben war schön und heute war mein Glückstag.

Auf meinem Schreibtisch stand ein bunter Frühlinsstrauß, darunter lagen eine Packung Katzenzungen in Zellophanpapier und ein rosa eingewickeltes Päckchen. Jasmin strahlte mich an. Diesmal war es kein Heizkissen, sondern ein Gutschein fürs Thermalbad, eine Packung Yogi-Chai-Tee und darunter eine CD mit einem kindlich-naiven Covermotiv (vorherrschende Farbe Grün) und dem stimmungsvollen Titel »Music from the Land of Teas«.

»Alles für die Entspannung«, erklärte Jasmin stolz. »Damit du mal ein bisschen zur Ruhe kommst.« Sie umarmte mich. »Also, meine liebe Fritzi – noch mal alles, alles Gute zum Geburtstag! – Die Katzenzungen sind übrigens von Frau Stricker.«

»Ach – wie lieb von euch, danke!«

»Du hast ja richtig Farbe bekommen, steht dir gut!« Jasmin sah mich lächelnd an. »So ein Wochenende an der Nordsee bewirkt ja reine Wunder.«

»Das kann man wohl sagen.« Ich lächelte geheimnisvoll. »Ich hole mir jetzt einen Kaffee, und dann muss ich dir etwas erzählen.«

Jasmin nickte. »Ich dir auch – hier war gestern die Hölle los«, sagte sie leise und sah vielsagend zur Tür unseres Büros, die halb offen stand.

Bei Best & Seller herrschten ungeschriebene Gesetze: Man machte die Bemerkungen eines Kollegen auf der Vertretertagung, auf der all die neuen Bücher vorgestellt wurden, *niemals* herunter – egal wie beknackt sie waren. Man machte *immer* den Milchschäumer des Kaffeeautomaten sauber. Und man ließ seine Bürotür *immer* auf, damit jeder sehen konnte, wie gut man arbeitete und dass man jederzeit ansprechbar war.

Frau Dr. Trundl fand das so »kommunikativer«. Der eigentliche Grund aber war wohl, dass sie es auch kontrollierbarer fand. Wenn sie durch die Gänge ihres Imperiums schritt und eine Tür sah, die geschlossen war, konnte man sicher sein, dass sie an diese klopfte, um sich persönlich davon zu überzeugen, dass man sich nicht heimlich die Fingernägel lackierte oder Privatgespräche mit Übersee führte. Die Verlegerin hasste Verschwendung jeglicher Art, Verschwendung von Zeit, von Geld oder von Energie, und ihr höchstes Lob war es, wenn sie über einen Mitarbeiter sagte, dass er »effizient« arbeitete. Effizient war eines ihrer Lieblingswörter – hatte ich schon erwähnt, dass meine Chefin aus dem Schwabenland kam?

Doch Frau Dr. Trundl war heute Morgen in der Verlegerkonferenz, zu der wir Normalsterblichen sowieso keinen Zutritt hatten, also zog ich die Bürotür fest hinter mir zu – ein Signal, das von allen übrigen Kollegen stets respektiert wurde.

»Du wirst niemals erraten, was mir passiert ist«, sagte ich und setzte mich an meinen Schreibtisch.

Jasmin beugte sich gespannt vor.

»Ich habe jemanden kennengelernt«, sagte ich. Und dann erzählte ich der nettesten Kollegin von allen von meinem total verrückten Wochenende.

Jasmin war völlig aus dem Häuschen. »Aber das ist ja *großartig*!«, rief sie. »Kein Wunder, dass du in *high spirits* bist.«

High spirits – das gefiel mir, und ich beschloss, den Begriff in meinen aktiven Wortschatz aufzunehmen.

»Jemand aus Bergen aan Zee«, schwärmte Jasmin weiter, »ich meine, jetzt kennst du jemanden, der da lebt, wo andere Ferien machen – besser geht's doch gar nicht! Hast du ein Foto?«

Ich schüttelte den Kopf. »Wir sind gar nicht zum Fotografieren gekommen«, sagte ich und nahm mir fest vor, dieses Versäumnis beim nächsten Mal nachzuholen. »Aber er ist so ein Brad-Pitt-Typ.«

Jasmins Begeisterung kannte nun keine Grenzen mehr. Im Gegensatz zu Johanna zeigte sich meine Kollegin-Freundin völlig unbeeindruckt von der Tatsache, dass der neue Mann in meinem Leben deutlich jünger war als ich, eine deutlich andere berufliche Ausrichtung hatte und Kapuzenpullis mit dem Aufdruck *Sail & Sound – it's groovy* trug.

»Ist doch rattenscharf«, meinte sie und ihre grünlichen Augen funkelten mich vergnügt an. »Wann seht ihr euch wieder?«

»Übernächstes Wochenende«, gab ich zurück. »Ich fahr noch mal hoch.«

Jasmin nickte anerkennend. »Also, ich finde ... das klingt doch alles sehr gut. Ist schon verrückt, wie schnell sich die Dinge manchmal ändern ...« Sie strich sich eine Flut brauner Locken zurück, die ihr helles herzförmiges Gesicht stets so malerisch einrahmten und blickte einen Moment schweigend aus dem Fenster, als gäbe es dort etwas zu sehen. Ich blickte auch hinaus, aber ich sah nur das, was draußen vor unserem Fenster nun schon fast seit einem Jahr immer zu sehen war – die alte Fabrikhalle aus ziegelrotem Stein, vor der ein paar Bauarbeiter mit ihren Schubkarren hin- und herfuhren, einen Kran mit der Aufschrift »HochTief«, ein Dixi-Klo, ein paar Hochspannungsleitungen, die auf einem Stück Grünfläche standen, und dahinter den Himmel, der sich an diesem Tag mit ein paar hellgrauen Wolken über einem noch graueren Rhein zeigte.

Eigentlich ein etwas trostloser Anblick, aber nach einer Weile sah man solche Dinge nicht mehr.

»Die werden wohl nie fertig«, sagte ich, als sich jetzt durch die Doppelverglasung der Fenster gedämpft das Getöse eines Presslufthammers erhob. »Was kommt da überhaupt rein?«

»Keine Ahnung. Ich hab mal was von Wohnungen gehört, aber vielleicht machen sich da auch wieder irgendwelche Privatsender breit. Köln wird ja jetzt *die* Medienstadt.«

Jasmin blickte mit schimmernden Augen weiter aus dem Fenster. Sie hatte offenbar gerade ihren verträumten Augenblick. Doch dass Köln Medienstadt wurde, konnte wohl kaum der Grund dafür sein.

»Peter hat mir am Wochenende einen Antrag gemacht«, sagte sie unvermittelt und sah mich an. »Oben auf dem Düsseldorfer Fernsehturm. Wir werden im September heiraten.«

Peter war der Ingenieur, den Jasmin vor einem halben Jahr kennengelernt hatte. Dies schien der Tag der glücklichen Neuigkeiten.

»Ach, Jasmin! Wie schön! Ich freue mich so für dich!«

Ich wusste, dass Jasmin von einer Familie träumte, und erinnerte mich, wie sie vor drei Jahren eines Morgens im Dezember weinend im Büro gesessen und mir erzählt hatte, es sei aus mit ihrem langjährigen Studienfreund, sie hätten sich am Wochenende getrennt, weil er eine andere kennengelernt hätte.

»Ich will doch auch mal Kinder haben«, hatte sie gesagt und dicke Tränen standen in ihren schönen Augen, die vor Kummer ganz dunkelgrün waren.

»Aber Jasmin, das wirst du doch auch«, hatte ich bestürzt gesagt. »Ganz bestimmt. Auch wenn du dir das jetzt vielleicht nicht vorstellen kannst – es wird alles wieder gut«, versuchte ich sie zu trösten. »Sieh mal, natürlich ist das jetzt schlimm, und in solchen Momenten sehen wir immer nur das, was wir gerade verloren haben. Aber zur gleichen Zeit entsteht um uns herum so viel Neues und auch Schönes, das wir in unserem Schmerz gar nicht sehen.«

Am Abend lud ich sie ins Kino ein – ich weiß noch, dass gerade Woody Allens »Midnight in Paris« gespielt wurde –, und seit dieser Zeit waren wir mehr als Kolleginnen. Sie war wie eine jüngere Schwester für mich.

Ach, diese Zustände des Herzens, dachte ich, als ich Jasmin jetzt so glücklich vor mir sitzen sah, und wurde ein wenig philosophisch. So schwer, so schön, so wechselhaft. Und dann, wenn man es genau nahm, war doch alles wiederum nur eingebettet in unser kleines Leben – all diese großen Gefühle, Sehnsüchte, Traurigkeiten – im Grunde bedeutungslos, nur für einen selbst so wichtig.

Jasmin schlug vor, in der Mittagspause zum Italiener zu gehen. »Wie es aussieht, haben wir ja beide etwas zu feiern«, meinte sie großzügig. Und dann senkte sie die Stimme und sagte, dass leider auch noch etwas sehr Unerfreuliches passiert sei, was auch mich betreffe.

»Ja«, sagte ich. »Du hast eben schon so was angedeutet. Was ist denn los?«

»Die Kaminski hat mitgekriegt, dass du jetzt Alexa Werner betreust, und hat hier gestern fast einen Amoklauf veranstaltet. Von wegen, du hättest ihr die Autorin ausgespannt.«

»Wie jetzt?«, sagte ich erstaunt. »Ich dachte, die beiden hätten Probleme.«

»Das sieht offenbar nur Frau Werner so. Die Kaminski ist jedenfalls aus allen Wolken gefallen, als sie davon erfahren hat. Sie hat im Lektorat rumgetobt wie eine Irre, und dann hat sie allen erzählt, du hättest dich bei der Trundl eingeschleimt und sie angeschwärzt, damit du diese Autorin übernehmen kannst. Und sie hätte die ganze Vorarbeit geleistet ... und so weiter und so fort.«

»Was?!«, rief ich und saß plötzlich kerzengerade am Schreibtisch. Ich traute meinen Ohren nicht. »Das ist ja wohl ... das ist ... also ... das Allerletzte! Kein Wort davon ist wahr, was redet diese alte Klobürste da für einen Unsinn.«

Jasmin nickte. »Das hab ich gleich gesagt, dass ich mir das nicht vorstellen kann. Aber da hat sie mich dann auch noch blöd angemacht und gemeint, ich würde sowieso immer auf deiner Seite stehen. Schließlich ist sie noch zum Resch gegangen und hat sich da ausgeheult, du würdest hier immer die Privilegien kriegen, nur weil du geschieden bist und dein Leben nicht auf die Reihe kriegst. Du würdest intrigieren, um deine Sachen durchzukriegen, und wärst das blonde Gift des Verlags.«

Ich wurde rot vor Zorn. »*Das* hat sie gesagt?«

»Ich fürchte, ja. Die Stricker stand gleich nebenan im Kopierraum und hat jedes Wort gehört. Die Tür zu

Hartmut Reschs Zimmer war zwar zu, aber die Kaminski hat ja laut genug rumgeschrien.«

»Ich fass es nicht«, schrie nun auch ich. »Ich fass es nicht! Diese falsche Schlange! Ich intrigiere? *Ich intrigiere?!*« Ich sprang vom Stuhl auf und lief im Zimmer auf und ab. »Umgekehrt wird ein Schuh draus. Soll ich dir mal sagen, wie die Sache wirklich gelaufen ist? Die Autorin hat zur Trundl gesagt, entweder sie wechselt die Lektorin oder sie wechselt den Verlag. So war das! Ich habe mich nicht nach diesem Job gedrängt, ja, ich *wusste* ja nicht einmal davon, dass es Ärger gab, denn wenn man Anita hört, ist sie ja die dickste Freundin von Alexa Werner.«

Ich holte kurz Luft. »Aber vielleicht ist dieses ewige Eigentlich-hab-ich-ja-das-Buch-geschrieben der Autorin irgendwann auch mal auf die Nerven gegangen, ich könnt's verstehen. Jedenfalls hat die Trundl mich gefragt, ob ich den nächsten Roman von Alexa Werner betreuen will, verstehst du, die Trundl hat *mich* gefragt, nicht *ich* sie!«

Meine Tirade wurde abrupt unterbrochen, als die Tür aufschwang. Die Verlegerin stand im Rahmen und blickte interessiert auf mich und meine Kollegin, vor allem aber auf mich. Ich hatte kein Klopfen gehört, wie auch. Jasmin wurde blass, ich blieb rot.

»Was hat die Trundl gefragt?«, wiederholte Frau Dr. Trundl meinen letzten Satz.

Ich starrte sie an. »Frau Dr. Trundl«, sagte ich entsetzt. »Wo kommen Sie denn her?«

»Ich *arbeite* hier«, sagte die Chefin ruhig. »Und was machen Sie gerade?«

»Ich rege mich auf«, entgegnete ich wahrheitsgemäß. Ich war Aguirre, der Zorn Gottes. Aus dieser Nummer kam ich sowieso nicht mehr raus.

»Das hat man gehört«, sagte Frau Dr. Trundl. »Wo drückt der Schuh?« Sie lächelte. Sie lächelte mir tatsächlich zu.

Jasmin verfolgte atemlos unseren filmreifen Dialog.

»Nun«, erklärte ich nicht mehr ganz so filmreif und überlegte einen Augenblick lang, was ich sagen sollte. Viele wunderbare Sätze des heiligen Zorns lagen mir auf der Zunge:

»Anita Kaminski ist die intriganteste Schlange, die auf Gottes Erden herumläuft.«

»Anita Kaminski ist die Pest.«

»Anita Kaminski verbreitet gemeine Lügen über mich und macht in ihrer Freizeit Voodoo-Puppen, um andere Kollegen zu verhexen, da bin ich mir sicher.«

Ich biss die Zähne zusammen und schwieg. War es klug, die Kaminski in die Pfanne zu hauen, frei nach dem Motto »Petze, Petze ging in den Laden, wollt für'n Groschen Petze haben«?

Sicher, es wäre schön gewesen, befreiend, befriedigend, mal so richtig zu sagen, was Sache war. Klug war es nicht.

Ich sah schon die Herren Kollegen aus Marketing und Vertrieb, wie sie die Köpfe zusammensteckten und genüsslich über den »Zickenkrieg im Lektorat« herzogen.

Ich schaute die Verlegerin an und schüttelte bedauernd den Kopf. »Nichts«, sagte ich. »Es ist nichts.«

Sie zog die Augenbrauen hoch.

»Wegen *nichts* machen Sie hier so einen Aufstand, Frau Berger?«

»Tut mir leid, aber ich … also … ich möchte lieber nicht ins Detail gehen.« Ich hob abwehrend die Hände.

»Details interessieren mich nicht, wie Sie wissen.« Frau Dr. Trundl sah mich über ihre Brille hinweg scharf an. »Jetzt drucksen Sie hier nicht so rum, Frau Berger. Kommen Sie einfach zum Punkt. Ich lege Wert darauf, dass meine Mitarbeiter ehrlich zu mir sind. Nur so kann man effizient arbeiten.« Sie stand mitten in unserem Büro und hatte nicht die Absicht zu gehen.

»Also, der Punkt ist …«, begann ich vorsichtig, »im Sinne eines effizienten Arbeitens wäre es vielleicht von Vorteil, wenn Sie Anita Kaminski noch einmal sagen könnten, dass *Sie* es waren, die mich wegen der Betreuung von Alexa Werner angesprochen haben. Ich fürchte, da gibt es ein kleines Missverständnis.«

»Aber«, sagte Frau Dr. Trundl und runzelte die Stirn, »das habe ich doch gestern Vormittag bereits getan.«

Jasmin und ich warfen uns einen überraschten Blick zu.

»Ich dachte, ich hätte mich unmissverständlich ausgedrückt«, fuhr Frau Dr. Trundl fort und seufzte gereizt. »Was ist das jetzt wieder für ein Schnullikram?«

Wir schwiegen betreten.

»Also gut, ich kläre das.« Es war ihr anzusehen, dass die ganze Angelegenheit sie jetzt schon nervte, aber ich fühlte mich frei von jeder Schuld. »Und, wo wir schon dabei sind, Frau Berger – haben Sie sich inzwischen mit der Autorin in Verbindung gesetzt?«

»Mach ich heute noch.« Ich hatte es in der Tat vergessen.

»Gut.« Die Verlegerin rauschte kopfschüttelnd aus dem Zimmer, und wir lauschten dem verärgerten Klappern ihrer Absätze, als sie den Gang hinuntereilte.

Jasmin war die Erste, die ihre Sprache wiederfand. »Das ist ja ein starkes Stück«, sagte sie, als ich mich in meinen Schreibtischstuhl fallen ließ. »Mit anderen Worten – die Kaminski hat genau gewusst, wie die ganze Sache sich verhält, und sie hat dich trotzdem angeschwärzt. Du hättest ihr Geschrei mal hören sollen, sie hat das wirklich so dargestellt, als hättest du die Verlegerin bequatscht und ihr die Autorin weggenommen. Das arme Opfer.«

Ich nickte grimmig. »Mir kommen gleich die Tränen. Die knöpfe ich mir noch vor. Ist doch klar, dass das kein Missverständnis war.«

Jasmin sah mich nachdenklich an. »Pass auf und lass dich nicht provozieren. Die Kaminski ist sowieso schon total sauer auf dich. Und wenn die Trundl jetzt noch mal mit ihr spricht, wird sie keine Gelegenheit auslassen, dir an den Karren zu fahren.«

Ich überlegte. So großartig ich es mir auch vorstellte, die Druidin am Kaffeeautomaten zu stellen und mit den einleitenden Worten »Was erzählst du hier eigentlich über mich, du alte Giftschlange« eine große Szene hinzulegen, ändern würde es nichts. Auch wenn ich mich schwer zusammenriss, all die unverschämten Verleumdungen ausklammerte und in friedlicher Mission um Verständnis warb (»Du, Anita, also ich kann echt nichts dafür«), würden wir keine besten Freundinnen mehr werden. Dass die Verlegerin mir diese Aufgabe übertragen hatte, traf Anita Kaminskis Eitelkeit wie ein Vorschlaghammer. Dass sie »ihre Autorin« abgeben musste, dazu noch an eine Frau, mit der sie, wie sie gesagt hatte, auch nicht tauschen wollte, würde sie mir nie verzeihen.

Mir war klar, dass Anita von nun an jede Chance ergreifen würde, gegen mich zu opponieren. Vielleicht war es das Beste, sie einfach auflaufen zu lassen.

»Neuer Plan. Weißt du was? Ich werde gar nichts mehr zu der Angelegenheit sagen. Ich werde die ganze Sache mit einem Lächeln übergehen. Was kümmert es den Mond, wenn ihn der Hund anbellt«, erklärte ich ganz hingerissen von meiner neuen Souveränität. »Ich lasse mir meine gute Laune nicht verderben. Nicht von Anita Kaminski.«

Als Jasmin und ich nach einer ausgedehnten Mittagspause beim Italiener die Stufen des Verlagsgebäudes hinaufeilten und Anita Kaminski uns in ihren dunkel wallenden Gewändern wie eine Gewitterwolke entgegenkam, flankiert von einem vorwurfsvoll dreinblickenden Hartmut Resch, gelang es mir sogar, ihre verkniffene Miene zu übersehen und sie ganz freundlich zu grüßen.

Mag sein, dass Anita die Niedertracht in Person war, aber ich, Friederike Berger, war heute auf der Sonnenseite des Lebens und konnte großzügig sein. Ich fühlte mich so reich beschenkt von allen Seiten, ich wurde geliebt, ich war die Königin der Herzen. Was war Anita Kaminski dagegen? Ein armes Schwein, das nicht viel hatte vom Leben.

16

Wenn ich an die Wochen denke, die nun folgten, ist es mir im Nachhinein, als wären sie ein einziges großes Dauertelefonat gewesen, obwohl das natürlich nicht wirklich den Tatsachen entspricht.

Meinem ersten abendlichen Telefonat mit Ton, das pünktlich um neun Uhr stattfand (schließlich war ich ja diejenige, die anrief!), sollten viele weitere folgen. Ton erwies sich als ein Meister der anzüglichen Bemerkungen; er ließ Komplimente auf mich regnen wie Rosen, er provozierte mich, fachte meine erotischen Fantasien an.

Ich war wie auf Ecstasy – ich brauchte die Droge, ich konnte nicht mehr ohne sie sein, ohne diese Worte und Sätze und aufgeladenen Sprechpausen, die meine Haut zu berühren schienen und mein Blut in Wallung brachten.

Sobald Lilli im Bett lag, wählte ich die mir inzwischen schon so vertraute Handynummer und presste mit klopfendem Herzen den Hörer an mein Ohr. Wenn Ton abnahm und sich mit seiner schleppenden rauen Stimme meldete, war ich im siebten Himmel; erreichte ich ihn nicht, wurde ich unruhig und konnte kaum einschlafen.

Ich bat um Rückruf und hätte nie gedacht, dass ich einmal zu den Frauen gehören würde, die unter die Flurkommode kriechen, um zu überprüfen, ob die Telefonanlage noch richtig eingesteckt ist.

Ton rief selten an. Er sagte immer, es sei besser, wenn ich mich bei ihm meldete, wenn ich ungestört sei. Das leuchtete mir ein. Leider gab es ja neben dem Telefonieren noch tausend andere Dinge, um die ich mich kümmern musste.

In den Tagen bis zu unserem ersten Wiedersehen rannte ich wie elektrifiziert durch die Gegend, ich rauchte zu viel und schlief zu wenig, und nachdem Ton mir mitten in einer Besprechung eine SMS schrieb, in der er mir mitteilte, dass er gerade nackt (!) in der Sonne hinter dem Bootshaus liege und davon träume, mir die Sachen vom Leib zu reißen, verließ ich erst einmal den Konferenzraum und lehnte mich an die Wand, um mich zu beruhigen. Dann schickte ich eine Antwort.

Träum weiter, mein Lieber! Und wenn du mich das nächste Mal ausziehst, solltest du dir ein bisschen Zeit lassen – ich habe dir nämlich etwas ganz besonders Aufregendes zu bieten …

Ja, auch ich konnte aufreizende Botschaften schreiben! Ich lächelte entzückt, und an diesem Donnerstag ging ich nach der Arbeit in die Stadt und kaufte mir sündhaft teure Unterwäsche.

Die Zeit bis zu dem ersehnten Wochenende dehnte sich ins Unendliche und flog im selben Moment mit Lichtgeschwindigkeit vorbei – Verliebte wissen, wovon ich spreche.

Als es dann endlich wirklich da war und ich Freitagabend vor Tons kleinem Haus in Bergen stand und auf die Klingel drückte, war alles andere vergessen – das Manuskript, das ich in fliegender Hast noch fertig lektoriert hatte, weil es dringend in den Satz musste, die enervierende Warterei auf Mr. X, der wie so oft, wenn er Lilli abholte, auch diesmal eine halbe Stunde zu spät kam, die zähe Fahrt durch sämtliche Wochenendstaus, die das Rheinland zu bieten hatte, die Angst, dass das Navigationsgerät aus irgendeinem Grund den Geist aufgeben würde und ich mich in der einbrechenden Dunkelheit verfuhr – ich hatte es geschafft! Ich war da, und Ton machte die Tür auf, in der Hand ein Glas Wein, und überfiel mich mit einem Kuss.

Wenig später lagen wir auf dem Teppich in seinem Wohnzimmer – wir hatten es nicht einmal bis ins Bett geschafft. Dass solche Leidenschaft in Holland zu finden war – wer hätte das für möglich gehalten?

»Sehr suss«, murmelte Ton, als er einen Moment innehielt, um meine teure schwarze Spitzenunterwäsche in Augenschein zu nehmen. Dann drehte er mich um, öffnete mit einem entschlossenen Handgriff den BH-Verschluss und zog die Einfassung meines winzigen durchbrochenen Slips spielerisch in die Höhe, bevor er ihn gegen mein Hinterteil schnappen ließ. »Sehr, sehr suss«, wiederholte er, »aber ich fürchte, das müssen wir jetzt ausziehen.«

Tons Häuschen war nett und erstaunlich geräumig. In der oberen Etage lagen Schlafzimmer, Bad und eine Art Büro- oder Gästezimmer, in dem ein Schreibtisch und eine Schlafcouch standen. Über dem braunen Ledersofa unten im Wohnzimmer hing ein Poster von Edward Hoppers »Nightsharks«. Einige Segelfachzeitschriften lagen herum, Bücher gab es keine und auch nicht allzu viele Möbel, aber Ton war ja auch mehr so der Outdoor-Typ, der sicherlich nur zum Schlafen nach Hause kam. Als er am nächsten Morgen kurz das Haus verließ, um für das Frühstück einzukaufen, sah ich mich ein bisschen um.

Außer einem angestaubten Flakon mit »Shalimar«, der im Badezimmer ganz hinten im Regal stand, gab es nirgendwo Spuren weiblichen Lebens. Ich schnupperte an dem Flakon, es war ein pudriger schwerer Duft, wie ihn eine dunkelhaarige Frau gut tragen konnte. Wer immer die Dame war, die dieses Parfüm einmal benutzt hatte, sie hatte Geschmack gehabt. Vorsichtig stellte ich das Parfüm wieder zurück.

Im Schlafzimmer standen auf einer Kommode ein paar gerahmte Fotos, die Ton bei Windstärke 10 im Trapez eines Katamaran zeigten. Kein Foto von einer Frau. Der Kühlschrank in der schwarz-weißgefliesten Küche war bis auf eine Tüte Milch, eine Schachtel mit Eiern, einigen Flaschen Weißwein, einem Stück Käse, drei Tomaten und ein paar Dosen Hering in Tomatensoße männlich-leer. Auf der Fensterbank verkümmerte ein Topf mit Basilikum. Alles bestens.

Ich räkelte mich wohlig in dem viel zu großen Strickpullover, den mir Tom gegeben hatte und den ich über mein Nachthemdchen gezogen hatte, und suchte nach dem Kaffeepulver.

Außer Johanna und Jasmin hatte ich niemandem etwas von Ton erzählt. Noch sollte unsere junge Liebe ein Geheimnis bleiben.

War es Liebe? Ich zumindest konnte an nichts anderes mehr denken, und Ton ließ mich an diesem Wochenende nicht einen Augenblick aus den Händen. Nach einem ausgedehnten Frühstück in der Küche ging ich ins

Bad, um zu duschen. Doch sobald ich das Nachthemd über meinen Kopf gezogen hatte, fühlte ich schon wieder Tons Hände auf meinen Brüsten. Er umfing mich von hinten, drängte sich an mich und raunte mir ins Ohr, ich sei die »susseste Fee von allen Feen dieser Welt« und diesen Anblick könne er nicht ertragen, ich sähe es ja selbst. »Ich komme mit unter die Dusche.«

Stunden später, es war bereits Nachmittag geworden, wanderten wir am Strand entlang. Der Himmel hatte sich bezogen, Wolken fegten über eine raue See, es sah nach Regen aus, aber was machte das schon, Verliebte kennen kein Wetter.

»Ach, Ton, es ist wirklich herrlich – ich könnte mir direkt vorstellen, hier zu leben«, sagte ich, als wir Arm in Arm durch den Sand schlenderten.

»Du würdest gut ans Meer passen«, sagte er und nickte.

»Findest du?« Ich gierte nach neuen Schmeicheleien, wollte mehr davon hören, nicht nur, dass ich gut hierher passte, sondern dass er mich immer bei sich haben wollte.

»Klar.« Er grinste wieder. »Und du schmeckst genau so salzig wie das Meer.«

»Ach, Ton!« Ich boxte ihn lachend in die Seite. »Du bist schlimm. Kannst du denn an gar nichts anderes denken?«

Er schüttelte den Kopf. »Das wäre schade, wenn ich an was anderes denken könnte.«

Ich schmiegte mich wieder an ihn.

»Weißt du was, Ton? Ich glaube, ich habe mich in dich verliebt.«

Er lachte. »Das ist gut, mein Meisje, das ist sehr gut.«

»Und du?«

Er blieb stehen und biss und saugte an meinen Lippen, bis ich aufstöhnte. Inzwischen hatte ich mich an Tons etwas extreme Art zu küssen gewöhnt, ja, ich bildete mir ein, ohne diese Küsse gar nicht mehr existieren zu können.

Und als ich sonntags nach dem Frühstück, das wir diesmal gleich im Bett eingenommen hatten, wie auf Wolken nach Hause fuhr in der wunderbaren Gewissheit, dass ich in zwei Wochen wiederkommen würde und – wer weiß? – vielleicht über kurz oder lang in einem kleinen Haus in Bergen wohnen würde, hätte ich es niemals für möglich gehalten, dass mein hoffnungsvolles holländisches Abenteuer ein so jähes Ende nehmen würde.

»Es war toll, nein, nicht toll – es war unglaublich!« Ich tanzte übermütig vor Johanna herum, die uns einen Tee gemacht hatte und aus der Küche kam. »Du hattest recht – es ist eigentlich gar nicht so schwer, den Richtigen zu finden.«

Johanna schmunzelte. »Du meine Güte, du bist ja ganz aus dem Häuschen. Kannst du denn jetzt schon sagen, ob Ton der Richtige ist?«

Ich nickte. »So etwas weiß man einfach«, erklärte ich.

»Das geht ja ganz schön rasant.« Johanna schenkte uns Tee ein und wir setzten uns auf ihre schönen weißen Couchen.

»Ja, rasant«, wiederholte ich. »Das ist es in der Tat. Warum auch nicht.« Mit vierzig war man eben erfahren und wusste, worauf es ankam. »Du weißt ja nicht, was er mir alles gesagt hat. Er hat gesagt, ich würde gut ans Meer passen und dass ich nach Bergen aan Zee gehöre und er nur noch an mich denken kann.« Nun gut, dies waren nicht exakt Tons Worte gewesen, aber wohl doch das, was er eigentlich hatte sagen wollen.

Johanna war tief beeindruckt von meinen Schilderungen, das konnte ich sehen. Sie nahm einen Schluck Tee. »Na, dann muss ich dich ja wohl demnächst am Meer besuchen«, sagte sie, und ich lachte glücklich.

»Und – was ist mit den drei kleinen Worten?«

»Den drei kleinen Worten?« Ich wusste sofort, was sie meinte, und wischte ihre Bemerkung und das leise Unbehagen, das in mir aufstieg, mit einer großzügigen Geste fort. »Ach, komm, Johanna, in welchem Jahrhundert lebst du? Ton ist ein junger Mann und er ist rasend in mich verliebt. Das spüre ich in jeder Sekunde, in der wir zusammen sind. Er hat mir allein an diesem Wochenende fünfzig Mal gesagt, dass er verrückt ist nach mir. Das sollte wohl reichen, oder etwa nicht?«

Johanna nickte versonnen. »Na, dann ist ja alles gut«, sagte sie.

Die erste Katastrophe kam aus heiterem Himmel. Und sie kam wie so viele kleine und große Katastrophen im Leben in Form eines Anrufs.

Es war Donnerstagabend und mein Ohr war noch heiß von einem Telefonat, das ich gerade mit Ton geführt hatte, der mir mit heiserer Stimme und in allen pikanten Details beschrieben hatte, was er alles mit mir zu tun gedenke, wenn ich am nächsten Tag zu ihm käme.

»Oh, mein Gott – wie soll ich denn jetzt schlafen?«, hatte ich gestöhnt, und er hatte entgegnet, ich solle gar nicht schlafen, sondern an ihn denken. Und zwar nur an ihn! Mit diesen eindringlichen Worten hatte er aufgelegt und ich lauschte noch einen Moment fasziniert in den Hörer. Tons besitzergreifende Art erregte mich, ich hielt sie für ein gutes Zeichen.

Bedauernd legte ich den Hörer auf den Nachttisch und ließ mich im Bett zurückfallen.

Als das Telefon unmittelbar darauf wieder klingelte, nahm ich in der verwegenen Hoffnung auf weiteres Liebesgeflüster ab.

»Ja«, stieß ich leise hervor. »Du musst dir keine Sorgen machen, ich denke sowieso nur an dich.«

Im Hörer blieb es still, ich hörte ein leises Atmen. Meine Güte, was *machte* er da?

»Ton?«, fragte ich.

»Mit wem spreche ich, bitte?«

Die Stimme klang kühl und kam mir doch seltsam bekannt vor. Es war nicht Ton, so viel stand fest.

»Hallo?«, fragte ich verwirrt.

»Friederike?«

Es war Mr. X. Er hatte schlechte Neuigkeiten.

Nach dem Telefonat mit meinem Ex-Mann saß ich kerzengerade im Bett und stieß in wachsender Erregung jenes unschöne Wort aus, das ich Lilli stets verbot.

»Scheiße«, fluchte ich. »Scheiße, Scheiße, Scheiße!«

Mr. X hatte mir für das Wochenende abgesagt. Ein wichtiger beruflicher Termin sei ihm dazwischengekommen und da sei leider nichts zu machen.

»Was heißt hier wichtiger Termin? Das weiß man doch nicht erst einen Tag vorher!« Erzürnt dachte ich darüber nach, dass ich alle meine beruflichen Termine geregelt bekam, obwohl Lilli bei mir lebte. Wieso waren die Termine meines Ex-Mannes immer wichtiger als meine Planungen?

»Du kannst mir doch nicht so kurzfristig absagen«, entgegnete ich aufgebracht. »Das wirft alle meine Pläne durcheinander. Ich habe … ich habe auch einen wichtigen Termin am Wochenende.« Schließlich war meine Verabredung mit Ton richtungsweisend für mein ganzes Leben – kein beruflicher Termin konnte wichtiger sein! »Einen sehr wichtigen Termin sogar – ich muss am Wochenende … ins Ausland«, erklärte ich.

Das jedoch schien ihn nicht zu beeindrucken. Mr. X wiederholte mit eindringlicher Stimme, dass sein Termin *extrem wichtig* sei (»Verstehst du, Friederike? Extrem wichtig!«), und damit war die Angelegenheit für ihn vom Tisch. »Sonst frag doch deine Mutter«, fügte er noch hinzu, bevor er auflegte.

Ich starrte eine Weile fassungslos in den Hörer, bevor ich diesen mit einem Aufschrei ins Kopfkissen warf und das böse Wort gleich mehrere Male benutzte.

Lilli würde an diesem Wochenende nicht zu ihrem Vater gehen. Und ich würde nicht nach Bergen fahren. Ich hätte fast angefangen zu heulen.

Und so machte ich wohl den ersten entscheidenden Fehler. Ich rief Ton noch einmal an. Und dann heulte ich wirklich. Schluchzend und wütend berichtete ich ihm von den Ungeheuerlichkeiten, die mir soeben widerfahren waren.

Ton blieb gelassen, wie es seine Art war. »Tja … das ist natürlich schade«, sagte er. »So was passiert. Dann sehen wir uns eben ein anderes Mal.«

Ein anderes Mal? Ich wäre fast hysterisch geworden. Ich wollte Ton doch nicht ein anderes Mal sehen, sondern an diesem Wochenende!

Ich überlegte, was für Möglichkeiten mir noch blieben. Konnte Johanna Lilli vielleicht am Wochenende zu sich nehmen? Meine Mutter? Oder könnte Mona zu uns kommen, um auf Lilli aufzupassen?

»Ich melde mich morgen noch mal bei dir«, sagte ich schließlich. »Vielleicht gibt es ja doch noch eine Lösung.«

Noch vor der Arbeit hatte ich alle wichtigen Telefonate geführt. Aber das Glück war diesmal nicht auf meiner Seite.

Johanna, die Einzige, der ich den wirklichen Grund für meine Anfrage erzählte, fuhr mit Mann und Kindern zu einem Familienfest in die Eifel. Mona musste für ihre Abschlussprüfung lernen und bot an, mit Lilli am Samstagnachmittag auf den Spielplatz zu gehen. Das brachte mich nicht wirklich weiter. Meine Panik wuchs.

Mit fliegenden Fingern drückte ich die Nummer meiner Mutter in die Tastatur des Telefons. Sie war meine letzte Hoffnung.

»Hallo?«, meldete sich eine verschlafene Stimme. Meine Mutter war nie in der Welt der organisierten Arbeit tätig gewesen und das Aufstehen zu nachtschlafender Zeit war ihr fremd.

»Mama, hier ist Fritzi«, sagte ich mit entschlossener Stimme.

»Hach, Kind«, seufzte sie. »Was ist denn – ich schlafe noch halb.«

»Ja, Mama, entschuldige bitte, aber es ist wahnsinnig wichtig. Könnte ich dir heute nach der Arbeit Lilli für das Wochenende bringen?« Ich erklärte ihr, dass Mr. X mir überraschend abgesagt habe und dass ich dringend das Wochenende bräuchte, um eine Übersetzung fertig zu redigieren.

»Wie kann er dir einfach so absagen«, meinte meine Mutter, ohne auf meine Frage einzugehen. »Du darfst dir nicht immer alles gefallen lassen, Fritzi. Dieser Mann muss sich auch mal organisieren, das sage ich schon lange.«

»Ja, Mama, ich weiß.« Ungeduldig kam ich wieder zu meiner Anfrage zurück. »Aber nun ist es so, wie es ist. Könntest du denn?«

Meine Mutter seufzte schwer. »Kind, das ist jetzt aber wirklich ganz ungünstig. Ich hab doch an diesem Wochenende die Anstreicher im Haus – die alte Tapete kommt runter und dann wird alles neu gemacht. Überall Tapeziertische und Eimer mit Farbe und Kleister und dann dazwischen Lilli … nein, das ist keine gute Idee. Sonst immer gerne.«

Sie gähnte herzhaft.

»Wie geht's denn unserem kleinen Schatz?«

»Gut, Mama, wir gehen jetzt gleich in den Kindergarten«, sagte ich enttäuscht. »Das ist ja zu blöd mit den Anstreichern, so ein Mist.«

»Ja«, sagte meine Mutter. »Ich bin auch froh, wenn die wieder weg sind, das kannst du mir glauben. Ist immer so ungemütlich.«

»Was mach ich nur, was mach ich nur«, murmelte ich und klopfte mit den Fingern nervös auf der hellen Holzplatte des Küchentischs herum.

»Ach, sag doch einfach die Wahrheit. Sag, dass dein Ex dich hat hängen lassen, da hat doch jeder Verständnis dafür. Du arbeitest eh immer schon so viel.«

Ich nickte verzweifelt. »Ja, Mama, jedenfalls … danke.«

»Mach's gut, Kind, und gib Lilli einen dicken Kuss von mir«, sagte Mama. »Ich freu mich auf jeden Fall schon, wenn sie am Mittwoch zu mir kommt, wenn du zu dieser wichtigen Schriftstellerin nach Hannover musst.« Meine Mutter sagte es so, als ob ich mit Elfriede Jelinek verabredet sei. »Stellt euch vor, Friederike kennt Alexa Werner *persönlich* und war schon bei ihr *zu Hause* in *Hannover*«, würde sie stolz ihren Freundinnen erzählen.

»Hamburg, Mama! Ich fahre nach Hamburg«, sagte ich automatisch, aber das war eigentlich auch schon egal.

Alexa Werner, mit der ich mich in der nächsten Woche treffen wollte, hätte auch in Timbuktu wohnen können – mich interessierte in diesem Moment nur ein einziger Ort – und der lag an der Nordsee und war für mich gerade unerreichbar geworden.

Nachdem ich Lilli in der Kita abgesetzt hatte und sie fröhlich winkend mit ihrem Frühstücksköfferchen den schmalen Kiesweg hochgelaufen war, merkte ich, wie mir die Tränen kamen.

Warum konnte nicht einmal etwas klappen in meinem Leben! Schniefend holte ich mein Handy aus der Tasche und rief Ton an, der nicht abnahm. Ich hinterließ ihm eine gleichermaßen tränenreiche wie verzweifelte Nachricht. Wie es aussah, würde es wohl endgültig nichts werden mit unserem schönen Wochenende, weil mir einer nach dem anderen abgesagt hatte.

»Ich bin total traurig und fertig«, klagte ich in die Stille am anderen Ende der Leitung. »Ruf mich bitte gleich zurück, ja?«

Doch als mein Handy drei Stunden später klingelte, war es nicht Ton, der mich anrief, sondern meine Freundin.

Mit geröteten Wangen machte ich die Tür meines Büros fest von innen zu. Jasmin hatte einen Urlaubstag genommen und ich war ganz allein im Zimmer. In der Hoffnung, dass die Verlegerin nicht gerade wieder einen ihrer Rundgänge machte, rief ich zum zweiten Mal an diesem Freitag in Holland an.

Diesmal war Ton gleich am Apparat.

»Ton!«, rief ich und meine Stimme überschlug sich vor Freude. »Ton, stell dir vor, ich kann doch kommen! Johanna hat mich gerade angerufen – sie sagt, sie könnte Lilli mitnehmen zu diesem Familienfest, weil sich Philipp sonst eh langweilt, und« – ich unterbrach mich selbst, als ich merkte, dass ich mich in unwichtigen Details verlor– »ach, Ton, ist das nicht einfach wunderbar?!«

Ton schwieg einen Moment. Wahrscheinlich war er von der guten Neuigkeit ebenso überwältigt wie ich.

»Auf diese Weise kann ich sogar noch etwas früher losfahren als geplant. Du darfst mich also gegen sieben Uhr erwarten.«

Glücklich malte ich kleine Herzchen auf den weißen Block, der auf meinem Schreibtisch lag. Erst dann fiel mir auf, dass Ton immer noch nichts gesagt hatte.

»Ton?«

»Ja, mein Meisje«, sagte er und seine Stimme klang bedrückt. Oder bildete ich mir das nur ein? »Das kommt jetzt ein bisschen überraschend«, sagte er schließlich schleppend, und in meinem Bauch fingen plötzlich Hunderte von kleinen Windmühlenrädern an, sich zu drehen.

»Was meinst du damit – überraschend?«, fragte ich und versuchte die Windmühlenräder irgendwie zu stoppen. »Das klingt ja so, als ob du dich gar nicht freust.«

»Natürlich freue ich mich. Es ist nur so, dass ich jetzt schon etwas anderes vorhabe für das Wochenende. Heute Morgen hast du mir doch noch abgesagt.«

Ich dachte an meinen Verzweiflungsanruf vom Morgen und nickte in ungeduldiger Aufgeregtheit.

»Ja, aber jetzt ist eben alles wieder anders – ich habe Himmel und Hölle in Bewegung gesetzt, damit es doch noch klappt. Es macht ja auch nichts, wenn du zwischendurch mal wegmusst, Ton. Hauptsache ist doch, wir können uns sehen!«

»Ich fahre nach Amsterdam«, sagte er.

»Nach Amsterdam?«, wiederholte ich und verstand kein Wort. Wie hatte Ton seine Pläne so schnell ändern können? Meine Nachricht lag gerade mal drei Stunden zurück. Eine Zeitlang sagte keiner etwas, und ich hörte nur meinen eigenen beschleunigten Herzschlag.

»Kannst du das denn nicht rückgängig machen?«, fragte ich dann. Was konnte denn so Wichtiges sein in Amsterdam?

»Ich fürchte, nein.«

»Und wenn … und wenn wir uns einfach in Amsterdam treffen? Ich könnte ja auch dorthin kommen, was meinst du?«

»Ach, Meisje, das ist keine gute Idee. Ich treffe mich mit einem alten Kumpel von mir, wir wollen was bereden wegen dem Festival, und … na ja … bei dem wohne ich auch. Tut mir echt leid.«

Ich konnte vor Enttäuschung kaum noch sprechen. Das Musikfestival war doch erst im Spätsommer. Hatte Ton überhaupt eine Ahnung, welche Verrenkungen ich angestellt hatte, um mir das Wochenende doch noch frei zu schlagen?

»Fritzi?«

»Ja?«

»Na, komm, mein Meisje, mach kein Drama draus. Vielleicht ist das einfach nicht unser Wochenende.« Ton bemühte sich um einen leichten Tonfall.

Ich nickte unglücklich. »Vermutlich hast du recht, aber ich wollte so gern … ich wollte … ich hab solche Sehnsucht nach dir«, sagte ich leise.

»Oh, Meisje, Meisje.« Ton senkte die Stimme. »Wenn ich dich so höre, bekomme ich gleich wieder Lust, in deinen süßen kleinen Hintern zu beißen …« Er lachte leise und ich schloss die Augen, rutschte tiefer in meinen Schreibtischsessel und lauschte dieser Stimme, die mir – so fern und doch ganz nah – eine erotische Untat nach der anderen ins Ohr murmelte.

Wundersamerweise kam in dieser Viertelstunde niemand in mein Büro, ich hätte sicher einen merkwürdigen Anblick geboten.

Als ich schließlich auflegte, war ich schon wieder ein wenig mit diesem so missglückten Wochenende versöhnt. Immerhin hatten wir fest ausgemacht, dass wir uns in vierzehn Tagen sehen würden, um all das nachzuholen, was uns jetzt entgangen war. Und – ich hatte es freudig überrascht zur Kenntnis genommen – um zusammen Tons dreißigsten Geburtstag zu feiern, der in diesem Jahr auf einen Samstag fiel.

17

Der Zug sauste wie ein Pfeil durch die Landschaft. Ich saß im ICE nach Hamburg, und während Häuser, Felder und Wiesen mir entgegenflogen, dachte ich darüber nach, was für ein merkwürdiges und wunderbares Abenteuer das Leben doch war.

Ich hatte Ton einen Brief geschrieben, einen richtigen Liebesbrief, in dem ich mich erklärte. Die Tatsache, dass wir uns am Wochenende nicht hatten sehen können, und ein paar aufregende SMS, die ich von meinem holländischen Liebsten aus Amsterdam bekommen hatte, entfachten meine Phantasie und mit ihr alle Möglichkeiten.

Ich hatte Ton geschrieben, dass ich mir vorstellen könnte, mit ihm und Lilli zusammen in Bergen zu wohnen. Ich hatte ihm geschrieben, dass ich nicht länger ohne ihn sein wollte, dass er mir den Verstand raubte, dass ich eine gemeinsame Zukunft für uns sähe.

Ich hatte ihm geschrieben, dass ich ihn liebte.

Und als ich nach ein paar Tagen fragte, ob mein Brief bereits angekommen sei, hatte er gesagt: »So einen Brief bekommt man nicht oft im Leben. So etwas muss man sich eigentlich einrahmen und aufhängen, um es sich immer wieder anzuschauen.«

Konnte man es schöner ausdrücken? Beseligt lehnte ich meinen Kopf an die Fensterscheibe und lächelte. Kurz hinter Dortmund wurde ich aus meinen schönen Gedanken gerissen. Ein Zwei-Meter-Mann im Regenmantel stieg zu und ließ sich mir gegenüber in den Sitz fallen.

Leider bestand der Zwei-Meter-Mann zu einem Meter fünfzig aus Beinen, und die besetzten nun den ganzen Platz unter dem kleinen Tischchen, das zwischen uns schwebte. Egal, wohin ich meine Füße auch stellte, es waren immer schon andere Füße oder Knie da, und schließlich knickte ich die Beine so gut es ging nach hinten unter den Sitz. Ich zog das Manuskript von Alexa Werner aus der Tasche und sah noch einmal meine Anmerkungen durch. Als ich mit der Autorin telefoniert hatte, hatte sie sehr sympathisch und zugänglich geklungen, und ich hoffte, dass wir in den beiden Tagen, in denen ich in Hamburg war, ein gutes Stück vorankommen würden mit dem neuen Roman. Leider war mir noch kein wirklich guter Titel eingefallen.

Der Riese von gegenüber holte jetzt auch etwas aus der Tasche und verknotete dabei seine Beine wieder fast mit meinen. Ich sah irritiert auf, und er grinste entschuldigend, während er ein riesiges Leberwurstbrot auswickelte. Dann fing er an, geräuschvoll zu kauen. Der penetrante Geruch der Leberwurst stach mir in die Nase und ich hielt mir eine Hand schützend vors Gesicht. Ich war lange nicht mehr mit dem Zug gefahren und vermisste die Privatsphäre meines Autos.

Nach weiteren zwei Stunden qualvoller Enge, meine Beine waren inzwischen schon halb eingeschlafen, fuhr der Zug endlich in Hamburg ein.

Als ich vor dem Hauptbahnhof ins Freie trat, atmete ich tief durch.

Blauer Himmel. Sonnenschein. Und ich hatte noch zwei Stunden Zeit, bevor mich Alexa Werner im Hotel abholen würde, um mit mir essen zu gehen.

Ich beschloss, meine Tasche im Zimmer abzustellen und eine Hafenrundfahrt zu machen. Die Luft schmeckte salzig, sie schmeckte nach Nordsee, nach Bergen aan Zee, um genau zu sein, aber vielleicht kam mir das auch nur so vor. Während ich die riesigen Container bestaunte, die am Hafen lagerten, und dann an den schönen alten Backsteingebäuden der Speicherstadt vorbeischipperte, überlegte ich, was ich Ton zum Geburtstag mitbringen sollte, wenn ich am nächsten Wochenende zu ihm fuhr. Vielleicht würde ich in Hamburg etwas Passendes finden.

Alexa Werner wartete in der Hotelhalle auf mich. Sie war hübsch und etwas nachlässig gekleidet, aber auf eine malerische Art. Die braunen Haare hatte sie sich irgendwie hochgesteckt, und ihre dunklen runden Augen blickten ganz erstaunt in die Welt. So sah also eine angehende Bestseller-Autorin aus. Sie lud mich in ein Restaurant an der Alster ein, wo wir bei einem Glas Wein und einem Salat mit Putenbruststreifen über ihren neuen Fantasy-Thriller sprachen und uns vor allem ein wenig kennenlernten.

Alexa – wir waren ziemlich rasch beim Du angekommen – erzählte mir nicht nur von ihren neuen Projekten, in denen sich Vampirmädchen, Untote und Wiedergänger tummelten, sondern auch aus ihrem bewegten Leben. Sie war (mehr oder weniger unglücklich) mit einem Professor liiert gewesen, in dessen Zweitwohnung sie auch noch wohnte, hatte eine schwierige Familie am Hals und schrieb noch Artikel für die Zeitung, um sich nähren und kleiden zu können. Ich fand es irgendwie tröstlich, dass die Irrungen und Wirrungen der Liebe und der Geldmangel uns alle so verbanden, und steuerte ein paar Anekdoten aus meinem bunten Leben bei. Ich erzählte von meiner Scheidung, von Lilli und sogar von meiner neuen Liebe in Holland. Frauen sind so.

»Ich finde dich sehr nett«, sagte Alexa, als wir uns zu vorgerückter Stunde vor dem Restaurant verabschiedeten. »Mit deiner Kollegin hatte ich längst nicht so viel Spaß. Wir werden sicher gut zusammenarbeiten.«

Wenige Minuten später lag ich in meinem breiten Hoteldoppelbett, schickte noch eine Gute-Nacht-SMS an Ton und schrieb ihm, dass hier genug Platz wäre für zwei, dann schlief ich ein.

Als ich aufwachte, war es halb drei, und ich hatte einen ziehenden Schmerz im Bein. Ich legte mich auf die eine, dann auf die andere Seite und versuchte eine komfortable Position zu finden, aber es wurde nicht besser.

Dummerweise hielten diese Schmerzen auch am nächsten Tag an, als wir in der Küche von Alexa Werners kalter Altbauwohnung arbeiteten, und am frühen Abend kam Alexa dann plötzlich die Idee, dass ich eine Thrombose haben könnte.

»Vielleicht ist es eine Thrombose«, sagte sie und riss die großen dunklen Augen weit auf. »Meine Tante ist an einer Thrombose gestorben – das ging alles ruckzuck.«

Ich muss gestehen, dass mich da dann doch eine leichte Panik erfasste. Ich dachte an Lilli und schluckte. Sie war ja schon ein Scheidungskind und sollte nun nicht auch noch Halbwaise werden. Und so allein in der Fremde zu sterben war ja auch nicht besonders lustig – womöglich noch nachts in einem Hotelbett – und gerade jetzt, wo sich mein Leben doch zum Besseren wendete.

Und so lernte ich die medizinische Notaufnahme des Hamburger Klinikums kennen. Alexa Werner begleitete mich und erzählte mir immer wieder von ihrer toten Tante, als wir auf den harten Holzstühlen saßen und warteten. Mittlerweile war ich überzeugt davon, eine Thrombose zu haben. Die Ärzte waren sehr nett und sehr besorgt und Alexa versorgte mich mit Automatenkaffee. Wir verbrachten den ganzen Abend im Krankenhaus (von sieben bis zehn Uhr). Und der ganze Spaß kostete mit Blutentnahme und Laboruntersuchungen nur zehn Euro. Wenn man bedenkt, was man heute noch so für zehn Euro bekommt, fand ich das sehr günstig.

Es war aber dann doch keine Thrombose, sondern nur eine Sehnenansatzentzündung, die wahrscheinlich von meiner Zugfahrt mit dem Zwei-Meter-Mann herrührte.

»Sie sollten jetzt noch den Orthopäden sehen«, sagte der junge Arzt, der mir das Ergebnis der Untersuchung verkündete. Aber nach drei Stunden Notaufnahme und jetzt, da ich nicht mehr dem Tod geweiht war, wollte ich nicht mehr in der Ambulanz bleiben.

Außerdem hasse ich Orthopäden. Die finden bei Schreibtischtätern wie mir immer etwas. Das weiß ich, weil ich mal einen Hexenschuss hatte und dummerweise einen Orthopäden aufsuchte, der mich fast in den Rollstuhl redete.

»Das kann ich ja dann immer noch zu Hause machen, ich komme nicht aus Hamburg«, erklärte ich dem Arzt von der Notaufnahme, der unzufrieden die Augenbrauen zusammenzog. Ich glaube, er nahm es mir persönlich übel, dass ich den Orthopäden nicht mehr aufsuchen wollte. Jedenfalls stand in seinem Bericht: »Patientin weigert sich, den Orthopäden zu sehen.«

Vor Schreck und Erleichterung gingen Alexa und ich dann erst einmal Fisch essen. Mir war ehrlich gesagt auch schon leicht schlecht vor Hunger, denn bei der Thriller-Queen hatte es den ganzen Tag nur Instant-Kaffee gegeben, und ich hatte den Verdacht, dass das auch schon fast alles war, was Alexa Werner im Moment zu sich nahm.

Überwältigt von den Ereignissen der letzten Stunden schlief ich in dieser Nacht wie ein Stein. Dass das Leben einer Lektorin aber noch sehr viel abenteuerlicher werden konnte, sollte der nächste Tag zeigen.

Um neun Uhr trafen wir uns wieder in Alexa Werners Wohnung. Ich fühlte mich ausgeschlafen, und wir kamen sehr gut voran mit der Arbeit. Bei manchen Autoren kann es ein Drama werden, wenn man Verbesserungsvorschläge zu ihrem Text macht oder gar ganze Passagen rauskürzt. Entweder sie sind tödlich beleidigt oder sie stürzen in abgrundtiefe Verzweiflung. Beides macht eine sinnvolle Zusammenarbeit schwer. Aus diesem Grund hatte ich mir die schöne kleine Vorrede von den »Vorschlägen« ausgedacht.

»Es sind alles nur *Vorschläge*«, pflegte ich zu sagen, wenn das Manuskript so bearbeitet und kommentiert war wie früher der schlechteste Schulaufsatz der ganzen Klasse. Natürlich hätte ich niemals einen Rotstift genommen, ich redigierte stets mit Bleistift und legte gleich zu Anfang sichtbar einen großen Radiergummi auf den Tisch. Alles eine Frage der Psychologie. »*Sie* müssen entscheiden, denn *Sie* sind der Autor, und das ist *Ihr Buch*«, sagte ich und merkte, wie die Autoren anfingen zu entspannen. »Ich kann Sie nur beraten. Aber als Lektorin muss ich Sie darauf hinweisen, dass diese Stelle niemand verstehen wird/dass der Leser spätestens an dieser Stelle das Buch zuklappen wird/dass man besser einen Einstieg wählen würde, der weniger langweilig ist. Aber wenn Sie sagen ›Nein‹, dann respektiere ich das. Am Ende ist es Ihre Entscheidung.«

Die meisten Autoren waren danach beruhigt. Und ich konnte ihre Angst sogar verstehen. Ich hatte noch gut in Erinnerung, wie es sich anfühlte, als der Redakteur meiner Zeitung damals mit einem Tastendruck und dem Kommentar »Das können wir hier so nicht brauchen, schreiben Sie es am besten ganz neu« meine Reportage »Kinder auf Kufen – Glanz and Angst von Eiskunstlaufprinzessinnen« vom Bildschirm des Computers gelöscht hatte.

Wer jemals mit Herzblut einen Text geschrieben hat, weiß, wie weh es tut, wenn ein anderer, vielleicht sogar ein Fremder einem Formulierungen, Sätze oder gar ganze Seiten wegnehmen will. Kritisieren ist immer leicht, und deswegen, im tiefsten Inneren meines Herzens, habe ich großen Respekt vor Autoren.

Auch an Alexa Werners Manuskript war einiges zu tun gewesen, aber ich hatte es selten erlebt, dass jemand so mühelos und unprätentiös Vorschläge aufgriff, Verbesserungen vornahm und so schnell begriff, worum es ging. Die Zusammenarbeit mit ihr war wirklich ein Vergnügen, und ich dachte verwundert an das Gejammer meiner Vorgängerin.

»Ich glaube, der Roman wird jetzt richtig gut«, sagte Alexa, als hätte sie meine Gedanken erraten. »Danke, dass du dir bei der Bearbeitung so viel Mühe gemacht hast. Frau Kaminski hat damals ja fast nichts geändert, nur so Kleinigkeiten.«

»Aha«, sagte ich erstaunt.

»Ja«, fuhr Alexa fort. »Die hat höchstens mal ein ›sagte er«‹ gegen ein ›erwiderte er‹ ausgetauscht. Und dann hat sie sich total aufgemantelt, weil irgendeine Jahreszahl falsch recherchiert war.«

Ich nickte und ersparte mir jeden Kommentar. Ein weiteres ungeschriebenes Gesetz bei Best & Seller war es, dass man seine Lektorenkollegen vor Autoren nicht diffamierte. Auch wenn man manchmal – wie in diesem Fall – große Lust dazu gehabt hätte.

Als wir am frühen Nachmittag auf der letzten Seite angekommen waren, fragte ich Alexa Werner, ob sie etwas dagegen hätte, wenn wir noch ein paar Fotos von ihr in ihrer Wohnung machen würden. Normalerweise erledigte so etwas ein freier Fotograf, der für uns die

Autorenfotos machte und auch bei allen Verlagsveranstaltungen von öffentlichem Interesse mit seiner großen Kamera dabei war.

Doch Alexa Werner galt als äußerst heikel, sie hatte eine Aversion gegen professionelle Fotografen, und so war auch das einzige Foto, das wir von ihr hatten, so unglaublich verkrampft, dass ich Frau Dr. Trundl vorgeschlagen hatte, noch mal ein paar Fotos zu schießen.

Alexa lächelte nervös, als ich ihr den Vorschlag machte, aber sie lächelte. Dann verschwand sie für fast eine Stunde in ihrem Badezimmer, das gleich neben der Wohnküche lag, in der wir gearbeitet hatten. Ich hörte Wasser rauschen, leises Geklapper, das Gebläse eines Föhns. Als Alexa wieder vor die Tür trat, sah sie umwerfend aus. Sie hatte sich geschminkt, ihre Lippen waren blutrot. Sie trug die kinnlangen Haare offen und sah nun ein bisschen aus wie Maria Schrader in *Aimée und Jaguar*.

Ich gab einen begeisterten Laut von mir. Wie die Heldin ihres Thrillers war auch diese Frau eine echte Gestaltwandlerin. Sie ließ sich fotografieren, schenkte mir ihr schönstes Lächeln und war ganz gelöst. Vielleicht war sie auch einfach froh, dass die Arbeit am Manuskript nun abgeschlossen war.

Als ich das letzte Foto geschossen hatte, umarmte sie mich plötzlich heftig und lief dann auf Seidenstrümpfen und in ihrem flaschengrünen dünnen Kleid auf den Balkon hinaus, von dem ein paar eiserne Stufen in einen kleinen Garten führten. Sie hockte sich auf die oberste Stufe, ließ den Kopf nach vorn fallen und fing plötzlich an zu schluchzen.

Das war nun wirklich mal eine unerwartete Wendung! Ratlos folgte ich ihr und legte eine Hand auf ihre Schulter.

»Alexa, was ist denn nur los? Möchtest du nicht lieber wieder reinkommen, die Stufen sind doch ganz kalt.«

»Lass mich. Ich komme gleich. Es ist nur der Kreislauf.« Sie hob für einen Moment den Kopf und wir sahen beide in die Dämmerung, die über dem kleinen Garten hereinbrach.

»Also gut«, sagte ich zögernd. »Fünf Minuten, aber dann kommst du wieder rein.«

Als sie schließlich auf mein wiederholtes Bitten hin in die Wohnung zurückkam und mir mit düsterer Stimme erklärte, sie lasse sich normalerweise nie fotografieren, sie möge keine Fotos von sich, das mache ihr irgendwie Angst, sich auf einem Foto zu sehen, war mir doch etwas seltsam zumute. Alexa war doch ein Kind unserer Zeit und nicht eine Aborigine, die fürchten musste, dass man durch ein Foto Macht über sie gewann. Woher rührte diese plötzliche Panik?

Sicher, ich wusste aus eigener Erfahrung, dass Fotos einen manchmal durchaus in seinem optischen Selbstverständnis erschüttern konnten, aber Alexa, die immer mehr wie Maria Schrader aussah, war eine Schönheit, wenn sie sich zurechtmachte, und das sagte ich ihr jetzt auch noch einmal. Gemeinsam klickten wir die Bilder durch, und sie fing sich wieder ein bisschen.

Als ich vorschlug, essen zu gehen, war sie einverstanden. Am späteren Abend waren wir mit einer Journalistin verabredet, die eine Geschichte über Alexa Werners neuen Roman machen wollte.

Die Dunkelheit brach herein, und Alexa verschwand für weitere eineinhalb Stunden im Bad. Immer wieder hörte ich Wasser rauschen, zwischendurch wurde es so ruhig, dass ich plötzlich Angst bekam, meine irgendwie aus dem Gleichgewicht geratene Autorin säße schon mit aufgeschnittenen Pulsadern in der Badewanne.

»Alexa? Ist alles in Ordnung?« In Panik klopfte ich an die Tür.

Drinnen fiel etwas klappernd zu Boden und rollte eine Weile auf den Badezimmerfliesen herum. Dann kam Alexa mit einem seltsamen Lächeln aus dem Bad und wir fuhren mit dem Taxi zur Reeperbahn, wo wir uns im Freudenhaus mit besagter Journalistin treffen wollten.

Das »Freudenhaus« war – anders als es der Name hätte vermuten lassen – ein hübsches Restaurant mit roten Samtbänken und dezenter Beleuchtung.

Als wir aus dem Taxi stiegen, hakte ich Alexa unter, die offenbar immer noch kreislaufgeschwächt die Straße entlangstolperte und mir im Wechsel irgendwelche alten Möbel von sich anbot, die sie mir schenken wollte, oder unheilvolle Sätze ausstieß, die für mich sehr rätselhaft waren. »Wenn das stimmt, was ich rausgefunden habe, dann geh ich nie mehr zurück«, sagte sie. »Dann hau ich hier ab, ich kann überall arbeiten. Das verzeihe ich denen nie. *Niemals!*«

Ich blickte bestürzt auf das hübsche Geschöpf, das an meinem Arm hing. »Alexa«, sagte ich. »Ich würde dir wirklich gern helfen, aber ich verstehe den Zusammenhang nicht.«

»Alles nur Maskerade«, entgegnete sie.

Inzwischen waren wir vor dem Freudenhaus angekommen. Die Lampen schimmerten einladend durch die Fenster. Alexa setzte sich auf eine Bank, die draußen vor dem Restaurant stand, und ließ den Kopf wieder vornüberfallen. Dann lachte sie etwas irre und sagte mit starrem Blick, sie habe gerade ihren toten Bruder gesehen, da hinten, auf der Straße.

Ich folgte ihrem Blick, aber da war kein Mann. Inzwischen war ich wirklich beunruhigt. Ich fragte mich, ob Alexa allmählich durchdrehte. Genie und Wahnsinn liegen ja, wie man weiß, dicht beieinander. Oder war sie schon so in die Romanwelt der Wiedergänger und Untoten eingetaucht, dass sie nicht mehr in die Wirklichkeit zurückfand? War meine neue Autorin eine Psychopathin?

Ratlos sah ich Alexa an, die jetzt wieder schrill auflachte. Es war kalt hier draußen auf der Bank, ich fing an zu frieren und zwang die Autorin ins Restaurant, wo wir etwas zu essen bestellten. Sie wollte jetzt rauchen. Und setzte sich dabei fast in Brand. Im Freudenhaus war Rauchen verboten. Ein Kellner kam und bat Alexa, die Zigarette auszumachen. Alexa ließ ihre Zigarette in das Glas mit Wein fallen und lachte den Kellner an, der verunsichert wieder an die Theke zurückging. Dann kam endlich die Journalistin und stellte ihre Fragen. Die meisten davon beantwortete ich. Alexa saß derweil im roten Fauteuil, zündete sich erneut eine Zigarette an und warf den Rauch ausstoßend ihren Kopf nach hinten.

Es sah nicht schlecht aus. Ich glaube, Männer finden so etwas verführerisch. Der junge Kellner starrte gebannt von der Theke herüber und überlegte, ob er einschreiten sollte.

Alexa kicherte. Dann sagte sie: »Im Badezimmer hab ich Wodka getrunken.« Ich setzte mich alarmiert auf.

»Wie viel?«, fragte ich.

»Na, so ein paar Gläser werden's schon gewesen sein. Wegen der Fotos.« Sie kicherte wieder.

Auf so etwas musste man erst einmal kommen! Ich sah meine Autorin an und war fast ein bisschen erleichtert, dass sie *nur* betrunken war. Und zwar *betrunken*. Das kürzte den Abend erheblich ab. Ich zahlte, ließ eine verwirrte Journalistin und einen noch verwirrteren Kellner zurück und brachte die schwankende Alexa noch eigenhändig ins Bett, wo sie mit einem seligen Lächeln auf den Lippen süß entschlummerte.

Irgendwo hat man ja auch eine Verantwortung für seine Autoren.

Als ich endlich wieder vor dem Eingang meines Hotels stand, holte ich ein Päckchen Zigaretten aus den Tiefen meiner Handtasche.

Ich rauche nur, wenn ich in höchster Verzweiflung bin, unter großem Stress oder zu ganz besonderen Gelegenheiten. Dieser Tag, so kurios er sich gestaltete, war auf seine eigene Art schon sehr besonders gewesen. Ich schüttelte den Kopf, zündete mir eine Zigarette an und nahm einen tiefen Zug. Wenn ich das in meinem Club erzähle!, dachte ich in schönster »Es muss-nicht-immer-Kaviar-sein«-Manier und sah dem Rauchkringel nach, der in die dunkelblaue Nacht aufstieg.

Am nächsten Morgen bestand Alexa Werner darauf, mich zum Zug zu begleiten. Meine Autorin war wieder vollständig erholt und aufgeräumt, nichts deutete auf die Ereignisse der letzten Nacht hin. Wenn nicht eine Zigarette in meiner Schachtel gefehlt hätte, hätte ich wohl gedacht, das Ganze nur geträumt zu haben. Ich war mir nicht sicher, ob sich Alexa an irgendetwas erinnerte, aber es sah nicht so aus. Und so beschloss ich, die Sache auf sich beruhen zu lassen und die Decke des Vergessens über die dunklen Abgründe einer Autorenseele zu breiten, die sich gestern Abend vor mir aufgetan hatten.

Zum Dank für die gute Zusammenarbeit schenkte Alexa mir einen hübschen Briefbeschwerer, in den ein paar dunkelrote Rosenblätter eingegossen waren. Auf dem durchsichtigen Oval stand das Wort *Amore* und nach den Worten der Schenkerin sollte mir dieses Kleinod Glück in der Liebe bringen.

Ich war zutiefst gerührt und freute mich – schließlich ist man ja auch nur ein Mensch. Dann fuhr mein Zug ein und Alexa umarmte mich noch einmal ganz fest.

Der Abschied auf Gleis zehn des Hamburger Hauptbahnhofs hatte etwas Doktor-Schiwago-Mäßiges. Ich stand in der Tür des zischenden ICEs und Alexa stand verloren auf der Plattform. Dass die Autorin winkte und weinte, bestürzte mich. Für einen Augenblick nahm ich Einblick in die tiefe Einsamkeit von Menschen.

Ich fasste nach meinem Rosen-Briefbeschwerer und war froh, dass in meinem Badezimmer keine Wodka-Flaschen standen. Die arme Alexa! Sie war wirklich ganz schön durch den Wind und man konnte ihr nur wünschen, dass sie ihr Gleichgewicht bald wiederfand.

Als ich mich später in meinem Sitz zurücklehnte, erfasste mich eine behagliche Zufriedenheit. Ich hatte mein Leben im Griff. Ich hatte Ton, der es kaum erwarten konnte, mich in seine Arme zu schließen. Und ich war mit Blindheit geschlagen.

18

Der Mann neben mir stöhnte.

Ich hörte eine Frauenstimme, die in leisem Singsang zwitscherte und lachte, drehte den Kopf zur Seite und versuchte durch den orangefarbenen Schleier zu spähen, der links neben mir bis zum Boden reichte, doch außer ein paar schemenhaften Umrissen, die sich schattenspielartig hinter dem Vorhang bewegten, konnte ich nichts erkennen.

Ich streckte mich wieder aus, legte den Kopf auf die Arme und wartete ergeben, bis ich an der Reihe war.

Zweimal war ich an dem »Drei Orchideen«, einem thailändischen Massage-Salon, vorbeigeradelt, doch dann hatte ich das Blumen-Plakat im Schaufenster endlich entdeckt.

Die drei Orchideen, die hier arbeiteten, hießen Nang, Nguyen und Pang. Ich hatte einen Termin bei Nang.

»Du musst zu Nang gehen, Nang ist die Beste«, hatte Jasmin gesagt. Seit meinem abenteuerlichen Ausflug nach Hamburg plagten mich Rückenschmerzen. Vielleicht hätte ich mich doch besser nicht weigern und den Knochenmann der Hamburger Notaufnahme den ultimativen Blick auf mein Bein werfen lassen sollen. Mittlerweile zog der Schmerz bis in den Rücken hoch. Und das war schlecht, denn am Wochenende wollte ich zu Ton nach Holland fahren. Diesmal sollte nichts dazwischenkommen.

»Warum gehst du nicht zum Arzt?«, fragte Jasmin, als ich montags seltsam steif und jede Bewegung vermeidend in meinem Bürosessel saß. Das ABC-Pflaster aus der Apotheke brannte höllisch, aber ich spürte keine Besserung. Ich beugte mich ein wenig vor und es schoss mir wie ein Messer in den Rücken.

»Aaah«, stieß ich hervor und verzog schmerzlich mein Gesicht. »Ich mag keine Orthopäden. Die wollen immer nur Spritzen setzen, und ich mag auch keine Spritzen. Vielleicht geht es ja von allein wieder weg. Oder ich nehme ein heißes Bad.«

»Hmm«, machte Jasmin und sah nicht sehr überzeugt aus. Und dann sagte sie, das Einzige, was mir sicher helfen würde, wäre eine Thai-Massage. Und zwar bei Nang.

Die Drei Orchideen hatten ihren Standort in einem der verwinkelten Gässchen, die rund um den Alter Markt liegen. Als ich meine Schuhe mit Schmerz vermeidenden Bewegungen gegen die tatzenförmigen Gummi-Pantoffeln, die oben am Eingang in einem kleinen Bambusregal in orangefarbenem, hellgrünem, rosa und türkisfarbenem Plastik bereitstanden, vertauscht hatte, schlurfte ich vorsichtig die Treppe hinunter, die in ein ockerfarben ausgemaltes Kellergewölbe führte. Leise Musik schwebte mir entgegen. Ich schaffte es in meinen rosa Drachenpantoffeln irgendwie an die Empfangstheke, hinter der mich eine junge Thailänderin freundlich anlächelte.

»Friederike Berger«, keuchte ich und hielt mir den Rücken. »Ich habe einen Termin bei Nang.«

Sie suchte meinen Namen im Computer. »Aaah ja, Fierieeke«, sagte sie und nickte. Dann lächelte sie besorgt. »Nang noch nicht fertig«, zwitscherte sie, faltete ihre Hände vor dem Körper und verneigte sich ein paar Mal. »Du kommen und liegen hier.« Sie führte mich in einen schlauchförmigen Raum, der durch bunte Schleiervorhänge in mehrere Einzelzellen unterteilt war, und wies auf eine Art Matratze, über die ein großes Frotteetuch ausgebreitet war. Wortlos reichte sie mir ein Bastkörbchen und bedeutete mir, meine Sachen auszuziehen. Kurze Zeit später lag ich bäuchlings und bekleidet mit einer dunkelblauen Baumwollhose, die mir bis zur Brust reichte und in der ein Riese mühelos Platz gefunden hätte, unter einem Handtuch auf der Matte und lauschte beklommen dem männlichen Stöhnen, das von der anderen Seite des Vorhangs zu mir drang.

Ich war noch nie bei einer Thai-Massage gewesen und erwartete eine sanfte Streichelmassage mit wunderbar duftenden Ölen.

Dann kam Nang, und ich wurde eines Besseren belehrt.

Die winzige Thailänderin mit der dunklen Haarzwiebel auf dem Kopf walkte mit ihren kräftigen Füßen in kleinen Pendelschritten und freischwebend wie eine Seiltänzerin erst meine Beine durch und lief dann über meinen Rücken. Es krachte fürchterlich, ich stöhnte auf, Nang murmelte zufrieden »Hmmmhmmm«. In der zierlichen Person schlummerten ungeahnte Kräfte. Nachdem sie endlich von mir abgestiegen war, goss sie ein paar Tropfen Öl auf meinen Rücken und stützte sich mit dem ganzen Gewicht auf ihre Ellbogen, die nun von unten nach oben meinen Körper entlangfuhren und sich zwischen mir unbekannte Muskelstränge drängten. Wieder walkte sie auf meinen Beinen herum und bog diese dann in die Höhe, bis ich laut aufschrie.

»Locke lasse, immer schön locke lasse«, zirpte sie und legte meine Beine wieder ab. »Ohhh, deutse Frauen sso steif, alle. Musse immer ssso viel arbeite an Sreibtisch, niss gut für Rücken, gar niss gut.«

Sie gab ein paar schnalzende Laute von sich und bohrte ihre Finger in meinen Nacken. Inzwischen war der Schmerz überall. Offenbar hatte Nang einen Nerv aufgespürt, der sich von den Füßen aus bis in den Nacken zog. Ich jedenfalls hatte das Gefühl, nur noch aus blauen Flecken zu bestehen.

»Du ganz verspannt«, sagte Nang traurig und knetete weiter. »Alles gaaanz hart. Mussen kommen jede Wochen zu Nang, dann wieder besse. Bitte umdrehen.«

Vorsichtig drehte ich mich in die Rückenlage.

Nang rieb über meine Arme, dann über meine Schläfen, und ich entspannte mich tatsächlich etwas. Während sie mit kreisenden Bewegungen von der Nasenwurzel bis zu den Augenbrauen fuhr, schloss ich die Lider und dachte an Ton. Ich hatte ihm zum Geburtstag ein schlichtes silbernes Feuerzeug gekauft – es war das teuerste Feuerzeug, das ich jemals in Händen gehalten hatte, aber schließlich investierte ich ja in unsere Zukunft.

»Aufsetzen«, schnarrte Nang und hockte sich hinter mich. Ich folgte gehorsam und versuchte mit dem Handtuch meine bloßen Brüste zu bedecken, die in dieser gebeugten Haltung eine nicht sehr vorteilhafte Form einnahmen.

»Looocke lassen«, sagte Nang und zog meine Arme sanft wieder nach unten. »Du niss schämen mussen, Fierieeke, ich kenne dein Körper schon.«

Sie massierte mir energisch die Schultern, und ich beschloss, meine europäische Spießigkeit zu vergessen, ließ Brüste und Arme baumeln und den Kopf nach vorn fallen und glitt in eine kleine hübsche Phantasie, in der Tons Hände die Hauptrolle spielten.

Ich nahm kaum wahr, wie Nang ihre Position hinter mir veränderte und ihr Knie sich in meinen Rücken bohrte. Sie griff nach meinen Händen, dirigierte sie über Kreuz über meinen Oberkörper und sagte noch einmal: »Looocke lassen, Fierieeke, ganz looocke lassen.« Eine Sekunde später schossen mir Tränen des Schmerzes in die Augen.

Mit mehreren schnell aufeinanderfolgenden Bewegungen zog Nang meine gekreuzten Arme mehrere Male ruckartig nach hinten und ich hatte für einen Moment das Gefühl, meine Wirbelsäule bräche durch.

»Alles gut, jetzt fertig«, sagte Nang und lächelte mir zu. »Wie geht?«

Ich versuchte aufzustehen. Zwar taten mir alle Knochen weh, aber der Schmerz im Rücken hatte tatsächlich nachgelassen. Oder vielleicht spürte ich ihn einfach nicht mehr. Ich fühlte mich wie ein Delinquent nach den Foltern der Inquisition. Ich fühlte mich völlig geläutert, spirituell irgendwie.

»Du mussen machen Übung.« Nang verbog sich geschmeidig wie eine Katze vor meinen Augen. »So und so und so … iiimmer machen. Jedes Tag. Frauen von Thailand, nie Ruckensmerzen. Schlafen alle hart. Du

Matratze gucken. Und iiimmer sssön kommen zu Thai-Massage. Dann besser.«

»Danke«, sagte ich und ging zu meinem Körbchen mit den Anziehsachen.

»Du Tee?«, fragte Nang.

Ich nickte dankbar. Als ich mir mit zitternden Händen Jeans und Pulli anzog und in meinen Drachenpantoffeln zum Empfang ging, war ich wohlig erschöpft wie nach einem Saunagang.

Ich nahm mir Nangs Worte zu Herzen und machte gleich für die nächsten drei Montage weitere Termine aus.

Dann nahm ich die goldene Schale mit Tee, die schon auf der dunklen Holztheke auf mich wartete, und ließ mich in einen der drei Sessel sinken, die an der Wand neben einem riesigen silbernen Samowar standen.

Ich war so in mir, dass ich die Gestalt, die in dem Sessel neben mir saß, zunächst nicht bemerkte. Dann spürte ich, wie mich jemand von der Seite anstarrte, und blickte auf.

»Na, das gibt's ja wohl nicht«, dröhnte eine laute Männerstimme. »Was machst *du* denn hier, Friederike?«

Joachim Wille war ein alter Bekannter meines Vaters aus dem Schachclub. Er hatte früher auch in Düsseldorf gewohnt und war dann irgendwann ins Bergische Land gezogen. Als Gartenbauarchitekt war er viel unterwegs und hatte stets dieses vitale Aussehen, das Menschen kennzeichnet, die sich oft im Freien aufhalten. Ich kannte Joachim Wille nicht sehr gut, er war einige Male bei uns zu Hause gewesen und dann mehr oder weniger sofort in Papas Arbeitszimmer verschwunden, wo auf einem hübschen viereckigen Holztischchen das große Schachbrett aus Wurzelholz stand. Trotzdem erinnerte ich mich gut an ihn. Wo andere Menschen fragten »Na, wie geht's?«, begrüßte der Gartenbauarchitekt einen stets mit seinem »Na, alles im grünen Bereich?«. Vielleicht unüberhörbare Anzeichen einer *deformation professionelle*?

Ich fand es als junges Mädchen jedenfalls höchst komisch, wenn ich die Haustür aufmachte und der stattliche Joachim Wille mir sein »Na, mein Mädchen, alles im grünen Bereich?« entgegenschmetterte. In Erinnerung geblieben war mir auch das laute dröhnende Lachen, das in regelmäßigen Abständen aus Papas Arbeitszimmer schallte. Ich hatte immer gedacht, Schach sei eine ruhige, ernste, hochkonzentrierte Angelegenheit, doch Wille sah das wohl etwas lockerer.

»Na, komm, Arthur«, sagte er zu meinem Vater, wenn dieser seine Dame zu verlieren drohte, und hob sein Gläschen mit Marillenbrand ermunternd in die Höhe. »Jetzt streng dich mal ein bisschen an. Wo ein Wille, da ein Weg, sag ich immer, harharhar!« Dann lachte er über seinen eigenen Witz.

Und jetzt saß Joachim Wo-ein-Wille-da-ein-Weg nach Jahren neben mir in einem thailändischen Massagesalon und erzählte mir von seiner Bandscheibe. »Hab ein paar Kilos zu viel auf den Rippen, das ist nicht gut für den Rücken«, sagte er und klopfte sich angelegentlich auf den Bauch.

Ich fragte mich, ob er der Mann war, den ich eben hinter dem Vorhang hatte stöhnen und ächzen hören, und grinste.

»Ich bin heute das erste Mal hier«, sagte ich und reckte meine malträtieren Knochen. »Ganz schön heftig, so eine Thai-Massage.«

»Aber gut«, dröhnte Wille, der, wie sich herausstellte, auch zu Nang ging und noch auf eine Anschlussbehandlung mit dem »Heißen Kräuterstempel« wartete, was immer das war. Er musterte mich von oben bis unten. Es war bestimmt zwanzig Jahre her, dass wir uns das letzte Mal begegnet waren. »Bist ziemlich schmal geworden, mein Mädchen«, sagte er. »Alles im grünen Bereich?«

Manche Dinge ändern sich nie. Ich schmunzelte.

»Es könnte gerade nicht grüner sein«, sagte ich und hatte mit einem Mal das Gefühl, wahnsinnig privilegiert zu sein. »Ich lebe hier in Köln, in einer schönen Altbauwohnung in der Südstadt, ich habe eine süße fünfjährige Tochter, arbeite in einem großen Verlag und bin seit einem Jahr geschieden. Und außerdem«, ich hob meine Stimme ein wenig, um die Wichtigkeit dessen, was nun folgen sollte, auch gebührend herauszustellen, »bin ich gerade verliebt.«

Ich fand, dass meine Kurzbiographie gar nicht mal schlecht klang.

»Das ist ja 'n Ding«, sagte Wille und wollte mehr hören. Und so erzählte ich ein bisschen ausführlicher von den Ereignissen der letzten Jahre, während wir in friedlicher Eintracht unseren Rosenblütentee tranken und leise Musik durch die Thai-Grotte plätscherte. Meine neue Liebe aus dem Land der Windmühlen nahm, wie ich gestehen muss, einen nicht unerheblichen Raum meiner Erzählungen ein.

Wille hörte mir zu und strich sich ab und zu über seinen dunklen Vollbart. Mit den schwarzen Haaren, durch die sich inzwischen ein paar grauen Strähnen zogen, und den braunen Augen sah er eher aus wie ein gut alternder italienischer Tenor denn wie ein Gartenbauarchitekt.

»Na, da hast du ja einiges erlebt, mein Mädchen«, sagte Wille, als ich zum Schluss gekommen war. »Ich sag ja immer, jeder muss mal durch so eine Scheidung durch.« Er machte eine wegwerfende Handbewegung. »Dieses ganze grässliche Zeugs, all die Querelen, Tränen, die Streitereien vor Gericht – das stählt einen fürs Leben. Das sollte jeder mal mitgemacht haben. Und danach weiß man wenigstens genau, was man will und was nicht, oder?« Er klopfte mir aufmunternd auf den Oberschenkel. »Wer nie so eine richtige Scheidung mitgemacht hat mit allem Drum und Dran, der hat doch keine Ahnung, wie das Leben wirklich läuft.«

So hatte ich das noch nie gesehen, aber es war ein interessanter Gedanke. Wille musste wissen, wovon er sprach, er selbst war schon zu Düsseldorfer Zeiten zum zweiten Mal verheiratet gewesen.

»Auf jeden Fall freue ich mich für dich, Friederike. So eine neue Liebe tut immer gut, was? Ich meine, das sind doch die Farbkleckse im Leben.«

Ich nickte glücklich. »Ton ist aber schon mehr als ein Farbklecks«, erklärte ich. »Kann gut sein, dass ich nach Holland ziehe. Die Sache ist nämlich ernst.«

»Na, hoffentlich nicht zu ernst«, kalauerte Wille und erhob sich, als Nang jetzt auf ihn zutrippelte, um ihn zu seiner Kräuterstempel-Behandlung abzuholen. »Ich bin am nächsten Montag um diese Zeit wieder hier, du auch?« Ich nickte und er steckte mir seine Karte zu. »Vielleicht können wir dann ja anschließend irgendwo einen vernünftigen Kaffee trinken statt dieses Schlabberzeugs hier.«

Ich sah verlegen zu Nang hinüber, doch diese lächelte unergründlich. Mag sein, dass sie sich später mit den Kräuterstempeln für diese respektlose Bemerkung rächen würde.

»War schön dich zu sehen, Friederike«, sagte Wille und zwinkerte mir zu. »Und strapazier deinen Rücken mal nicht zu stark am Wochenende, harharhar.«

»Sie aber auch nicht, Herr Wille«, entgegnete ich schlagfertig.

Joachim Wille grinste. »Keine Angst, da besteht keine Gefahr.«

Nang hatte wahre Wunder vollbracht. Am Tag nach der Behandlung spürte ich noch ein leichtes Ziehen im Rücken, doch dann fühlte ich mich wieder wie neu. Ich nahm mir vor, in Zukunft mindestens zwei Mal in der Woche am Rheinufer laufen zu gehen – vielleicht ganz früh am Morgen, wenn Lilli noch schlief – und überdies die Übungen zu machen, die die thailändische Orchidee mir gezeigt hatte. Gleich nächsten Montag, nach meinem holländischen Wochenende würde ich mit dem neuen gesunden Leben anfangen. Diese Woche jedoch hatte ich Besseres zu tun.

Lilli brauchte dringend neue Schuhe, es war erschreckend, wie schnell ihre Füße wuchsen, aber ich wollte nicht schuld sein, wenn sie später Hammerzehen bekam wegen chronisch zu kleiner Schuhe.

Dann musste ich eine Schokoladentorte für Ton backen, ein halbwegs passables Foto von mir finden, das ich einrahmen und zu dem kostbaren silbernen Feuerzeug dazulegen wollte, und arbeiten musste ich ja auch noch.

Ich überlegte, wieder in das Wäschegeschäft zu fahren, um mir das verführerische schwarze (und sündhaft teure) Negligé von Agent Provocateur zu kaufen, das ich im Schaufenster gesehen hatte, verwarf den Gedanken aber wieder.

»Was willst du denn *damit*? Wenn du bei mir schläfst, brauchst du doch kein Nachthemd«, hatte Ton gesagt und amüsiert die Augenbrauen hochgezogen, als ich bei meinem letzten Besuch mein zartes Laura-Ashley-Baumwollhängerchen aus der Tasche ziehen wollte. Er selbst schlief immer nackt und erwartete dies wohl auch von seiner Bettgefährtin. Und weil das so war, konnte ich mir diese Ausgabe auch sparen.

Am Donnerstag ging es mir blendend, die Vorfreude stieg ins Unermessliche, auch wenn ich Ton die letzten zwei Tage nicht gesprochen hatte – er war auf einer Katamaranschulung – oder vielleicht gerade deswegen.

Frau Noller, der ich wie immer morgens im Hausflur begegnete, war ganz erschüttert von so viel guter Laune.

»Guten Morgen, Frau Noller«, rief ich. »Wie geht's denn so?« Und bevor sie noch antworten konnte, tirilierte ich schon weiter. »Ist das nicht ein *herrlicher* Tag heute? Haben Sie schon gesehen, wie schön der Flieder draußen blüht?« Ich riss die Haustür auf. »Aaaah – wie das duftet!«

Frau Noller schlurfte vorsichtig bis zu den Briefkästen und sah mir kopfschüttelnd nach, als ich jetzt mit

Lilli an der Hand beschwingt den Bürgersteig entlanghüpfte.

An diesem Morgen stand bei Best & Seller das »Vorsingen« des Lektorats auf dem Programm. Meine Kollegen und ich stellten den Abteilungen Marketing, Vertrieb, Werbung, Presse und der Art-Abteilung unser neues Buchprogramm vor und diskutierten die Möglichkeiten der Vermarktung und Gestaltung der einzelnen Titel.

»Blutrache«, der neue Roman meiner durchgeknallten Hamburger Thriller-Autorin war natürlich auch dabei. Alexa Werners Amore-Briefbeschwerer lag zu Hause auf meinem Schreibtisch, und die Autorin hatte inzwischen einen Brief an die Verlegerin geschrieben, in dem sie von meinem genialen Lektorat schwärmte. Sie hatte tatsächlich »genial« geschrieben – und um Frau Dr. Trundls Mundwinkel spielte ein ironisches Lächeln, als sie mir den Satz vorlas.

»Nun, die Dame ist in jeder Hinsicht ein bisschen … extrem«, hatte ich rasch gesagt, ohne die genaueren Hintergründe preiszugeben.

Warum auch? Am Ende zählte der neue Roman und der las sich sehr gut, wenn man ein Freund der Untoten und des blutigen Grauens war.

Hartmut Resch, der Mann, der es wissen musste, war von der Lektüre jedenfalls restlos begeistert gewesen. »Fantastisch«, hatte er immer wieder gesagt. »Absolut schockierend.«

Wegen der Präsentation hatte ich mich für mein dunkelrotes Kleid und ein dazu passendes Haarband entschieden. Rot wirkte immer so schön dynamisch, fand ich. Als ich mir im Sekretariat die Post holte, gab es *standing ovations* von Elfriede Stricker. »Frau Berger! Das sieht ja vielleicht toll aus«, sagte sie und sah mich bewundernd an. »Haben Sie heute noch was Großes vor?«

Ich lächelte. »Heute nicht, aber morgen«, entgegnete ich sibyllinisch, ich konnte einfach nicht anders. Es fiel mir zunehmend schwer, mein wunderbares Geheimnis für mich zu behalten, und ich beschloss, in der nächsten Woche, nach dem Wochenende in Holland, in einem größeren Kreis mein *coming out* als Neu-Verliebte zu geben.

Mutter wird begeistert sein, dachte ich und musste über mich selbst lächeln, weil mir unwillkürlich der letzte Satz meiner Freundin Grace aus »Über den Nächern von Nizza« in den Sinn gekommen war. Ich winkte der überraschten Elfriede Stricker ausgelassen zu, schnappte mir meinen Becher mit dem Kaffee, und machte mich auf den Weg in den großen Konferenzraum.

Wie alt muss man werden, um Katastrophen vorhersehen zu können? Ich hatte immer geglaubt, dass bei allen Nachteilen, die das Alter mit sich brachte, der entscheidende Vorteil eben doch ein gewisses Maß an Lebenserfahrung, ja Lebensklugheit sei. *Lebensklugheit* war übrigens eines *meiner* Lieblingswörter, wenn es darum ging, ein Buch zu preisen. Romane voller Lebensklugheit spielten zwar bei Best & Seller eine eher bescheidene Rolle, aber dennoch – dann und wann gab es sie, und jedes Mal knallte ich das Wort hinten auf die Umschlagseite und fühlte mich dabei großartig.

Trotz aller Lebensklugheit, der aus Büchern geborgten und meiner eigenen, hätte ich niemals mit dem gerechnet, was passierte, als ich gerade wie alle anderen im

Konferenzraum meiner Kollegin Jasmin zuhörte, die auf ihre charmante, lustige Art den Erfahrungsbericht einer jungen Schäferin vorstellte, die mit ihrem Liebsten und zweihundert Schafen in den Rheinauen unweit von Düsseldorf umherzog.

Wie romantisch ist das denn, dachte ich noch, und dann hörte ich ein leichtes Schnarren, das unter dem Tisch aus meiner Handtasche kam. Ich bückte mich unter den Tisch und kramte unauffällig nach meinem Handy, das zwar auf lautlos gestellt war, das ich aber wegen möglicher Katastrophenmeldungen aus dem Kindergarten immer anließ. Noch neulich war der kleine Emilio, der auch schon einmal bei uns zu Besuch gewesen war, von der Rutsche gesprungen und hatte sich die Hand gebrochen. Glücklicherweise hatte Emilios Mutter ihr Handy immer dabei und konnte auf diese Weise direkt verständigt werden.

Ich starrte auf das Display, auf dem ein kleiner Briefumschlag zu sehen war. Ich klickte ihn auf und warf einen raschen Blick auf den Text. Dann erst erfasste ich den Inhalt der Nachricht und in meinem Kopf setzte ein merkwürdiges Vibrieren ein. Ich wurde blass.

»Ich muss mal kurz raus«, flüsterte ich meinem Kollegen aus der Art-Abteilung zu. Bernd Bühler blickte mich überrascht an.

»Was ist los? Bist du jetzt nicht dran?«

Bevor ich etwas sagen oder den Raum verlassen konnte, hörte ich die Stimme der Verlegerin wie durch eine dicke Nebelschwade an mein Ohr dringen.

»Vielen Dank, Frau Maiwald, das war sehr anschaulich. Kommen wir nun zum neuen Thriller unserer Autorin Alexa Werner mit dem klangvollen Titel ›Blutrache‹.« Sie nickte in meine Richtung. »Frau Berger, bitte.«

Ich starrte Frau Dr. Trundl an wie das dümmste Schaf, das jemals in den Rheinauen Kaiserswerths gegrast hat. Ich war soeben aus meiner Umlaufbahn katapultiert worden und die Verbindung zur Erde war abgerissen. Ich befand mich im freien Fall, auch wenn es den in den unendlichen Weiten des Weltalls natürlich nicht gab. Aber es gab ihn im Mistery Castle, wo ich ein Mal, ein einziges Mal zusammen mit Lilli in die Tiefen des Fünfzig-Meter-Schachts des Phantasialand-Turms hinuntergesaust war. Es gab nichts Schlimmeres!

»Frau Berger?«

»Ja«, sagte ich und raste weiter in die Tiefe. Ich war Alice im Wunderland und würde am anderen Ende der Erde im Reich der blutrünstigen Karten-Königin wieder herauskommen.

»Bitte fangen Sie an, und spannen Sie uns nicht so auf die Folter – wir sind alle schon ganz gespannt.«

Die Verlegerin lehnte sich in ihrem Stuhl zurück und klopfte mit dem Kugelschreiber gegen die Tischplatte. Sie erwartete einen 1a Vortrag.

Ich schluckte, schob meine Unterlagen hin und her und bemühte mich, den Kontakt zum Konferenzraum wiederherzustellen.

»Die Heldin von ›Blutrache‹ … ist eine blutrünstige Kartenkönigin …«, stotterte ich wie besoffen und sah, wie Frau Dr. Trundl ihre rote Brille irritiert ein Stück nach unten zog. Anita Kaminski, die mir direkt gegenüber saß, grinste hämisch.

Sie hatte allen Grund dazu. »Blutrache« wurde die grauenhafteste Präsentation meines Lebens.

In diesem Moment rächte es sich, dass ich mir niemals schriftliche Aufzeichnungen mache, weil ich sie bei meinem Talent zur freien Rede für überflüssig hielt. Eine Viertelstunde lang versuchte ich anhand von ein paar kargen Stichwörtern darzustellen, worum es in Alexa Werners neuem Roman überhaupt ging und was das Einmalige daran sein sollte. Es gelang mir nicht. Mein Gestammel musste für alle verwirrend gewesen sein, ich sah die verständnislosen Mienen und wurde immer verzweifelter. Handlungsstränge und Verkaufsargumente verhedderten sich zu einem unentwirrbaren Knoten, den die Verlegerin schließlich Alexander-gleich mit einem einzigen Hieb löste.

»In zwei Wochen gibt es etwas zu lesen«, unterbrach sie mich mitten in einem Endlossatz, »dann können Sie sich selbst ein Bild von der Qualität des Romans machen. Vielleicht kann Hartmut Resch noch ein paar Worte dazu sagen, er hat das Manuskript auch schon gelesen.«

Mit hochrotem Kopf nahm ich meine Handtasche und floh aus dem Konferenzraum. Ich lehnte mich im Flur an die kalte Wand und brach in Tränen aus.

Ton hatte mir für das Wochenende abgesagt. Und ich hatte das verstörende Gefühl, dass es nicht nur das Wochenende war.

»Schneeflöckchen«, sagte BB, der plötzlich vor mir stand. »Was war *das* denn?« Unser Art Director war mir nachgegangen und schenkte mir einen mitleidigen Blick. »Geht's dir nicht gut?«

»Nein«, stieß ich mit tränenerstickter Stimme hervor. »Hat sich aus mit Schneeflöckchen – mir geht's grad beschissen.«

»Ach, Schneeflöckchen«, sagte er ungeachtet der Tatsache, dass ich ein rotes Kleid trug und auch kein Schneeflöckchen mehr sein wollte. »Kann ich irgendwas für dich tun?«

Ich schüttelte den Kopf. Immer wieder kreisten die Sätze von Tons Nachricht in meinem Kopf herum.

Liebe Friederike, ich muss dir leider für das Wochenende absagen. Mir gehen gerade so viele Dinge im Kopf herum und ich brauch ein bisschen Zeit zum Nachdenken. Ich melde mich, Ton.

»Meine Güte, Fritzi! Jetzt beruhe dich doch!« Ich stand mit Jasmin in der Damentoilette von Best & Seller und heulte wie ein Schlosshund.

Es war Mittagspause, und alle Konferenzteilnehmer waren zum gemeinsamen Essen in die Kantine gegangen.

»Verstehst du nicht? Er will mich *abservieren*«, schluchzte ich. »Das spüre ich genau. Er geht ja nicht mal ans Telefon.«

Nachdem ich den besorgten Bernd Bühler abgeschüttelt hatte, war ich nach unten in mein Büro gegangen und hatte versucht, auf Tons Nummer anzurufen. Mindestens zehn Mal hatte ich es probiert, aber er war nicht an den Apparat gegangen.

Schließlich schrieb auch ich eine SMS und bemühte mich, nicht zu dramatisch zu klingen.

Lieber Ton! Das gibt es doch nicht. Was ist denn nur los? Bitte ruf mich an, ich mache mir Sorgen. Du hast doch Geburtstag am Samstag und wolltest ihn feiern mit der süßesten Fee von allen Feen dieser Welt, hast du das schon vergessen? Ich küsse dich, dein Meisje.

Eine Viertelstunde später erhielt ich folgende Antwort, die mich in noch größere Unruhe versetzte:

Sorry, bin gerade unterwegs und kann nicht telefonieren. Geburtstag ist für mich nicht so eine große Sache, das kann man immer noch nachfeiern. Jetzt muss ich erst mal den Kopf frei kriegen. Bis bald, Ton.

»Bis bald«, heulte ich. »Bis bald! Was ist denn das für eine Aussage? Und was soll das heißen, er muss den Kopf frei kriegen? Von was denn? Ich verstehe überhaupt nicht, was plötzlich los ist.«

Ich stand vor dem Spiegel und sah auf meine von Wimperntusche verschmierten Augen.

»Ach, Fritzi«, Jasmin legte den Arm um mich und sah mich im Spiegel an. Eine Weile standen wir so und tauschten unsere Blicke mit den Spiegelbildern. Und dann sagte Jasmin etwas, das sich sofort in meinem Kopf festzurrte wie ein Anker im Sand.

»Ich würde trotzdem hinfahren«, sagte sie. »Dann ist es eben eine Geburtstagsüberraschung, und vielleicht freut er sich am Ende doch, wenn du kommst. Bestimmt sogar. Vielleicht hat er irgendwelche Probleme, die gar nichts mit dir zu tun haben. Männer sind in dieser Hinsicht manchmal komisch, das weißt du doch.«

Ich nickte beklommen.

»Du kannst doch versuchen rauszufinden, ob er am Wochenende zu Hause ist, und dann setzt du dich am Samstag früh ins Auto und überraschst ihn.« Sie sah mich aufmunternd an und ich wischte mir eine Träne von der Wange. Irgendwie konnte ich gar nicht mehr aufhören zu weinen. »Na, komm.« Jasmin ruckelte liebevoll an meiner Schulter. »Peter war neulich auch ganz komisch drauf und hat sich am Wochenende verkrochen, weil er Ärger mit seinem Chef hatte. Es gibt bestimmt eine ganz einfache Erklärung für alles.«

Ich nickte.

Die Tür zur Toilette öffnete sich und Frau Dr. Trundl betrat den Vorraum. »Ach, du meine Güte«, sagte sie entgeistert. »Was ist denn hier los? Ist etwas passiert?« Sie blickte besorgt zu mir herüber, und ich hörte vor Schreck auf zu schluchzen und starrte zu Boden.

Jasmin zuckte die Achseln und lächelte verlegen.

»Ein Mann«, sagte sie leise.

»Ach … *Männer*!« Die Verlegerin schien sofort zu begreifen. Sie machte eine Handbewegung, die unwirsch und tröstend und mitfühlend zugleich war. Dann griff sie in ihre Handtasche und hielt mir ein Päckchen Taschentücher hin. »Männer werden doch maßlos überschätzt.«

Johanna fand die Idee unmöglich. Ich hörte, wie sie mit dem Telefon aufgeregt in ihrer Küche auf und ab ging und vor sich hin schimpfte.

»Hast du das nötig?«, fragte sie. »Dieser Schmalspursurfer sagt dir zwei Tage vor seinem Geburtstag ab und du willst ihm *hinterherlaufen*?«

»Ich will ihn *überraschen*«, entgegnete ich.

Sie lachte fassungslos. »Das würde ich ja niemals machen. Ich würde auf keinen Fall nach Bergen fahren.«

»Ja, du.«

Ich dachte an Johannas netten Mann, an ihre schöne Villa in Marienburg, an ihre wohlerzogenen Kinder. Warum hätte sie so etwas auch machen sollen?

»Wenn du mich fragst, den Typ kannst du vergessen«, sagte sie und sprach meine schlimmsten Befürchtungen aus, die irgendwo ganz tief unten in meiner Seele lauerten. »Da stimmt was nicht. Aber tu, was du nicht lassen kannst. Du wirst ja eh nicht auf mich hören.«

»Na gut, dann fahre ich eben nicht«, entgegnete ich unwillig.

Aber natürlich fuhr ich doch.

19

Es gibt Menschen, die schrecken gleich beim ersten kleinen Hindernis zurück. Und es gibt Menschen, die sehen nicht einmal eine Zwei-Meter-zwanzig-Mauer, die sich ihnen in den Weg stellt. Sie müssen erst gegen die Wand fahren, um zu begreifen, dass es hier tatsächlich nicht mehr weitergeht. Und selbst dann suchen sie noch nach einer Lücke, nach diesem einen losen Stein im Mauerwerk, der ein Durchschlüpfen vielleicht doch noch möglich macht. Es gibt Menschen, die akzeptieren kein »Nein«. Ich gehörte wohl dazu. Winston Churchill wäre stolz auf mich gewesen.

Ich stand in dem kleinen Garten vor Tons rotem Backsteinhäuschen, das so still und friedlich und einladend dalag an diesem sonnigen Junimorgen, und versuchte einen Blick durch die Fenster zu erhaschen. Das ist in Holland nicht ganz so schwierig wie in Deutschland, da Gardinen, wie wir sie kennen, eher verpönt sind.

Die Gelehrten streiten sich noch, ob dies von der sogenannten »Gardinensteuer« herrührt, die in früheren Zeiten angeblich pro Quadratmeter Stoff, der vor dem Fenster hing, von den Bewohnern gezahlt werden musste, oder ob die Menschen Hollands in guter calvinistischer Tradition auch heute noch zeigen wollen: »Seht her, wir haben nichts zu verbergen.«

Jedenfalls lag auch Tons Wohnzimmer vor neugierigen Blicken so gut wie ungeschützt zur Straße hin, ich konnte sogar das Poster von den Nightsharks über dem Sofa erkennen.

Es war halb zehn, und vermutlich war Ton noch gar nicht aufgestanden. Ich hingegen hatte bereits um sechs Uhr morgens mit meinem kleinen Schokoladenkuchen, meinen Geschenken und gemischten Gefühlen das Haus verlassen und war die Autobahn Richtung Norden hochgebraust. Während ich hinter dem Steuer saß, Ella Fitzgerald zuhörte, die alte Cole-Porter-Songs sang, und Zeit und Raum an mir vorbeiflogen, gingen mir die seltsamsten Gedanken durch den Kopf.

Die Hälfte dieser Gedanken beschäftigte sich damit, dass es nicht funktionieren konnte. Die andere Hälfte war sich sicher, dass mein kühnes Unterfangen direkt in Tons Herz führte, dass er überrascht sein würde, gerührt und zur Liebe verführt, wenn ich erst einmal vor ihm stand. Das waren Gedanken, die meiner hoffnungslos romantischen Seele entsprangen. Gespeist wurden sie nicht nur von all den schönen Worten, die Ton mir jemals gesagt hatte und die ich mir immer wieder durch den Kopf gehen ließ, sondern auch durch ein nächtliches Telefonat, das erst gestern noch stattgefunden hatte.

Aus dem CD-Player erklang »All of me«. Ella sang es mit virtuoser Inbrunst, und ich summte die Zeilen leise mit und lehnte mich mit einem triumphierenden Lächeln in meinem Sitz zurück.

Als ich Ton um Mitternacht anrief, um ihm zum Geburtstag zu gratulieren, und er sich erst nach einer ganzen Weile verschlafen meldete, war er zwar überrascht, aber einem kleinen Telefonflirt nicht abgeneigt. Ich hatte mir überlegt, dass es klüger wäre, nicht weiter auf seiner Absage herumzureiten und ihm Vorwürfe zu machen. Stattdessen sagte ich mit sanfter Stimme: »Ich wollte wenigstens die Erste sein, die dir alles Gute zum Geburtstag wünscht.« Und er sagte: »Das ist aber lieb von dir, mein Meisje.« Und ich sagte: »Ich wäre jetzt so schrecklich gern bei dir und würde dir meinen Mund zum Küssen schenken.« Und er sagte: »Das Geschenk nehme ich gern an« und ob ich noch mehr anzubieten hätte. Ich sagte: »Ich könnte mein Nachthemd ausziehen, dann kannst du alles haben«, und er lachte leise in den Hörer und sagte: »So eine Einladung kann man ja kaum ausschlagen.«

Und so ging es die nächsten zehn Minuten weiter, und als Ton schließlich sagte, er müsse jetzt wieder nach oben ins Bett, und ich atemlos den Hörer weglegte, war ich mir sicher, dass es die richtige Entscheidung war, am nächsten Morgen nach Bergen zu fahren.

Manche Menschen musste man einfach zu ihrem Glück zwingen.

Immerhin war es mir gelungen, in Erfahrung zu bringen, dass Ton an seinem Geburtstag zu Hause sein würde, und zwar allein. Er schien sich wirklich nichts aus Geburtstagen zu machen.

»Was machst du denn morgen so, an deinem Geburtstag?«, hatte ich beiläufig gefragt, und Ton hatte gesagt, nichts Besonderes, es wäre einfach alles so viel im Moment, er brauche mal eine kleine Auszeit und würde morgen dringenden Papierkram erledigen.

Es war mir natürlich nicht entgangen, dass es keine weitere Verabredung gab, jedenfalls wurde nicht über Termine gesprochen. Andererseits konnte man ja auch nicht erwarten, dass jeder seinen Terminplaner immer dabeihatte so wie ich.

Ich sah eine Bewegung und duckte mich schnell unter das Fenstersims. Ton war ins Wohnzimmer getreten, er ging hin und her und schien etwas auf den Esstisch zu stellen. Ein einsamer Wolf, der sich sein Geburtstagsfrühstück selbst zubereitete. Ich lächelte gerührt und wartete, bis Ton das Wohnzimmer wieder verlassen hatte. Dann atmete ich tief durch, nahm die Tüte mit den Geschenken und meinen Kuchen und balancierte ihn vorsichtig zum Hintereingang des Hauses, wo sich die Küche befand. Zaghaft drückte ich die Klinke hinunter. Die Tür sprang auf.

Es roch nach frisch aufgebrühtem Kaffee, und ich hörte Tons Schritte auf der Treppe. Er pfiff leise vor sich hin, und ich nahm es als gutes Omen. Offenbar war er gut gelaunt. Mein Herz fing an, wie verrückt zu klopfen, als ich jetzt Schritte hörte, die sich näherten.

Die Küchentür wurde aufgemacht, und dann passierten zwei Dinge.

Ton, der in Jeans und weißem T-Shirt hereinkam, sah mich an wie eine Erscheinung. »Fritzi!«, rief er halblaut aus und schien einen Augenblick zu schwanken, bevor er seine Haltung wieder zurückgewann.

»Ja«, sagte ich einfach und hielt ihm lächelnd meinen Kuchen entgegen. »Überraschung!«

Er lächelte auch, allerdings nicht sehr. »Du bist ja vielleicht ein Knüller«, sagte er. Er strich sich mit einer unbeholfenen Geste die nassen Haare aus dem Gesicht, und ich war mir nicht sicher, ob »Knüller« jetzt ein Kompliment war oder nicht. Ich wollte gerade den Kuchen auf der Anrichte abstellen, um ihn in die Arme zu nehmen und all das zu tun, wovon wir gestern Nacht am Telefon gesprochen hatten, da öffnete sich die Tür ein zweites Mal.

Herein spazierte eine Schönheit mit nassen dunklen Locken. Sie war vielleicht Anfang zwanzig, hatte ein großes dunkelgraues Badetuch um sich geschlungen und ihre bloßen Füße malten kleine nasse Kringel auf dem Küchenboden. Ich starrte auf diese Füße und mein Blick blieb wie hypnotisiert hängen an dem korallenroten Nagellack, mit dem die kleinen Zehen so hübsch lackiert waren.

Im Nachhinein kann ich nicht sagen, wer von uns dreien perplexer war – ich oder Ton oder die junge Frau im Badetuch.

Das muss seine Schwester sein, dachte ich völlig unsinnigerweise, es kann ja gar nicht anders sein, und wusste doch schon, dass es nicht stimmte.

In der Küche schwebte mit einem Mal der Duft eines schweren Parfüms, das eine unbestimmte Erinnerung in mir wachrief.

Die junge Frau sah Ton fragend an, Ton grinste schief, und ich hielt meinen kleinen Kuchen weiterhin tapfer in der Hand.

Shalimar, das Parfüm hieß Shalimar, und ich hatte es bei meinem ersten Besuch in Tons Badezimmer entdeckt. Immer noch sagte keiner ein Wort.

Schließlich schüttelte Miss Shalimar mutwillig ihre nassen Locken, zupfte Ton spielerisch an seinem T-Shirt und sagte irgendetwas auf Holländisch. Ich verstand davon nur zwei Worte: »Ton, *liefste.*«

Ton lachte, ich war erstaunt, wie natürlich es klang, er sprach ein paar erklärende holländische Worte, wies dann auf mich und sagte etwas, das wie »Fritzi, eine Bekannte« klang. Von »mein meisje« war nun keine Rede mehr. Er sagte nicht einmal einen Satz wie »Es ist alles anders, als du denkst«. Warum auch? Es war alles so, wie ich dachte.

Miss Shalimar lächelte zufrieden und gab ihrem *liefsten* einen feuchten Kuss. »Das ist Annett«, sagte Ton zu mir und legte den Arm um seine tropfnasse Freundin, die sich wie ein sattes Kätzchen an ihn schmiegte. »Also … tja … danke dann für den Kuchen, Fritzi. Sehr lieb von dir.« Er räusperte sich entschuldigend. »Ich will dich nicht hinauswerfen, aber im Moment, weißt du, ist es wirklich sehr ungünstig.«

Ach was – das hatte ich auch schon mitbekommen. Ich spürte eine ohnmächtige Wut in mir aufsteigen. Einen Augenblick war ich versucht, den Geburtstagskuchen mit einer einzigen dramatischen Geste an die Wand zu schleudern und dabei etwas Schockierendes zu schreien wie »Happy birthday, du Arschloch«. Aber das hätte Grace Kelly niemals getan, und ich beschloss, dass es auch unter meiner Würde war.

Stattdessen stellte ich den Kuchen nur sehr vorsichtig auf der Anrichte ab, so als sei er das Zerbrechlichste, was ich jemals in Händen gehalten hätte. »Jetzt-nicht-heulen-jetzt-nicht-heulen« wiederholte ich mein stummes Mantra. Ich würde keinem hier ein Schauspiel bieten. Ich nicht! Mit zitternder Hand packte ich die Tüte mit den Geschenken und rang mir ein Lächeln ab.

»Tja«, sagte ich und wandte mich zum Gehen. »Dann noch einen schönen Tag allerseits.« Wie betäubt drückte ich die Klinke der Hintertür, die ins Freie führte, hinunter und stolperte aus dem Haus, das ich vor wenigen Minuten noch mit solch hohen Erwartungen betreten hatte.

»Warte, ich bring dich noch zum Auto«, rief Ton mir nach. Er murmelte seiner Shalimar-Miss noch ein paar schmeichelhafte Worte in ihr süßes kleines Ohr, und sie verließ mit einem kleinen Juchzer die Küche. Dann ging er neben mir den kleinen gepflasterten Gartenweg zur Straße hinunter. Ich blickte starr geradeaus.

»Fritzi«, sagte er zerknirscht. »Sei doch nicht sou sauer.«

Ich wünschte, ich hätte die Größe besessen, ihn zu ignorieren, mich einfach ins Auto zu setzen und ohne ein Wort abzufahren. Leider hatte ich sie nicht.

»Das ist also dein *Papierkram*«, stieß ich hervor, als wir vor meinem Auto standen. »Deine *Auszeit*! Ich muss den Kopf frei kriegen, Fritzi, ich muss mich sortieren. Wie ich sehe, hast du dich prima sortiert. Du bist echt das Letzte, weißt du das?!«

Er hob die Schultern. »Tut mir leid. Aber du hättest nicht einfach so herkommen dürfen.«

»Ach – hätte ich nicht?«, wiederholte ich aufgebracht. »Kann ich ahnen, dass du mehrere Eisen im Feuer hast? Hast du nicht zu mir gesagt »meine Einzige«? Haben wir nicht gestern Nacht – *gestern Nacht!* – noch telefoniert und du wolltest alles von mir haben, *alles*?«

Ich merkte, wie ich in der Erregung anfing, meine Worte zu wiederholen.

Ton sah mich ratlos an. »Du bist eine sehr verführerische Frau«, sagte er, als ob das alles erklären würde.

»Offenbar nicht verführerisch genug.«

»Ich kenne Annett schon länger. Ich kannte sie schon vor dir. Sie ist … sie ist …«

»Eine *Bekannte*, ich weiß schon«, warf ich erbost ein und spürte, wie mir die Tränen kamen. »Warum hast du das getan, Ton, warum? Wir waren doch glücklich. Du hast es selbst gesagt. Es hätte so gut gepasst.«

Wenn er jetzt gesagt hätte, »Bleib hier, ich kläre das, ich habe einen schrecklichen Fehler gemacht, verzeih mir, nur dieses eine Mal, ich liebe dich, das weiß ich jetzt« – ich wäre wahrscheinlich sogar geblieben und hätte ihm alles verziehen.

Doch Ton wand sich nur unbehaglich und sah mich dann bedauernd an. »Es war wie ein Rausch mit dir«, sagte er. »Einfach wunderschön und unglaublich aufregend. Aber ich hier in Bergen, du in Köln, deine Arbeit, dein Kind – das wäre doch alles total kompliziert geworden.«

Ich schluckte und ersparte mir den Hinweis, dass nicht ich es war, die diese ganze Geschichte angefangen hatte. Ich hatte Ton von Anfang an reinen Wein eingeschenkt, was meine Person betraf.

Für ihn war alles nur ein Spiel gewesen.

In einer Zornesaufwallung warf ich ihm die Tüte mit den Geschenken vor die Füße, Glas zersplitterte.

»Und ich Idiotin kaufe dir noch ein silbernes Feuerzeug und rahme ein Bild von mir ein.« Eine Woge des Selbstmitleids überspülte mich. »Das kannst du gleich in die nächste Tonne klopfen – ich will das Zeug jedenfalls nicht mehr haben.« Tränen liefen über meine Wangen und ich wischte sie unwirsch fort.

»Aber, mein Meisje« – dieser unverschämte Kerl sagte tatsächlich *mein Meisje* – »dein Bild würde ich niemals wegwerfen ... vielleicht ... wer weiß, sehen wir uns doch noch einmal wieder ...« Er senkte seine Stimme und sah mich bedeutungsvoll an. Ich war drauf und dran, ihm an die Gurgel zu springen. Was bildete sich dieser Mann eigentlich ein? Dass er unwiderstehlich war?

»Wenn ich dich nie mehr wiedersehe, ist das noch zu früh«, entgegnete ich hitzig. »Und sag nie mehr *mein Meisje* zu mir, kapiert?!«

Im oberen Stockwerk des Hauses wurde geräuschvoll ein Fenster geöffnet und wir schauten unwillkürlich hoch zu Annett, die leicht bekleidet im Rahmen stand und winkte. Sie rief nach Ton.

Ton winkte zurück. »Ich muss wieder rein«, sagte er und zwinkerte mir verlegen zu. Für ihn war die Welt offenbar in Ordnung.

»Het ga je goed«, sagte er leise, als ich in meinen alten Volvo stieg, und klopfte zweimal aufs Autodach. »Mach's gut.« Das sollte alles sein, was von meinem schönen Traum übrig blieb.

Ich drehte den Zündschlüssel, fuhr langsam an und sah nach ein paar Metern noch einmal in den Rückspiegel.

Die Straße war leer. Ton war schon ins Haus gegangen.

Auf der Autobahn knallte ich meine alte Anastacia-CD in den Player und drehte den Regler bis zum Anschlag auf. Immer wieder hörte ich Tons Worte, und ich wollte nichts mehr hören. Schmerz und Wut übermannten mich. *I'm outta love, set me free, let me out this misery*, röhrte Anastacia, und ich heulte und heulte und heulte.

Ton van der Laan hatte mich an der Nase herumgeführt, er hatte meine Situation ausgenutzt. Ich war die ideale Beute gewesen für einen Mann wie ihn: geschieden, etwas verunsichert, ausgehungert nach körperlicher Zuwendung und Liebe und schön weit weg. Er hatte mich angelogen, hatte mich eingelullt mit seinem ganzen süßen Gerede von Meisje und Fee, und ich Schaf hatte ihm jedes Wort geglaubt.

Ich stöhnte auf und boxte gegen mein Lenkrad, als wäre es ein Punchingball.

Ich hatte die Zeichen nicht gesehen, nicht sehen wollen. Ich hatte die Warnungen meiner besten Freundin in den Wind geschlagen. Ich war nach Holland gefahren und hatte mich lächerlich gemacht mit meinen großen Gefühlen und meinem blöden Kuchen. Beides war nicht erwünscht. Dieser Tag war der Tiefpunkt in meiner Karriere als Frau. Ich war hinauskomplimentiert worden, man hatte mich auf der Straße stehenlassen mit einem verlegenen Lächeln und einem »Mach's gut«, nach drei Stunden Fahrt, nach allem, was gewesen war. Ich konnte es immer noch nicht glauben.

I should have known cause you brought nothing real, sang Anastacia, und ich sah noch einmal den ganzen Film von vorne, die erste Begegnung im Nero, Tons begehrliche Blicke, die Nacht im Bootshaus, unser langes Liebeswochenende, Ton, der kein Ende finden konnte, unser Strandspaziergang, Tons leises Lachen, das davon zeugte, dass er gewohnt war, zu bekommen, was er wollte, seine heftigen Zärtlichkeiten.

Ich suchte nach Worten wahrer Liebe, nach Sätzen, die von Herzen kamen, nach Visionen, die nur mit Ton und mir und unserer gemeinsamen Zukunft zu tun hatten. Ich fand sie nicht.

Du würdest gut ans Meer passen, hatte Ton gesagt, aber er hatte nicht gesagt *Ich würde gern mit dir leben*. Als er mich in unserer ersten Nacht im Bootshaus so vehement in Besitz nahm, hatte er hervorgestoßen *Du sollst nur mir gehören*, und ich hatte es so verstanden, dass er mich für immer haben wollte.

Ich hatte Sex mit Liebe verwechselt, ein Klassiker. Aber waren Sex und Liebe denn nicht miteinander verbunden? Mir war ganz schlecht von den vielen Erinnerungen.

Ich starrte auf die weißen Streifen der Fahrbahn und wusste nicht ein noch aus. Hatte ich etwas verkehrt gemacht? Hätte ich mich besser zurückhalten sollen, als gleich mein ganzes Herz in diese Sache zu geben? Ich schüttelte hilflos den Kopf. Ich hatte auf diese Wochenenden hin gelebt. Ich hätte alles dafür getan, dass es weiterging. Was sollte ich jetzt machen?

Fassungslos sah ich mein ganzes schönes Kartenhaus zusammenstürzen. Es war vorbei, und alles, was ich dagegen tun konnte, war, mir moralische Unterstützung bei einer weißen Sängerin zu suchen, die mit einer wahrhaft schwarzen Stimme ihren ganzen Schmerz in die Welt hinausschrie.

In dieser Nacht holte ich Freddy in mein Bett. Er hatte viele Jahre unbeachtet in der hintersten Ecke meines Kleiderschranks gesessen.

Nun zog ich ihn hervor, meinen alten treuen Teddybären, der zuverlässigste Freund meiner Kindertage, und ich schämte mich nicht. Ich nahm ihn in den Arm, drückte mein Gesicht in sein abgewetztes Bärenfell und seufzte: »Ach, Freddy.«

Freddy sah mich aus seinen brauen Knopfaugen mitfühlend an. Er verstand meinen Kummer, wortlos. Lange Zeit lagen wir so und lauschten in die Dunkelheit, die mit traurigen Gedanken gefüllt war.

Ich konnte nicht mehr weinen, ich konnte nicht mehr schlafen, ich wusste nicht, ob ich jemals wieder aufstehen würde. Doch irgendwann musste ich wohl doch eingeschlafen sein, denn ich hatte einen Traum, der mir, als ich morgens aufwachte, noch ganz deutlich vor Augen stand.

Ich lief in einem himmelblauen Kleid durch die Straßen einer fremden Stadt. Die Menschen sprachen eine Sprache, die ich nicht verstand. Ich suchte ein bestimmtes Gebäude, konnte aber nicht nach dem Weg fragen. Es war unglaublich wichtig, dass ich dieses Haus fand, denn dort war ich mit Ton verabredet. Ich hatte eine

Hausnummer, aber die Häuser hatten keine Nummern. Schließlich riss ich in meiner Verzweiflung jede Haustür auf. Es wurde schon dunkel, als ich an eine gelbgestrichene Jugendstilvilla kam, die mich an Johannas Haus in Marienburg erinnerte. Ich trat ein, doch das Haus war nur eine Hausfassade, dahinter erstreckte sich ein großer Arkadenhof, der von vielen Fackeln beleuchtet war. Menschen in festlichen Roben schlenderten lachend und schwatzend umher, Musik spielte, offenbar fand hier ein Ball statt. Ich sah mich um und entdeckte schließlich Ton, der etwas abseits und mit dem Rücken zu mir unter einer Arkade stand und auf das Meer blickte, das sich seltsamerweise gleich hinter dem Hof erstreckte. Er war allein und ich legte zaghaft die Hand auf seine Schulter.

»Ich warte schon so lange auf dich, wo bleibst du nur«, sagte er, ohne sich umzudrehen. Dann drehte er sich um und seine blauen Augen flackerten freundlich. Und plötzlich war es gar nicht Ton, der sich zu mir umdrehte, es war – ich riss erstaunt die Augen auf – es war Napoleon, der Mann, den ich auf Frau Dr. Trundls Frühlingsbrunch am Büffet getroffen hatte.

Er nahm meinen Kopf mit einer einzigen zärtlichen Geste in beide Hände und sah mich an.

»Wie schön, dass du endlich gekommen bist«, sagte er leise.

»Nein, wie schön, dass du endlich gekommen bist«, flüsterte ich zurück und lächelte.

Der Abend war erfüllt von Frühling und Musik, dem Duft der Mimosen und diesem unglaublichen Blau, das man nur im Süden findet. Und ich war vollkommen glücklich.

Widerwillig ließ ich den schönen Augenblick entgleiten. Mein Handy schnarrte leise auf dem Nachttisch. Schlaftrunken griff ich danach und hielt es einen köstlichen Moment lang ernsthaft für möglich, dass der wundersame Mann aus Arkadien einen Weg gefunden hatte, mit mir in Verbindung zu treten.

»Hallo?«, hauchte ich ins Telefon.

»Fritzi«, sagte meine Freundin streng. »Warum gehst du nicht ans Telefon? Ich habe schon gestern versucht, dich zu erreichen. Was ist los? Wo warst du denn die ganze Zeit?«

Mit ihrer hellen Stimme verschwanden das vollkommene Blau, der zauberische Arkadenhof und mein unverhofftes Glück, und die ganze Wucht der Realität brach über mich herein.

»Ach, Johanna!« Ich seufzte tief und schuldbewusst.

»Nein!«, rief sie aus.

»Doch«, sagte ich kläglich.

20

Eine Stunde später war Johanna bei mir. Inzwischen hatte ich alle SMS, die Ton mir in den letzten Wochen geschrieben hatte, noch einmal gelesen und war völlig fertig. Mit verquollenen Augen und im Bademantel öffnete ich meiner Freundin die Tür.

»Oh, meine Fritzi«, sagte sie und nahm mich ganz fest in den Arm. So fest, dass ich gleich wieder anfangen musste zu weinen. »Was machst du denn nur für Geschichten? Du hast doch gesagt, du fährst nicht nach Holland.«

Ich nickte schluchzend. »Ja, aber dann bin ich eben doch gefahren. Ich dachte, ich kriege das irgendwie hin. Und dann hat dieser … dieser … Scheißkerl …« Ich brach mit tränenerstickter Stimme ab.

»Na, komm … komm erst mal her«, sagte Johanna beschwichtigend. Sie führte mich zum Sofa wie eine Rekonvaleszentin. In der nächsten Stunde machte sie alles, was eine gute Freundin macht, wenn man Liebeskummer hat.

Sie kochte mir Tee. Sie ließ mich erzählen und hörte einfach nur zu. Sie nahm mit Ausrufen der Empörung und des Mitleids Anteil an den einzelnen Etappen meiner ganz persönlichen Katastrophe, aber sie sagte keine überflüssigen Sätze wie »Das hab ich dir doch gleich gesagt« oder »Hättest du mal auf mich gehört«. Und am Ende hielt sie eine kleine Rede der Verdammnis auf den betrügerischen Holländer, der inzwischen zu »diesem Kerl« degradiert worden war und mit dem ich auf Dauer sowieso niemals glücklich geworden wäre.

»Ach, Fritzi«, sagte sie, und sie hatte so eine Art, es zu sagen, dass man sich allein durch diese zwei kleinen Worte schon ein bisschen getröstet fühlte. »Es tut mir so leid für dich.« Sie schenkte mir etwas Tee nach und drückte mir den Becher in die Hand. »Aber mit diesem Kerl wärst du doch sowieso niemals glücklich geworden. Und im Grunde weißt du das auch. Das ist ein Luftikus, der sich nicht ernsthaft festlegen will. Und du bist viel zu schade für so jemanden. Schau mal, du bist eine so kluge, so wunderschöne, so liebenswerte, lustige und geistreiche Person …«

Ich saß zusammengesunken im Sofa und hing an ihren Lippen wie eine Verdurstende.

»Du brauchst jemanden, der das zu schätzen weiß, jemand, der dir das Wasser reichen kann. Etwas Adäquates.« Johannas dunkle Augenbrauen zogen sich unwillig zusammen. »Nicht so einen windigen Surflehrer, der es mit allem macht, was nicht bei drei in den Booten ist.« Sie verstummte abrupt. Zu abrupt.

Ich setzte mich auf. »Wie meinst du das?«

Sie sah mich unbehaglich an und schien einen Augenblick zu zögern. »Na ja … jetzt, wo die Sache sowieso gelaufen ist, kann ich es dir ja auch sagen«, sagte sie dann.

Ich sah sie einfach nur an.

»Du erinnerst dich doch noch an Jan«, begann Johanna etwas zu rhetorisch.

Ich nickte. Wie hätte ich nicht mehr wissen sollen, wer Jan war? Immerhin hatten wir mit Jan und Frank in meinen Geburtstag hineingefeiert. In Bergen aan Zee. Im Nero. Wo auch Ton an der Bar gestanden hatte. Der mich angesehen hatte. Ich spürte, wie sich alles in mir schmerzlich zusammenzog.

»Also, es ist so … Jan kennt einen der Organisatoren dieses Festivals in Bergen, du weißt schon, dieses *Sail & Sound* … Und der kennt wiederum Ton.«

»Ja … und?« Mein Herzschlag beschleunigte sich.

»Na ja, der hat halt so eine Bemerkung gemacht, dass Ton van der Laan unter den Segellehrern als totaler Casanova verschrien ist. ›Der legt sie alle flach, möcht mal wissen, wie er das macht‹, muss er wortwörtlich gesagt haben.«

Ich merkte, wie der Raum anfing, sich um mich zu drehen. So mochten sich Schande und Scham für die tragischen Heldinnen deutscher Bühnendramen des 18. Jahrhunderts angefühlt haben. Ich war also einfach nur eine von den vielen, die flachgelegt worden waren. Ich war Emilia Galotti. Und ich hatte es nicht einmal bemerkt.

Die Literatur war voll von unglücklichen Menschen und das wirkliche Leben auch.

Johanna setzte sich neben mich. »Sei froh, dass alles so schnell zu Ende gegangen ist. Ich meine, bevor du dich ernsthaft verliebt hättest.«

»Aber ich *habe* mich ernsthaft verliebt«, sagte ich, und die Tränen stiegen mir erneut in die Augen. Ich drückte meine Hand gegen mein Herz. »Weißt du, wie weh das tut?« Schon jetzt begann ich, Ton zu vermissen, und ich spürte eine grässliche, deprimierende Leere in mir aufsteigen. »Ich fühle mich, als hätte man mir den Boden unter den Füßen weggezogen«, sagte ich.

»Ja.« Johanna sah mich ernsthaft an. »Ich weiß genau, was du meinst. Aber es geht vorüber, glaub mir.«

Ich schüttelte den Kopf. Trotz der bösen Überraschung, die ich in Tons Küche erlebt hatte, war ich fassungslos über diese neuerliche Wendung. »Und ich hab die ganze Zeit gedacht, dass es etwas Besonderes sei, dass *ich* etwas Besonderes sei …«

»Aber das bist du doch auch«, sagte Johanna und umarmte mich zärtlich. »Du bist eine tolle Frau.«

Ich nickte wie betäubt. Keine Ahnung, über wen Johanna sprach.

»Du hast es nicht nötig, so einem Blödmann auch nur eine Träne nachzuweinen, hörst du?«

Später stand ich allein im Badezimmer, sah in den Spiegel, aus dem mir ein kleines, verheultes, zutiefst unglückliches Monster entgegenstarrte, und fand, dass ich es sehr nötig hatte.

Wer war ich denn, dass ich große Ansprüche ans Leben hätte stellen können? Ich sah die vielen freudlosen Tage und Wochen und Monate auf mich zukommen, die sich bis ins Unendliche ausdehnten, und spürte eine Panik in mir aufsteigen, die mich gleichzeitig erstarren ließ.

Für ein paar herrlich verrückte Wochen hatte ich wieder ein Ziel gehabt, und nun hatte sich der Fixpunkt meiner hochfliegenden Träume tragischerweise in Luft aufgelöst und ich taumelte richtungslos durch die Welt. Über die Fragwürdigkeit, von anderen Menschen sein Glück abhängig zu machen, mochte ich in diesem Moment nicht nachdenken.

»Unglückliche Zeiten haben ihren eigenen Wert«, hatte Johanna zum Abschied gesagt. »Du wirst sehen, irgendwann macht diese ganze traurige Geschichte sogar Sinn.«

Ich glaubte meiner Freundin kein Wort. Und doch sollte sie recht behalten.

21

»Ist ja 'n Ding«, trompetete Joachim Wille durch das altmodische Café, das sich ganz in der Nähe der Drei Orchideen befand.

Ich nickte mit tragischer Miene. Nach der entsetzten Reaktion meiner Kollegin Jasmin, die aus allen Wolken gefallen war, und einer wohltuend schmerzhaften Massage bei meiner thailändischen Foltermeisterin Nang empfand ich mittlerweile so etwas wie eine Lust am Untergang.

»Wieder ssso versspannt«, hatte Nang besorgt gesagt, als sie am Nachmittag meinen Rücken bearbeitete. »Dir niss gut gehen, ich mekke ssofort. Umdrehen.«

Ich legte mich auf den Rücken und seufzte schwer.

Nang kniete hinter mir und fuhr mit kreisenden Bewegungen über meine Schultern. »Du mir sagen«, sagte sie und ihr freundliches Gesicht schwebte nur wenige Zentimeter über mir. »Iss niss gut für Rücken, wenn sssleppen Probleme. Maaht grosse Versspannung.«

Sie strich mir mit sanftem Druck über die Augenbrauen und nach einer Weile überließ ich mich ihren Händen und ihren Fragen.

Mit guten Masseuren ist es ein bisschen wie mit guten Friseuren. Sie wissen um die enge Verbindung zwischen Körper und Seele, aber anders als geschulte Psychologen geben sie einem nie das Gefühl, dass man sich völlig entblößt. Und man hat die freie Wahl. Entweder man erzählt ihnen nichts oder man erzählt ihnen eine ganze Menge.

»Oh, Fierieeke«, sagte Nang unglücklich und legte ihre kräftigen Hände prüfend um die Muskelgruppen meiner Oberarme. »Tut mir sso leid. Gibt es viele sslechte Männer. Du niss traurig sein. Mussen immer schön kommen zu Massage, dann alles gut.« Sie drückte energisch meinen Arm und runzelte die Stirn. »War sslechte Mann!«

Ich stöhnte leise und wackelte zustimmend mit dem Kopf.

»Wie alt dein Toooter?« wollte Nang jetzt wissen und lächelte wieder. Das Männerthema war für sie abgehakt. Ich sagte ihr, wie alt Lilli war, und die kleine Thailänderin nickte zufrieden.

»Toooter iss gut«, befand sie. »Du grosse Glück mit Toooter. Du vergessen Mann, Toooter viel wichtiger.« Sie sagte es mit Nachdruck, und ich musste lächeln.

Am Sonntagabend hatte ich Lilli mit gespielter Fröhlichkeit in Empfang genommen. Ich hatte dieses gläserne Gefühl, das man manchmal bekommt, wenn man einige Nächte nicht geschlafen hat.

Wir teilten uns eine Dose Ravioli, und Lilli erzählte mir von ihrem Ausflug in das Schokoladenmuseum. Ich lauschte ihrem kindlichen Geplapper und war ganz weit weg. Aber wo, das wusste ich selbst nicht so genau.

Liebeskummer ist immer schlimm. Aber Liebeskummer, wenn man ein Kind hat, ist noch schlimmer. Das sind zwei Welten, die nicht zusammenpassen.

Als ich Lilli später ihre Gute-Nacht-Geschichte vorlas und sie mir dreimal dieselbe Frage stellte, merkte ich erst, dass ich gar nichts von dem begriff, was ich gelesen hatte.

»Mami, du bist komisch heute«, stellte Lilli fest und sah mich aus ihren großen blauen Augen an. »Wo bist du, Mami?«

Ich nahm sie in die Arme, um ihrem fragenden Blick auszuweichen, und hielt mich an ihr fest. Ich weiß es nicht, dachte ich verzweifelt. Und dann gab ich ihr einen Kuss und sagte: »Bei dir natürlich, mein Schätzchen. Ich bin immer bei dir.«

Am nächsten Morgen vergaß ich Lillis Brotdose, ich kam zu spät in den Verlag, ich verschüttete meinen Kaffee, ließ meinen Terminplaner im Konferenzraum liegen, und auch meinen Massagetermin hätte ich sicherlich vergessen, wenn Jasmin mich nicht daran erinnert hätte.

Joachim Wille war völlig aus meinem Bewusstsein verschwunden, bis ich vor meiner Massage bei Nang am Eingang zum Orchideen-Tempel fast über einen stattlichen Herrn stolperte, der sich ächzend seine Schuhe anzog.

»Na, Friederike, alles im grünen Bereich?«, sagte er erfreut, als er mich erblickte.

»Nein, alles beschissen«, erklärte ich mit düsterer Miene.

Und so kam es, dass ich eine Stunde später mit dem ehemaligen Schachfreund meines Vaters in einem Café saß und mich über den Wankelmut von gewissen Männern ausließ. Joachim Wille hatte uns Kakao mit Schlagsahne bestellt und wiegte bedächtig sein Haupt, als ich ihm meine kleine traurige Geschichte erzählte.

Ich weiß nicht, ob es daran lag, dass ich Wille von früher kannte, oder daran, dass er um so vieles älter war als ich – auf jeden Fall fand ich ihn absolut vertrauenswürdig. Außerdem war er ein Mann und konnte mir die Dinge vielleicht aus männlicher Sicht erklären.

Wille saß da wie ein Kommissar aus dem »Tatort« und rührte in seinem Kakao. »Ich glaube, der Brief hat den Ausschlag gegeben«, meinte er schließlich. »Mit solchen Briefen schlägt man Männer in die Flucht. Sicherlich hat dieser Junge den Schreck seines Lebens gekriegt, als du ihm so auf die Pelle gerückt bist.«

Peinlich berührt legte ich meinen Löffel neben den Kakaobecher. »Nun ja, ein *Junge* war er jetzt nicht gerade.«

»Hach!« Wille fegte meinen Einwand vom Tisch wie eine Fliege. »Mit dreißig wissen die meisten Männer doch noch gar nicht, wo die Reise hingeht. Das hätte ich dir gleich sagen können. Nein, nein, Friederike, du brauchst etwas ganz anderes. Nicht so einen jungen Kerl.«

»Aha«, sagte ich betreten und fragte mich, wer wohl noch für mich übrig blieb. »Na ja – wahrscheinlich bin ich auch schwer zu vermitteln. Ich meine, wer will schon eine Vierzigjährige mit einem kleinen Kind am Bein.«

Wille sah mich an und grinste breit. »Also, ich hätte das damals toll gefunden, wenn mir eine Frau mit Kind über den Weg gelaufen wäre.«

Mit »damals« meinte er wohl die Zeit nach seiner ersten Ehe. Wille ließ sein bärtiges Kinn in die Hand sinken und wurde für einen Moment ganz melacholisch.

»Ich hab's im Nachhinein immer bedauert, dass ich für meine Kinder nie genug Zeit hatte. Jetzt sind sie schon lange erwachsen und gehen ihre eigenen Wege. Das war auch nicht so toll. Und meine zweite Frau, die wollte keine Kinder.« Er schwieg und nickte ein paar Mal mit dem Kopf.

»Tja, so will wohl jeder etwas anderes«, sagte ich und wurde mit einem Mal ganz traurig. »Schade, dass sich nicht die Menschen treffen, die dasselbe wollen.«

Wille klopfte mir auf die Schulter. »Nun lass mal das Köpfchen nicht hängen, Friederike. Das wird schon. Du weißt doch: Wo ein Wille, da ein Weg.«

Ich rang mir ein Lächeln ab und fragte mich, ob das wohl auch für das Glück galt. Konnte man sein Glück *wollen*?

»Im Grunde bräuchtest du so jemanden wie mich«, sagte Wille und rieb sich die Oberschenkel. »Erfahren, verantwortungsbewusst, kinderlieb – na ja, vielleicht ein paar Jährchen jünger, harharhar.«

Er klopfte sich wohlgefällig auf sein himmelblaues Hemd, dessen Knöpfe ein wenig spannten. Dann sah er auf die Uhr und winkte der Kellnerin. »Um Himmels willen, ich muss los. Hab gleich noch einen Termin. Einer meiner letzten – irgendwann muss ja auch mal Schluss sein, was? Wenn man in mein Alter kommt, dann will man sein Leben genießen.«

Ich blickte erstaunt auf. Joachim Wille schien mir noch ein bisschen zu jung für das Rentnerdasein.

Er bemerkte meinen Blick. »Ja, ja«, sagte er. »Auch wenn man's mir vielleicht nicht so ansieht – ich werde auch vierundsechzig nächstes Jahr.« Er zahlte, gab der Kellnerin ein großzügiges Trinkgeld und griff nach seiner dunkelgrünen Barbourjacke.

»Also, mein Mädchen, halt die Ohren steif.« Er gab mir einen freundschaftlichen Klaps auf die Wange. »Ich würde jetzt lieber hier noch ein bisschen mit dir sitzen und auf dich aufpassen. Aber ich meld mich die Tage noch mal, um zu hören, wie es dir geht. Nicht dass du mir noch unter die Räder kommst.«

Ich lächelte und winkte ab. »Keine Sorge, Herr Wille. Ich gehöre doch zu den Frauen, die auch im Wilden Westen überlebt hätten.«

Joachim Wille sah mich an und zog belustigt die buschigen Augenbrauen in die Höhe. »Ja, glaub das mal«, sagte er und verließ das Café mit gewichtigen Schritten.

22

Seit einigen Wochen hatte ich einen väterlichen Freund. Er hieß Joachim Wille, hatte sich selbst zu meinem Beschützer ernannt und inzwischen war ich sogar ein Mal mit ihm essen gegangen.

Ein paar Tage nach unserem offenen Gespräch im Café hatte der Mann aus meiner tiefsten Vergangenheit sich tatsächlich gemeldet, um zu fragen, wie es mir ginge. In der Folge rief er regelmäßig an, meistens von seinem Autotelefon aus, und er fragte nicht ein einziges Mal, ob alles im grünen Bereich sei. Stattdessen sagte er immer: »Na? Was macht denn meine traurige Prinzessin?«

Und die traurige Prinzessin lächelte zaghaft – was für eine nette Begrüßung hatte er sich da für mich ausgedacht! Auch Joachim Wille war offenbar ganz stolz auf seine neue sprachliche Kreation, und nachdem wir einige Male telefoniert hatten, lud er mich zum Essen ein. »Ein Essen unter Freunden«, sagte er.

Das klang irgendwie tröstlich, fand ich. Zwar ging ich immer noch wie durch Watte, die Besprechungen im Verlag rauschten an mir vorbei, ich schreckte nur ab und zu kurz auf, wenn das Handy klingelte oder einen doppelten Summton von sich gab, doch es war natürlich nie der treulose Ton van der Laan, der seine Untaten zutiefst bereute und mich um jeden Preis zurückwollte, so wie es in den Romanen bei Best & Seller immer passierte, nein, es waren diese netten, normalen Anrufe und Nachrichten, die nicht weiter erwähnenswert sind. Und ich war einfach durch nichts zu erheitern, nicht einmal Johanna schaffte es, mich zum Lachen zu bringen. Doch die fürsorgliche Einladung meines neuen Beschützers nahm ich dankbar an, und so verabredeten wir uns für meinen nächsten freien Donnerstag direkt nach der Arbeit.

Die vergangenen Wochen waren sicherlich nicht die schönsten meines Lebens gewesen, und selbst Frau Noller hatte inzwischen mitbekommen, dass irgendetwas furchtbar dumm gelaufen war, denn wenn ich jetzt auf dem Weg zur Arbeit mit hängenden Schultern im Hausflur an ihr vorbeischlich, vergaß ich tatsächlich zu fragen, wie es ihr ginge. Verstört ob der Unterbrechung unseres gewohnten morgendlichen Rituals fragte die gute Frau Noller nach einigen Tagen dann mich nach meinem Befinden, und ich antwortete mit einem dumpfen »Ach, Frau Noller, fragen Sie besser nicht«.

Am Abend klopfte es zögernd an der Wohnungstür und meine Vermieterin stand mit geröteten Wangen und einem Töpfchen Sauerbraten mit Kartoffelpüree im Flur.

»Ich dachte, Sie könnten was Warmes vertragen, Sie essen bestimmt nichts Richtiges. Essen Sie überhaupt noch was, Frau Berger?«, sagte sie und ich nahm gerührt den warmen Topf entgegen, legte die Schachtel mit der Pizza Diavolo wieder in das Kühlfach und teilte mir das unverhoffte Festmahl mit Lilli.

Es gehört wohl zu den unerklärlichen Besonderheiten des Lebens, dass einem manchmal von völlig unerwarteter Seite Trost und Zuspruch zuteil wird. Und manchmal tut ein kleiner Abstand zu den Menschen, die einfach alles von einem wissen und ständig um einen herum sind, auch ganz gut, denn auf diese Weise lernt man die Dinge mit ein bisschen mehr Abstand zu betrachten.

Das Abendessen mit Joachim Wille verlief unangestrengt und harmonisch, aber vor allem warf es ein etwas milderes Licht auf mein desaströses holländisches Abenteuer. Wir redeten über die Zeit, als ich ein Teenager war und er mit meinem Vater Schach gespielt hatte, wir redeten über die schwierigen Jahre meiner und seiner ersten Ehe – wie ich hatte er sehr jung geheiratet – und schließlich zeigte ich ihm ein paar Fotos von Lilli, die er mit den Worten »Nein, wie niedlich!« und »Der Mutter total aus dem Gesicht geschnitten« kommentierte. Das beflügelte mich, ein paar Geschichten über Lilli zu erzählen.

Bei den meisten Menschen war ich damit eher zurückhaltend, denn mit den eigenen Kindern ist es ein bisschen so wie mit Haustieren – man selbst liebt sie über alles und findet fast alles, was sie tun, unglaublich spannend, süß oder drollig – doch für den Rest der Welt ist es nicht wirklich von höchstem Interesse, ob der Kanarienvogel ein Wort mehr spricht oder das Kind seine erste Martinslaterne gebastelt hat – auch wenn einem dies freundlicherweise nie jemand sagt.

Nach dem letzten Glas Wein bot Wille mir nicht nur das Du an, er ließ es sich auch nicht nehmen, mich bis an die Haustür zu begleiten.

Ein Kavalier und Gentleman, dachte ich, als ich die Wohnung aufschloss. Alte Schule eben.

In dieser Nacht schlief ich zum ersten Mal seit langem ganz friedlich ein. Es gab keine aufwühlenden Nachrichten oder Anrufe – weder von Ton noch von einem anderen Mann, die Zeit der Unschuld schien angebrochen, und als ich mich müde in mein Kopfkissen kuschelte, wurde mir zum ersten Mal bewusst, dass die zwei Monate mit Ton – so kurz und berauschend sie auch gewesen waren – mich sehr viel Kraft gekostet hatten. Das viele Adrenalin, das in der letzten Zeit aus schönen und weniger schönen Anlässen immerzu durch meine Adern gerast war, hatte mich einigermaßen erschöpft zurückgelassen.

Vielleicht war ich jetzt in einem Alter, in dem man sich nach reiferen Männern umschauen sollte. Nicht dass ich dabei eine Sekunde an Joachim Wille gedacht hätte – er war und blieb mein väterlicher Freund. Aber sicherlich hatte er dazu beigetragen, dass ich mir, wenn überhaupt, einen souveränen älteren Herrn an meiner Seite vorstellte, der mir ein wunderbarer Beschützer und Lilli ein fürsorglicher Vater sein würde. Das war der neue Plan. Ob es ein guter Plan war, würde sich zeigen.

23

»Wer war denn das?« Johanna sah dem älteren Herrn nach, der beschwingt in seiner Barbourjacke davonspazierte und ab und zu stehen blieb, um ein Rosenbeet oder eine Buchsbaumhecke zu inspizieren.

An diesem warmen Julitag hatten wir uns gleich nach der Arbeit verabredet, um mit den Kindern in einem hübschen, neu angelegten Park in Marienburg spazieren zu gehen. Philipp und Lilli turnten ganz in unserer Nähe begeistert auf irgendwelchen Holzgerüsten für mutige Jungs und Mädchen herum, und die kleine Rosina saß friedlich in ihrem Kinderwagen und beobachtete fasziniert ihre Hände, die eine bunte Rassel umschlossen.

»Das war Joachim Wille, ein Gartenbauarchitekt«, sagte ich und Johanna schüttelte ungeduldig den Kopf.

»Ja, das sagtest du bereits. Aber wer *ist* Joachim Wille? Seid ihr verwandt oder so?«

Ich lächelte versonnen. Natürlich waren mir Johannas überraschte Blicke nicht entgangen, als ich ihr meinen väterlichen Freund vorstellte, der plötzlich wie aus dem Boden gewachsen in seiner grünen Jacke vor einem Rhododendron-Busch stand.

Er hatte mich und Lilli mit großem Hallo begrüßt und uns mit ein paar fachmännischen Kommentaren darüber aufgeklärt, dass er der Gestalter dieses Parks sei und an diesem Nachmittag eine letzte Begehung mache. Lilli, die diese gartenbauarchitektonischen Ausführungen offenbar langweilig fand, hatte ungeduldig an seinem Hosenbein gezupft und dann mit ihrer hellen Stimme gepiepst: »Gehen wir bald wieder zusammen Eis essen, Onkel Wille?«

Meine Freundin hatte irritiert in meine Richtung geschaut und ich konnte förmlich hören, wie sie im Geist wiederholte: *Onkel Wille???*

Und da erst fiel mir auf, dass ich meiner Freundin von dem männlichen Familienzuwachs in meinem Leben noch gar nichts erzählt hatte.

Und es *gab* auch nichts zu erzählen, außer dass ich Joachim regelmäßig bei Nang traf, wo wir einmal in der Woche gemeinsam (aber selbstverständlich auf getrennten Matten) unter den zupackenden Händen der »Drei Orchideen« stöhnten und uns anschließend mit einem Kaffee belohnten. Außerdem wollte Joachim unbedingt meine Tochter kennenlernen und hatte es sich nicht nehmen lassen, Lilli und mich zum Eisessen und in den Zoo einzuladen.

»Guck nicht so, es ist nichts passiert, wenn du das denkst. Das hätte ich dir doch wohl auch erzählt, oder?« Ich merkte, wie ich rot wurde, und ärgerte mich. Ich hatte keinen Grund, rot zu werden, wirklich nicht. »Er ist ein alter Bekannter meines Vaters. Meine Güte, den Wille kenne ich schon seit hundert Jahren, und neulich sind wir uns zufällig in einem Massagesalon wieder über den Weg gelaufen, das ist alles.«

»In einem *Massagesalon*?!« Johanna zog amüsiert ihre schön geschwungenen Augenbrauen in die Höhe und fing an zu lachen. »Wie originell!«

»Ja, unglaublich originell«, knurrte ich. »Ischias trifft Bandscheibe. Ich hab dir doch erzählt, dass ich seit Hamburg Probleme mit dem Rücken hatte. Und inzwischen ist Joachim so etwas wie ein väterlicher Freund für mich. Außerdem ist er verheiratet. Bist du nun beruhigt?«

Sie nickte. »Sehr beruhigt. Ich hatte einen Augenblick schon Angst du wärst aus Verzweiflung jetzt in die geriatrische Abteilung gewechselt. Wie alt ist er denn, dein Freund Wille?«

Ich zuckte die Achseln. »Was weiß ich – Anfang sechzig oder so. Jedenfalls hört er bald auf zu arbeiten und will dann nur noch das Leben genießen, der Glückliche!« Ich seufzte. »Wir werden wahrscheinlich schuften müssen, bis wir fünfundsiebzig sind – so wie die Rentenpolitik im Moment läuft. Das heißt, *ich* werde so lange schuften müssen, du bist ja gut versorgt.«

Johanna ging auf meine Anspielung nicht ein.

»Und was macht seine Frau?«, wollte sie wissen.

»Keine Ahnung. Wir reden nie von seiner Frau. Ich weiß nur, dass es seine zweite Ehe ist und dass sie keine Kinder haben.«

»Wahrscheinlich stürzt er sich deswegen so auf Lilli – das Opa-Syndrom.«

»Meine Güte, Johanna, er ist einfach sehr kinderlieb. Und was heißt schon Opa-Syndrom? Ich kann nur sagen, dass ich von jungen windigen Typen die Nase voll habe.«

»Aber deswegen musst du doch nicht gleich ins andere Extrem fallen.«

»Das habe ich auch nicht vor«, erklärte ich mit Nachdruck. Ich ließ meinen Blick über die gepflegte Parkanlage schweifen.

»Aber ein Mann *wie* Joachim Wille wäre im Ernst gar nicht mal so schlecht. Ich meine, für eine Frau mit Kind. Was meinst du? Auf Dauer ist das vielleicht besser als wilder Sex mit einem Halbstarken.«

»Och …«, entgegnete Johanna. »Wilder Sex hat durchaus etwas für sich …« Sie grinste. »Aber wenn dein Herz jetzt für den soignierten Herrn mit silbergrauen Schläfen schlägt, will ich mich hüten, etwas dagegen zu sagen. Nur sollte der Auserwählte nicht schon mit einem Bein im Grab stehen, damit das ganze schöne Familienprojekt noch eine gewisse Zukunft hat.«

»Was redest du da für einen Unsinn. Es gibt keinen Auserwählten«, entgegnete ich. »Ich meinte das jetzt rein theoretisch.«

Eine Woche später küsste ich Joachim Wille.

Wie es dazu kam, war mir später selbst unerklärlich. Dieser Mann war zwanzig Jahre älter als ich. Er war verheiratet. Und Lilli war im Zimmer nebenan. Dennoch kam es zu diesem Kuss, der eine neue Phase in meinem Leben einleiten sollte. Und sie würde so ganz anders sein als mein wildes Abenteuer mit Ton.

In der Mathematik hat man dafür einen *terminus technicus*: diametral entgegengesetzt. Aber die Mathematik zählte noch nie zu meinen Stärken.

Samstagmorgens, ich saß gerade mit Lilli auf unserem kleinen Balkon und wir frühstückten, rief mein väterlicher Freund an. Seine Stimme klang leicht verzerrt, er telefonierte wie immer aus dem Auto. Er habe am Nachmittag noch in Köln zu tun, sagte er, und ob er abends vielleicht auf einen Sprung vorbeischauen solle?

»Klar, warum nicht«, sagte ich erfreut. Da Lilli am Wochenende bei mir war, hatte ich keine großen Pläne. Nicht dass ich überhaupt große Pläne hatte. Jedenfalls nicht für abends. Außer einem Ausflug in die wunderbare Welt des »Kleinen König Kalle Wirsch«, den ich mir zusammen mit Lilli auf DVD anschauen wollte, stand nichts auf dem Programm. Aber das änderte sich nun gerade.

»Du kannst mit uns zusammen essen, wenn du magst«, schlug ich vor. »Ich hab auch noch einen schönen Merlot.«

»Da komm ich ja noch mal so gern«, dröhnte Wille in die Freisprechanlage. »Aber mach dir keine Umstände, ich ess auch ein Leberwurstbrot.«

»O-Oh«, sagte Johanna, als ich sie anrief, um mir das Rezept für die Schweinefilets in Gorgonzola-Sauce geben zu lassen. »Ein Schelm, der Böses dabei denkt. Du hast ihn zu dir *nach Hause* eingeladen? Ist dir klar, was das bedeutet?«

»Oh, mein Gott, Johanna«, rief ich in komischer Verzweiflung aus. »Was soll denn das bedeuten?! Verschone mich mit dieser *Sex-and-the-City*-Psychologie. Aus dem Alter bin ich raus. Wir sind hier alle erwachsen, weißt du? Joachim kommt zu mir zum Essen und wir werden uns hier genauso nett unterhalten wie sonst im Café. Da ist nun wirklich nichts dabei. Und außerdem ist Lilli da, braver geht's nicht.«

»Aber wieso kommt er Samstagabend zu dir zum Essen? Ich denke, er ist verheiratet.« Johanna ließ nicht locker, und ich verdrehte genervt die Augen. »Erwachsen sein hin oder her, aber ich fände es schon seltsam, wenn mein Mann am Samstagabend bei einer alleinstehenden Frau mit Kind zum Essen eingeladen wäre.«

Auch wenn ich es nicht wollte – die Worte meiner Freundin gingen mir durch den Kopf, als ich am Abend mit Joachim und Lilli am Tisch saß und wir zusammen Mensch-ärgere-dich-nicht spielten. Nachdenklich blickte ich zu Joachim hinüber, der offensichtlich großen Spaß bei dem Spiel hatte und engagiert die Würfel über die Tischplatte rollen ließ. »Und sechs!«, rief er. »Und noch mal sechs! Jetzt fliegst du raus!«

Lilli kreischte vor Vergnügen, und ich verstand »Sex! Und noch mal Sex!« und war einigermaßen irritiert.

Was machte ein älterer verheirateter Mann samstagabends in meiner Wohnung?

»Mami, Mami, du bist dran«, schrie Lilli, die vor Aufregung ganz rote Wangen hatte. Ich lachte verlegen, würfelte eine Eins und rückte mit meinem Holzfigürchen ein Feld vor.

»Pech im Spiel und Glück in der Liebe«, trompetete Joachim und zwinkerte mir zu. Er leerte sein Glas in einem Zug und goss sich Rotwein nach. »Großartig, dieser Merlot.«

Ohne Zweifel, Joachim Wille war an diesem Abend bestens aufgelegt. Vielleicht hatte er einen tollen Auftrag an Land gezogen. Schon bei seiner Ankunft hatte er Sturm geklingelt und war dann vergnügt und etwas außer Atem vor meiner Wohnungstür erschienen.

»Musst du ganz oben wohnen?«, hatte er gesagt. »Das raubt so einem alten Mann wie mir den Atem.« Er wickelte umständlich eine lilafarbene Orchideenrispe, die in einem kleinen Übertopf steckte, aus dem Papier und überreichte mir die Blume mit einem verlegenen Lächeln. »Für dich«, sagte er.

Ich bedankte mich und ließ mir nicht anmerken, dass Orchideen noch nie mein Fall gewesen sind. Die Geste zählt, sagte ich mir. Lilli hingegen war schier aus dem Häuschen, als sie ihr kleines Geschenk auspackte: eine Lillifee-Kindergartentasche mit dazu passender Brotdose – ein Overkill an Niedlichkeit und Rosarot, aber offensichtlich genau der Geschmack meines Kindes. »Danke, danke!«, rief sie und hüpfte aufgeregt um den netten Onkel mit den tollen Geschenken herum. »Ich *heiße* ja auch noch Lilli, ist das nicht super, Mami?!«

Ich nickte und war nun doch einigermaßen gerührt über die Empathie meines väterlichen Freundes.

»Na ja«, wiegelte Joachim ab, aber es war ihm anzusehen, dass er stolz war, solch einen Volltreffer gelandet zu haben. »Ich war halt in so einem Spielzeugladen – ich kenne mich ja nicht mehr so aus, aber dann hab ich die rosa Dinger gesehen und gedacht, das wär doch genau das Richtige für ein kleines Mädchen, zumal wenn es auch noch Lilli heißt.«

Irgendwann geht auch das längste Mensch-ärgere-dich-nicht-Spiel zu Ende, und als Lilli ganz knapp vor Joachim ihre vierte Spielfigur nach Hause brachte, beschloss ich, dass nun der erwachsene Teil des Abends beginnen sollte, in dem ich ein paar erwachsene Fragen stellen würde.

Lilli wehrte sich mit Händen und Füßen. »Ich bin aber noch gar nicht müde«, erklärte sie. »Wollen wir nicht alle zusammen den kleinen König Kalle Wirsch gucken?«

Ich schüttelte den Kopf. »Nein, Lilli, das wird zu spät. Außerdem wollen Onkel Wille und ich uns noch ein bisschen in Ruhe unterhalten. Aber wenn du dir jetzt den Schlafanzug anziehst, darfst du im Bett noch eine Runde Bibi Blocksberg hören.«

Joachim grinste breit und Lilli verschwand in ihrem Kinderzimmer.

Wir setzten uns wieder an den Esstisch und Joachim schenkte uns noch einmal die Gläser voll. Er war schon immer ziemlich trinkfest gewesen, ich erinnerte mich an die Schnapsgläser, die mein Vater hervorholte, wenn Wille im Anmarsch war.

Er prostete mir zu. »Deine Tochter ist echt süß«, sagte er. »Und so aufgeweckt. Du musst doch wahnsinnig stolz sein.«

»Bin ich auch«, sagte ich. »Lilli ist das Beste, was mir im Leben passiert ist. Auch wenn es manchmal anstrengend ist, ein Kind quasi allein großzuziehen. Man kann so viele Fehler machen. Man fragt sich immer, ob man seinem Kind genug mitgibt für den Weg durch das Leben. Und man hofft einfach, dass man es einigermaßen richtig macht.«

»Du bist doch eine tolle Mutter«, entgegnete Joachim. »Was du alles so mit Lilli unternimmst, obwohl du arbeitest – also das finde ich großartig. Hilde«, er brach ab und setzte erklärend hinzu: »Also meine erste Frau hat nie so viel mit unseren beiden Söhnen gemacht, obwohl sie den ganzen Tag zu Hause war. Na ja, waren vielleicht auch andere Zeiten damals.«

Er nahm einen Schluck und prostete mir zu. »Und kochen kann sie auch noch! Bist ja 'ne richtige Traumfrau geworden, mein Mädchen!«

Er lachte dröhnend und ich lächelte mit gemischten Gefühlen. Das Wort »Traumfrau« hatte seit Ton für mich einen bitteren Beigeschmack. Aber das konnte Joachim natürlich nicht wissen.

»Sag mal …«, fing ich vorsichtig an. »Was macht eigentlich deine Frau heute Abend?«

»Bettina?« Er zögerte eine Sekunde. »Die ist heute auf so einem Tai-Chi-Seminar. Das macht sie öfter, ist ganz scharf drauf. So für die innere Balance.« Er strich sich angelegentlich über den Bart. »Ich halt ja nicht viel von dem ganzen asiatischen Kram. Ein strammer Spaziergang, da kommt man am besten mit sich ins Reine, sag ich immer. Und tut auch noch was für den Körper. Aber Frauen ab einem gewissen Alter …« Er seufzte tief. »Entweder werden sie Putzteufel und man darf gar nichts mehr herumliegen lassen oder sie gehen den Weg der Erleuchtung. Eine von Bettinas Freundinnen ist jetzt sogar im Ashram in Indien. Sechs Wochen Gesänge und Mandalas ausmalen! Die hat vielleicht Nerven! Und was das kostet! Ich mein, da hab ich mit Bettina ja noch irgendwie Glück gehabt.«

Ich hörte mir seine kleine Rede an, die einer gewissen Komik nicht entbehrte, und musste lachen.

»Na ja«, sagte ich. »Ich hab mir auch schon mal überlegt, ob ich ins Yoga gehen soll, so dumm ist das gar nicht. Wenn man die Zeit dafür hat.«

»Glaub mir, man kann glücklich und entspannt sein, ohne auf einem Bein zu stehen und die Hände über dem Kopf zu einem Dach zu falten. Wir Europäer sind einfach nicht für solche Verrenkungen gemacht. Aber jeder nach seiner Façon«, setzte er großzügig hinzu. »Kann ja jeder halten, wie er will.«

»Du gehst doch auch zur Thai-Massage«, warf ich ein.

»Das ist etwas völlig anderes. Ich hab schon alles durchprobiert – Orthopäden, Chiropraktiker, aber diese Nang hat mir das Leben gerettet. Seit ich in den zarten Händen der Drei Orchideen bin«, er unterbrach sich, um über die Doppeldeutigkeit seiner Worte in dröhnendes Gelächter auszubrechen, »hatte ich nie mehr was mit der Bandscheibe. Einfach großartig! Keiner kann so gut massieren wie die Thailänderinnen. Und ich *liebe* Massagen. Ich massiere übrigens selbst auch recht gut, falls mal Bedarf besteht.«

Ich blickte auf seine großen kräftigen Hände, die man durchaus als zupackend hätte beschreiben können, und lächelte.

»Danke, aber ich bin sehr zufrieden mit Nang«, flachste ich.

»Oh, ich würde es niemals wagen, mich mit der Meisterin zu messen«, feixte er. »Nur falls Nang mal verhindert ist, würde ich meine bescheidenen Dienste anbieten.«

Unser kleiner Schlagabtausch schien ihm Spaß zu machen, und seine dunklen Augen glänzten.

Ich lachte und überlegte einen Moment, ob ich die nächste Frage wirklich stellen sollte. Die Stimmung war gerade so schön und beschwingt. Im Hintergrund spielten südamerikanische Rhythmen, und eine Dame namens Laura Fygi sang mit einschmeichelnder Stimme *Quizás, quizás, quizás*. Wer weiß, wer weiß, wer weiß.

»Findest du es auch so warm?«, fragte ich, aber das war nicht die Frage, die ich hatte stellen wollen.

Ich stand auf und machte die Balkontür weit auf. Laue sommerliche Abendluft strömte herein und brachte die beiden runden Papierlampen, die über dem Esstisch hingen, zum Schwingen.

Ich trat nach draußen und schaute in den mächtigen Magritte-Baum, der mitten im Hof stand und durch dessen dichte Zweige die helle Sichel des Mondes schimmerte.

Ich hörte einen Stuhl über das Parkett scharren. Joachim war auch aufgestanden. »Schöner Ausblick«, sagte er, nicht ganz so laut wie sonst. Er stellte sich neben mich und sah in den Nachthimmel.

Ich drehte mich zu ihm um und sah ihm in die Augen.

»Weiß deine Frau eigentlich, dass du hier bist?«, fragte ich und lauschte auf das *Quizás, quizás, quizás*, das von drinnen zu hören war.

»Meine Frau?« Er lachte und schien komisch berührt zu sein, aber er wich meinem Blick nicht aus. »Klar, weiß die das. Ich hab ihr schon gesagt, dass ich zum Essen eingeladen bin – bei der Tochter meines ehemaligen Schachfreundes …«, er strich mir eine Haarsträhne aus dem Gesicht, »die plötzlich eine richtige Frau geworden ist.« Er sah mich unverwandt an, ein großer dunkler Schatten, der sich jetzt ein wenig über mich beugte. »Aber selbst wenn sie es nicht wüsste, wäre es egal. Wir gehen schon lange getrennte Wege.«

»Das …« Ich schluckte. »Das tut mir leid.«

Joachim schüttelte den Kopf und griff mir unter das Kinn. »Das muss dir nicht leid tun, Friederike«, murmelte er und strich mit seinem Daumen über meine Lippen. Die Wirklichkeit wich für einen Moment zurück und ich begriff erst dann, dass es meine Lippen waren, die kleine Küsse auf seine Finger drückten, dass es sein Mund war, der sich vorsichtig auf den meinen legte, dass es seine Zunge war, die sich nach einer Ewigkeit zögernd in meinen Mund schob.

Es war ein sehr sanfter, ein sehr zurückhaltender Kuss. Für meinen Geschmack hätte er etwas bestimmter sein können. Dennoch war es unzweifelhaft ein Kuss.

»Meine Güte«, sagte Joachim. »Fritzi.« Mit einer ungelenken Bewegung legte er die Arme um mich. »Du warst schon als junges Mädchen was ganz Besonderes.«

»Und heute nicht mehr?«, fragte ich leise.

»Heute um somehr«, sagte er.

»Mami?«, fragte Lilli. Wir stoben auseinander.

»Ja, Lilli«, rief ich. »Wir sind hier … auf dem Balkon.«

Lilli kam barfuß herübergetappt, in der Hand hielt sie ihre weiße Robbe. »Es war plötzlich so still«, sagte sie.

»Ich dachte schon, du wärst weg, Mami.« Auf dem Tisch flackerte eine heruntergebrannte Kerze, auch Laura Fygi hatte aufgehört zu singen.

Ich lächelte. »Alles in Ordnung, Lilli. Wir haben gerade nur ein bisschen frische Luft geschnappt auf dem Balkon. Geh schön ins Bettchen, ich komme gleich noch mal zu dir.« Dann sah ich auf die Uhr. Halb zwölf! Wie lange standen wir eigentlich schon hier draußen? Ich hatte jedes Zeitgefühl verloren. Es war kühler geworden und die Mondsichel war hinter dem großen Baum hervorgetreten und stand nun einsam am dunklen Himmel.

Joachim räusperte sich. »Ich glaube, ich muss dann auch mal nach Hause.«

Ich nickte. Er fuhr nach Hause, ich blieb zu Hause. Wir hatten uns geküsst. Und jetzt verabschiedeten wir uns voneinander. Wir Menschen waren manchmal seltsam. Wir hatten das Talent, uns immer wieder neu einzulassen. Wir strebten nach Beständigkeit und Klarheit, doch das Leben war voller Überraschungen und Unklarheiten.

»Mach's gut«, sagte er. Doch dann blieb er stehen und sah mich einfach nur an, so lange, bis mit einem leisen Klacken das Flurlicht ausging.

Ich tastete in der Dunkelheit nach dem Schalter, und das Licht ging wieder an. »Fahr vorsichtig«, sagte ich.

24

»Und jetzt?«, fragte Johanna.

Wir lagen in unseren Bademänteln auf den komfortablen Liegen der Claudius-Therme und schauten von der überdachten Terrasse aus über den Rhein hinweg auf den angestrahlten Kölner Dom.

Genau ein Monat war vergangen, seitdem Joachim Wille so zögernd meine Wohnung verlassen hatte und ich noch eine ganze Weile verträumt auf dem Balkon gestanden hatte und den Rücklichtern seines BMW-Kombis nachblickte.

Alles was wir tun, hat Konsequenzen, bewirkt und verändert etwas. Am nächsten Tag hatte Joachim angerufen. Und auch am übernächsten Tag. Und dann hatten wir uns wieder verabredet – allerdings nicht für einen Zoobesuch.

Aus dem väterlichen Freund war sozusagen über Nacht ein Liebhaber mit zwei Wohnsitzen geworden. Wenngleich das Wort »Liebhaber« die Sache streng genommen nicht ganz traf.

Im Gegensatz zu Ton van der Laan nahm Joachim schon einen Tag nach unserem ersten Kuss das Wort »Liebe« in den Mund. Er habe sich einfach in mich verliebt, ließ er mich am Telefon wissen, er wisse nicht, wie es weiterginge, aber eines wisse er genau – er wolle in meiner Nähe, in meinem Leben sein und ob er mich wiedersehen dürfe.

Das klang, unter den neuen Vorzeichen, vielversprechend, war dann aber doch nicht ganz so einfach, wie es sich zunächst anhörte.

Als wir uns das erste Mal wieder trafen, waren wir allein in meiner Wohnung. Joachim hatte eine Flasche Rotwein mitgebracht, die er dann fast allein austrank, gestand mir, wie sehr er mich vermisst habe, und küsste mich stundenlang auf dem Sofa. Schließlich griff ich nach meinem fünfarmigen Kerzenleuchter, zog Joachim an der Hand hoch und führte ihn in mein Schlafzimmer, wo er mich vorsichtig entkleidete. Dies alles hatte nicht die leidenschaftliche Rasanz von der Nacht im Bootshaus, aber lieber langsam und beständig, dachte ich mir und räkelte mich erwartungsvoll zwischen den Laken.

Joachim zog sich aus bis auf die Unterwäsche. Das war sehr taktvoll, fand ich, und ich lächelte ihm ermutigend zu. Er beugte sich zu seiner Tasche herunter und zog ein kleines Fläschchen hervor, das er bedächtig aufschraubte. Sofort lag ein Geruch von Orangenblüten und Ylang Ylang in der Luft. Ich erinnerte mich daran, dass Joachim einmal geäußert hatte, dass er auch sehr gut massiere, und lachte leise. Ich hatte nichts gegen eine Massage, wenngleich die Massage, die nun folgen würde, sicherlich eine erotischere Komponente hatte als das schmerzhafte Kneten und Dehnen meiner Muskeln bei Nang.

Joachims Hände glitten sanft über meinen Rücken und meine Schultern, und ich seufzte wohlig. Es war herrlich, so verwöhnt zu werden. Welcher Mann nahm sich dafür schon die Zeit? Um die Bedürfnisse von Frauen zu kennen, brauchte es eben ein paar Jahre an Lebenserfahrung, dachte ich zufrieden. Als Joachim mir die Füße massierte, wäre ich fast eingeschlummert vor Entspannung.

Doch als er mich nach einer Stunde immer noch massierte, ohne dass irgendetwas Dramatisches passiert war, wurde ich unruhig. Ich drehte mich auf die Seite und sah ihn mit einem herausfordernden Lächeln an. »Komm«, sagte ich, entwand ihm sanft das Massageöl-

Fläschchen und stellte es auf den Nachttisch. »Du sollst auch auf deine Kosten kommen.« Ich zog ihn zu mir und wir küssten uns.

»Ich will dich.« Zärtlich griff ich dorthin, wo die weiße Schießer-Feinripp-Unterhose begann und schob meine Hand unter den Bund.

Joachim setzte sich auf und wehrte mich sanft ab. Seine dunklen Augen sahen mich eindringlich an. »Mach dir um mich mal keine Gedanken«, sagte er und strich über meine Schenkel. »Es ist wunderschön so. Ich kann dir gar nicht sagen, wie ich das alles genieße, deinen Körper genieße. Man muss doch nicht alles auf einmal machen.« Er lächelte ernsthaft. »Rom wurde auch nicht an einem Tag erbaut.« Dann wandte er sich wieder meinen Füßen zu.

Ich ließ mich verwundert zurücksinken und wusste nicht so recht, was ich davon halten sollte. War ich an einen Fußfetischisten geraten? War das hier eine Art tantrischer Sex?

Ich hatte eine sehr unklare Vorstellung davon, was tantrischer Sex eigentlich genau war, wusste aber, dass es unheimlich lange dauerte und mehr spirituell ablief. Ich gab ein animiertes Seufzen von mir, als der Mann in meinem Bett jetzt meinen Schoß zum Mittelpunkt seiner Massagekünste machte. Vielleicht ging es ja jetzt doch zur Sache.

Doch Joachim hielt sich eisern zurück. War er etwa heimlich ein überzeugter Anhänger der Mormonen wie die Autorin von *Twilight*? Würde ich wie Bella vier Bände lang schmachten müssen, bis sexuelle Erfüllung mit Edward nahte? Oder war ich selbst einfach bereits so überspannt, dass ich nicht einmal eine liebvolle Massage um ihrer selbst willen genießen konnte?

Als Joachim sich drei Stunden später unverrichteter Dinge wieder auf den Heimweg machte, blieb ich mit dem merkwürdigen Gefühl zurück, dass die erste Nacht mit meinem neuen Freund doch ganz anders verlaufen war, als ich gedacht hatte.

»Es ist so schön hier. Ich denke immer, ich müsste hier bei dir wohnen«, hatte Joachim gesagt, als er sein Fläschchen wieder in der Tasche verschwinden ließ, und ich hatte selig gelächelt. Das war jedenfalls kein Mann, der Angst vor Bindungen hatte. »Darf ich denn wiederkommen zu meiner Prinzessin?«

Natürlich durfte er das. Aber beim nächsten Mal würde Rom dann fertig gebaut werden, nahm ich mir vor.

»Seltsam. Vielleicht hat er doch ein schlechtes Gewissen wegen seiner Frau«, meinte Johanna, als ich ihr von der Liebesnacht erzählte, die keine war. »So konservativ ist doch heute keiner mehr. Was ist mit seiner Frau?«

Johanna war immer noch nicht ganz überzeugt von meiner neuen Eroberung.

»Na, was soll schon mit ihr sein?«, entgegnete ich ungeduldig. »Seine Frau ist Lehrerin, sie unterrichtet Handarbeit und Französisch an irgend so einer Waldschule im Bergischen Land und verbringt ihre Freizeit in Klöstern und Tai-Chi-Seminaren. Oder sie wandert mit ihrer besten Freundin. Auf dem Jakobsweg. Jedenfalls ist sie nicht sonderlich an ihrem Mann interessiert. Die beiden haben völlig unterschiedliche Interessen und schlafen schon seit Ewigkeiten nicht mehr miteinander.

Diese Ehe besteht nur noch auf dem Papier. Das hat Joachim mir selbst gesagt.«

»Okaaaay.« Johanna dehnte das Wort in die Länge. »Aber dennoch ist er mit ihr verheiratet.«

»Ja. Ja. Ja. Soll das jetzt eine Moralpredigt werden? Ich bin nicht der Typ, der anderen Frauen den Ehemann ausspannt. Außerdem weiß sie, dass er mich sieht. Komm, lass uns in den Honigaufguss gehen.« Ich hatte keine Lust, über Joachims Noch-Ehefrau zu sprechen.

Johanna wickelte ihren dicken weißen Bademantel um sich.

»Fritzi«, sagte sie, als ob sie meine Gedanken lesen könnte. »Die Frau von deinem Joachim ist mir völlig egal. Und ich hab auch kein Problem damit, dass er verheiratet ist. Wir leben schließlich nicht mehr im Mittelalter. Aber du … du bist mir nicht egal. Ich möchte einfach, dass es dir gut geht und du keine böse Überraschung erlebst.«

Als Joachim mich das nächste Mal besuchte und mir als Erstes versicherte, wie sehr er mich vermisst hätte, vergaß ich die Bedenken meiner Freundin. Eine Überraschung erlebte ich dann aber trotzdem.

Um eine lange Geschichte auf den Punkt zu bringen: Es ging nicht. Rom wurde nicht an einem Tag erbaut und auch nicht am nächsten oder übernächsten. Joachim hatte schon seit Jahren nicht mehr mit seiner (oder irgendeiner) Frau geschlafen. Er hatte Sex durch Schach und Alkohol ersetzt, was sicherlich keine ganz so gute Lösung war. Denn entgegen seinem Lieblingsspruch gab es in diesem Fall zwar den Willen, aber nicht den Weg.

Während Joachim mir verlegen versicherte, dass er sich – seit er mit mir zusammen sei – schon deutlich zurückhalte, was das ganze hochprozentige Zeug anging (Rotwein sei ja gesund, wie man wisse), dachte ich an meine eigene Zeit als Nonne und fragte ihn, was er denn dann die ganzen Jahre über gemacht habe, so als Mann.

Er zuckte verlegen die Achseln. »Handbetrieb«, erklärte er dann so schlicht und ergreifend, wie es nur ein Mann kann, und ich schluckte.

Eigentlich war Joachim Wille der ideale Mann für mich. Er hatte viel Zeit, bald würde er noch mehr Zeit haben, er war zärtlich und nahm an meinem Leben Anteil. Er hatte sich beruflich bewiesen. Er liebte mich, und zwar *nur* mich, er sagte, ich hätte ihm seinen Körper wiedergegeben – was zu meinem Bedauern und trotz heftiger Bemühungen noch nicht vollständig gelungen war. Er kümmerte sich rührend um Lilli und wurde nicht müde, sie auf der Schaukel anzuschubsen.

Und er hatte vor, ernsthaft mit seiner Frau zu sprechen und sich scheiden zu lassen. »Wenn ich die Wahl hätte, würde ich den Urlaub im September lieber mit dir verbringen«, hatte er erst noch neulich geseufzt, und ich hatte direkt und herzlos, wie wir Frauen nun mal sind, geantwortet: »Aber du *hast* doch die Wahl. Red einfach mit Bettina und schenk ihr endlich reinen Wein ein.«

»Das werde ich tun, meine Prinzessin, darauf kannst du dich verlassen.« Er strich mir übers Haar und seufzte wieder schwer. »Dich geb ich jedenfalls nicht mehr her. Aber lass mir bitte noch etwas Zeit, ja? Ich möchte es ihr nicht unbedingt vor ihrem Geburtstag sagen. Sie wird doch im September fünfzig und hat schon eine große Feier geplant mit all den Freunden. Das kann ich ihr nicht antun. Das hat sie nun auch nicht verdient, schließlich hat sie mir ja nichts getan.« Er schüttelte hilflos den Kopf. »Nein, das wäre unmenschlich.«

War ich ein Unmensch? Nein, natürlich nicht. Ich nickte mitfühlend und zeigte Verständnis für die arme Madame Tai-Chi, die niemandem etwas zuleide tat, nicht einmal einer Fliege. Und die ihre Erfüllung im Stricken kilometerlanger Wollschals fand.

Doch als Joachim an diesem Abend mit seinem Fläschchen Orangenblüten-Massage-Öl nach Hause fuhr, beschloss ich, dass sich etwas ändern musste, dass *ich* etwas ändern musste.

Ich hatte diesen Mann wirklich lieb gewonnen. Aber konnte es der Traum meiner schlaflosen Nächte sein, mit einem fast Vierundsechzigjährigen *nicht* zu schlafen?

25

Der August gestaltete sich, von gelegentlichen Anfeindungen meiner Kollegin Anita Kaminski einmal abgesehen, friedlich. Die Verlegerin war verreist, und wer vom Fußvolk in den heiligen Hallen der Unterhaltungsliteratur die Stellung hielt – ich gehörte mangels großartiger Barschaft und konkreter Ferienpläne dazu –, machte es sich mit vielen Tassen Kaffee und überzogenen Mittagspausen ein wenig gemütlich. *Summertime – and the livin' is easy*.

Lilli war zwei Wochen mit meiner Mutter an die Nordsee gefahren, und die beiden schienen ihren gemeinsamen Urlaub mit Burgenbauen, Backfischessen und Muschelnsammeln sehr zu genießen. Ich genoss es auch. Im Verlag hatte ich alle dringenden Projekte abgeschlossen und auf diese Weise konnte ich nun auch meine ganze Energie meinem neuen Lieblingsprojekt widmen: der vollständigen körperlichen Erweckung von Joachim Wille.

Ich fühlte mich für sein Wohl verantwortlich. In jeder Frau steckt eine Florence Nightingale, die gerne karitativ wirken möchte, also auch in mir.

Es gab nur ein Problem. Ich kannte niemanden, der persönliche Erfahrungen damit gemacht hatte. In meiner Altersklasse gab es noch nicht so viele Betroffene, aber man hatte es ja schon oft genug im Kino gesehen, und ich selbst wurde – war es ein Zeichen? – immerhin mehrmals in der Woche per Spam-Mail darauf hingewiesen, dass es Mittel und Wege gab, die einen mannhaften Vollzug auch im fortgeschrittenen Alter nicht nur möglich, sondern wahrhaft unvergesslich machten. *»Stay erect!«* lautete die Botschaft, die mich zwischen weniger interessanten Mails von Literaturagenten und Kollegen anderer Verlage ansprang. *»Enlarge your penis!«*

Das kam für mich persönlich natürlich nicht in Frage, aber war das Internet nicht eine wunderbare und vor allem *diskrete* Möglichkeit, an die rhombenförmigen Wunderpillen zu kommen, die mich an ähnlich geformte kleine Lakritz-Pastillen erinnerten, die wir uns als Kinder mit Spucke auf die Handrücken geklebt hatten, um endlos daran zu lutschen.

Bisher hatten sich meine Bestellungen im Internet auf Dinge des täglichen Lebens beschränkt, die man bei

Amazon bekommen konnte. Wasserkocher, Waschpulver, Spiele, Schreibtischlampen, CDs, Lockenstäbe, Kinderzelte, Rollschuhe und sogar ganze Spültische konnte man dort mit einem Klick erwerben.

Ein wahrer Segen für berufstätige Mütter, die keine Lust und noch weniger Zeit hatten, sich am Wochenende in den überfüllten Spielzeugabteilungen und Drogeriemärkten durch die Gänge zu quetschen!

Bücher kaufte ich allerdings nach wie vor in meiner kleinen Buchhandlung in der Südstadt. Das war Ehrensache! Schließlich muss man den unabhängigen Buchhandel stärken, wenn man nicht will, dass irgendwann diese liebenswerten kleinen Buchläden, in denen man Bücher entdeckt, die man sonst nirgendwo zu sehen bekommt, ganz verschwinden.

Aber Viagra-Lädchen gab es meines Wissens noch nicht, jedenfalls nicht in Deutschland. Mag sein, dass man die blauen Dinger in Amerika inzwischen in jedem Drugstore erhielt.

Mein Plan war ebenso einfach wie genial. Ich würde ein paar Tabletten bestellen und, um Joachim nicht in Verlegenheit zu bringen, eine dieser Wunderpillen pulverisieren und meinem Freund unter das Essen mischen. Und dann … konnte es losgehen!

»Bist du verrückt?«, rief Johanna, als ich ihr von der geplanten Aktion erzählte. »Die Dinger haben Nebenwirkungen, das weiß man doch. Vielleicht hat Joachim Herzprobleme, und dann hast du nachher einen toten Mann bei dir im Bett liegen.«

Ich sah Jack Nicholson als älteren agilen Freund der Frauen vor mir, der unverdrossen und bei jeder Gelegenheit Viagra zu sich nahm und fast an einem Herzinfarkt krepiert wäre, wenn ihn nicht Diane Keaton gerettet hätte.

»Aber Joachim ist pumperlg'sund«, versuchte ich zu scherzen. »Der hatte noch nie was mit dem Herzen.« Noch wollte ich meine schöne Idee nicht aufgeben.

»Trotzdem«, sagte Johanna. Dann musste sie lachen. »Stell dir mal vor, er kommt auf die gleiche Idee und nimmt selbst so eine Tablette ein, bevor er dich trifft – und dann wirfst du auch noch so ein Ding ins Essen. Ihr müsst darüber sprechen, anders geht es nicht.«

»Wie auch immer«, sagte ich. »Erst einmal muss ich das Zeug herbeischaffen. Aber dank des Internets ist das ja heute kein Hexenwerk mehr.« Ich kicherte in übermütiger Vorfreude, und meine Freundin grinste. Es war wie der beste Streich, den man als Schülerin seinen Lehrern gespielt hatte.

Stunden später kicherte ich nicht mehr. Wer glaubt, dass man das Heilmittel für den Mann einfach so Ein-Klick-mäßig bestellen kann, der irrt. Seit den frühen Abendstunden versuchte ich mich auf einer der zahlreichen Viagra-Internet-Seiten im Netz zurechtzufinden. Aus Gründen der Diskretion schien es mir sinnvoll, einen englischsprachigen Anbieter zu wählen, dessen Seite wahrscheinlich irgendwo vom tiefsten Indien aus bedient wurde.

Ich hangelte mich durch alle auszufüllenden Felder, gab meine Kreditkartennummer ein, plus Prüfziffer auf der Rückseite, plus einem Kennwort mit mindestens acht Buchstaben und fünf Ziffern. Ich machte alles richtig, aber der Gott der virtuellen Welt war nicht auf meiner Seite.

Vielleicht hatte ich einfach einen schlecht funktionierenden Router zu Hause, vielleicht hatte die Telekom mal wieder Mist gebaut – jedenfalls stürzte mein Computer immer dann ab, wenn ich auf die *send*-Taste drückte, um meine Bestellung ans Universum endlich abzuschicken.

»Programm unerwartet beendet« kommunizierte mir ein kleines Fenster mit rotem Warndreieck auf dem Bildschirm, und ich fluchte wütend vor mich hin, schaltete das Gerät ganz aus, schaltete das Gerät wieder ein, wartete, bis das ewige Gekreisel in der oberen Bildschirmecke aufhörte und der Internetzugang wieder hergestellt war, und versuchte es erneut. Ich kroch sogar mit dem Laptop vor die sogenannte Easy-Box, die unter der Kommode im Flur versteckt war, in der verwegenen Hoffnung, auf diese Weise die bestmögliche Internetverbindung herzustellen. Doch der Name war nicht das, was er suggerierte, und nach ungefähr zehn gescheiterten Versuchen gab ich der Easy-Box einen kleinen Tritt und schrie wütend: »Dann eben nicht!«

Fünf Tage später, es war ein Freitag und es war sehr früh, erhielt ich die erste Sendung. Überrascht drehte ich das kleine, neutral verpackte Päckchen in der Hand und öffnete es schließlich.

Inwendig, von stoßsicherer Folie ummantelt, lag ein kleines Plastiktütchen, in dem vier himmelblaue Viagra-Pillen auf ihre Bestimmung warteten. »Ha ha HA!«, rief ich aus und beglückwünschte mich selbst. Ich hatte es also doch geschafft und mein zäher Kampf mit der digitalen Welt hatte sich am Ende gelohnt.

Zufrieden versteckte ich das Tütchen im hintersten Winkel meiner Wäscheschublade. Ein sinnvolles Zwischenlager, wie ich fand.

Ich machte mir einen Kaffee, setzte mich damit in die Küche und versuchte Zeitung zu lesen und war doch viel zu aufgeregt bei dem Gedanken, dass morgen Abend, wenn Joachim zu mir kam, in der Rosenstraße 15 ein kleines Wunder stattfinden würde.

Als ich an diesem Nachmittag beschwingt aus dem Verlag kam, wartete Frau Noller im Hausflur auf mich und hielt mir zwei kleine Päckchen entgegen, in jeder Hand eines.

»Die sind mittags für Sie gekommen, Frau Berger«, sagte sie. »Ich hab's für sie angenommen, ist doch selbstverständlich unter Nachbarn.« Sie sah mich freundlich an. »Geht es Ihnen wieder besser, Frau Berger? Sie sehen aus, als ob es Ihnen wieder besser geht«, stellte sie schließlich fest, weil es mir glatt die Sprache verschlagen hatte.

Ich nickte und starrte ungläubig auf die Päckchen in meiner Hand. Ich kannte den Inhalt. Gut, dass ihn meine Vermieterin nicht kannte. Dann erst hätte sie begriffen, um wie vieles besser es mir inzwischen gehen musste.

Als ich langsam die Treppe hinaufging, beschlich mich eine ungute Ahnung, die im Laufe der nächsten vierundzwanzig Stunden zur Gewissheit wurde. Alle Paketdienste, die ich je in meinem Leben zu Gesicht bekommen hatte, und noch ein paar mehr, klingelten bei Friederike Berger und hatten kleine Päckchen abzugeben.

Als die Klingelei am Samstagnachmittag endlich aufhörte, zählte ich siebzehn Päckchen und stöhnte auf. Ich dachte daran, wie ich in Rage und verwerflicher Ungeduld wieder und wieder auf den *send*-Button gedrückt hatte in der Annahme, meine Bestellungen seien *nicht* abgeschickt worden.

Die Wahrheit war, dass ich mit der eingetroffenen Ware ein ganzes Altenheim hätte grundversorgen können. So viele glückliche alte Männer! Ich wusste nicht, ob ich lachen oder weinen sollte.

Wie oft hatte ich eigentlich auf den *send*-Button gedrückt? Ob noch weitere Päckchen auf dem Weg waren? Ich lachte auf wie eine Irre, und dann schoss mir ein schrecklicher Gedanke durch den Kopf.

Ich lief an meinen kleinen Schreibtisch, der im Schlafzimmer an der Wand stand, klappte aufgeregt meinen Laptop auf und gab alle erforderlichen Daten ein, um einen Blick auf mein Konto zu werfen.

Als sich die entsprechende Seite öffnete, flackerte es rot vor meinen Augen. »Oh, nein. *Oh, nein!* Was habe ich *getan*?«, schrie ich auf. In diesem einen furchtbaren Moment war mir dann doch eher zum Weinen zumute.

»Mein schönes, schönes Geld!«, heulte ich verzweifelt. Ich klappte den Laptop entsetzt zu, nahm ihn vom Schreibtisch und drückte ihn an meine Brust, als wäre es eine Gold-Schatulle. Ich wankte durch mein Schlafzimmer wie der Geizige bei Molière, und meine Verzweiflung nahm mit jedem Schritt zu.

Auf meinem Bildschirm befanden sich fünfundzwanzig Abbuchungen in stattlicher Höhe. Viagra war eben nicht so wohlfeil zu haben wie die blau eingewickelten Schokoladentafeln meiner geliebten Milka Vollmilch Nuss, von denen ich jetzt achtzig gebraucht hätte, um mich einigermaßen zu beruhigen.

Natürlich hatte ich mir die Preise vorher angeschaut, ich war ja nicht blöd, aber die Idee war natürlich eine andere gewesen. Ich wollte das Wunder der Erweckung doch nur mit zwei, drei Pillen in Gang bringen, anschieben sozusagen – und für weitere Einkäufe dieser Art wäre dann der männlich erstarkte und weitaus solventere Joachim Wille zuständig gewesen. Nun war mein Konto wieder einmal erschreckend im Minus, auch wenn sozusagen für einen guten Zweck. Hatte ich vorher noch mit dem Gedanken gespielt, im Spätsommer vielleicht doch noch einmal in Urlaub zu fahren – sei es mit Lilli oder meinem noch verheirateten Liebsten, so musste ich mir über mögliche Destinationen jetzt keine Gedanken mehr machen.

Nach einer Weile beruhigte ich mich wieder. Was blieb mir auch übrig. Jetzt hieß es nach vorn schauen und Haltung bewahren. *First things first.* Heute Abend, in wenigen Stunden nur, war ich mit dem derzeit wichtigsten Mann meines Lebens verabredet. Ich hatte ihn seit drei Tagen nicht mehr gesprochen, und ich hatte eine wundervolle Überraschung für ihn – etwas, das die Welt aus den Angeln heben und unserer Liebe den entscheidenden Ruck in die richtige Richtung geben würde.

26

Am Sonntagmorgen war die Welt aus den Angeln gehoben. Man hätte auch sagen können, ich war fertig mit der Welt.

Ich lag im Bett, geschüttelt von immer wieder ausbrechendem krampfhaftem Weinen, umklammerte mit einer Hand den Telefonhörer und versuchte verzweifelt Johanna zu erreichen. Wenn ich nicht bald mit jemandem sprechen konnte, würde ich schreiend und im Nachthemd durch die Südstadt laufen.

Für einen Augenblick zog ich es sogar in Erwägung, meine Mutter anzurufen, die in wenigen Tagen mit Lilli aus den Ferien zurückkehren würde. Dann verwarf ich den Gedanken wieder. Es war verlockend, allem nachzugeben und sich bei seiner Mama auszuweinen, wie früher, wenn's einem mal schlecht ging. Doch ich hatte ihr nichts von Joachim Wille erzählt, und nun gestaltete sich die ganze Situation dermaßen bizarr, dass es meine Mutter vielleicht doch etwas überfordert hätte.

Hasserfüllt starrte ich auf die vielen kleinen weißen Päckchen, die verstreut vor meinem Bett lagen. Ich konnte die darin enthaltenen Tütchen eines nach dem anderen in die Toilette entleeren – das wäre der Lage irgendwie angemessen gewesen. Ich konnte aber auch vernünftig sein und versuchen, die potenzsteigernden Preziosen auf Ebay zu versteigern, um wenigstens einen Teil meiner Auslagen wieder zurückzubekommen. Das, was mir soeben widerfahren war, nennt man gern Ironie des Schicksals. Ach, es klingt um vieles besser, als es sich anfühlt!

Joachim war am frühen Samstagabend gekommen.

Völlig verstört und nur für eine Stunde. Immerhin hatte er den Anstand gehabt, es mir persönlich zu sagen. Im Moment, als ich die Tür in meinem weinroten Seidenbademantel freudig aufriss, sah ich, dass etwas passiert war, etwas Schlimmes.

Joachims Gesicht war bleich, die Falten um seine Mundwinkel tiefer eingegraben als sonst, und er hatte dunkle Ränder unter den Augen. Er sah mit einem Mal zwanzig Jahre älter aus, na gut, sagen wir zehn. Er schob sich mit tragischer Miene in mein Wohnzimmer und blieb dort stehen wie Agamemnon, der den Untergang kommen sieht. Gegen so viel Drama versank mein überzogenes Konto in die Bedeutungslosigkeit. Das war ja nur schnöder Mammon.

Vor mir stand ein Mann, der in die größte Katastrophe seines Lebens hineingeraten war.

Vor drei Tagen hatte Madame Tai-Chi das Blackberry ihres Gatten einer eingehenden Inspektion unterzogen und war auf ein paar sehr merkwürdige Nachrichten gestoßen. Die meisten davon waren von mir.

Der ganze furchtbare Rest klingt nach schlimmster Boulevardkomödie, auch wenn es durchaus nicht zum Lachen war.

Madame Tai-Chi war *ausgerastet*, als sie meine Liebesbotschaften gelesen hatte. Anders als ihr Mann war sie nicht davon ausgegangen, dass man verschiedene Wege ging und sich sowieso bald scheiden lassen würde. Sie hatte geschrien und getobt. Sie hatte geheult und gefleht und gedroht, sich umzubringen. Dann hatte sie gedroht, erst ihn und mich und erst danach sich selbst umzubringen. Und dann hatte sie angekündigt, ihren ehebrecherischen Mann aus seinem liebevoll angelegten Gehöft im Bergischen Land hinauszuwerfen.

»Wenn du dich scheiden lässt, wirst du *alles* verlieren, das schwöre ich dir«, hatte sie gesagt. Danach hatte sie zwei Flaschen Wein getrunken und wollte mit ihm schlafen.

Was, wie wir wissen, nicht möglich war. Seit jener schicksalhaften Entdeckung vor drei Tagen rührte sie kein Essen mehr an, eine Magersucht war zu befürchten, und Madame Tai-Chi war so unglücklich, wie man es nur sein kann.

Joachim setzte sich auf mein Sofa und schlug die Hände vors Gesicht. Das habe er nicht gewollt, sagte er. Er habe nicht gewusst, dass Bettina noch so an ihm hänge.

Ich stand vor ihm wie Frau Lot. Es war jetzt wohl nicht der geeignete Zeitpunkt, über Viagra oder einen gemeinsamen Urlaub im September zu sprechen, so viel war klar.

»Meine Frau geht vor die Hunde«, schluchzte Joachim und kaute an seinem Fingerknöchel. »Ich kann das nicht. Ich *kann* das nicht.«

Ich starrte ihn an. »Du *willst* das nicht«, sagte ich und meine Stimme klang selbst in meinen Ohren eisig.

»Bitte, Friederike, sei nicht so hart.«

Ich blieb stumm. Und hart. Wahrscheinlich stand ich unter Schock, sonst wäre ich wohl kaum so ruhig geblieben. Ich hatte soeben ein kleines Vermögen in diesen Mann investiert, ich hatte alles gut und richtig machen wollen, ich hatte alles gegeben und nun wurde ich verabschiedet und sollte auch noch Mitleid haben. Mit ihm *und* seiner armen kleinen Frau. Es überforderte mich. Mein Kopf drohte zu zerspringen, und ich legte meine Hände an die Schläfen.

Eine Weile schwiegen wir beide.

»Ich bedeute dir also gar nichts«, sagte ich schließlich.

»Doch, doch«, rief Joachim aus. »Du bedeutest mir *alles*, das ist ja gerade das Furchtbare. Deswegen müssen wir uns trennen. Du bist keine Frau, die man nebenher haben kann. Du bist eine Frau, mit der man jeden

Tag zusammen sein will.« Er blickte mich verzweifelt an. »Verstehst du?«

Ich schüttelte den Kopf. Offenbar folgte männliche Logik anderen Gesetzmäßigkeiten. Ich verstand nämlich kein Wort.

»Aber … ich meine … wenn du jeden Tag mit mir zusammen sein willst, warum tust du's dann nicht?«

»Ich *kann* nicht«, sagte er wieder. »Es ist diese moralische Ecke. Ich bring das einfach nicht. Das kann ich ihr nicht antun.«

»Und was ist mit mir? Und mit Lilli? Uns kannst du das antun, ja? Was soll ich Lilli sagen, warum der gute Onkel Wille sich so plötzlich verpisst hat. Und nicht mit ihr ins Kindertheater geht, wie er es versprochen hat.«

Joachim sackte in sich zusammen.

»Die kleine Lilli«, flüsterte er leise. »Es tut mir leid. Es tut mir so leid.«

»Ich will nicht hören, dass es dir leid tut«, sagte ich und merkte, wie mir die Stimme wegkippte. »Davon hat keiner was.«

Dann heulten wir beide. In dieser tränenreichen Stunde, die Joachim auf dem Sofa in meiner Wohnung verbrachte, redete er sehr viel und ich schwieg sehr viel. Im Nachhinein erinnerte ich mich nicht mehr an alles, was er gesagt hatte, ich verstand nur, dass er nach dem grässlichen Eklat zunächst noch einen Ausweg aus dem Dilemma gesucht hätte, eine Möglichkeit, wie er beides miteinander vereinbaren könne, mich und die jetzt so abgrundtief unglückliche Bettina, die am Ende wie ein verlorenes Kind in ihrem Nachthemd auf den eiskalten Fliesen des Küchenfußbodens gesessen hätte.

Als seine Ehefrau ihren Totalzusammenbruch erlitten habe, hätte er plötzlich die Zukunft gesehen, und was er gesehen hätte, habe ihm nicht gefallen.

Ich nickte mit dem Kopf wie eine Parkinson-Kranke. Hatte die Natur es nicht prima eingerichtet, dass ich nicht auch noch zusammenbrach?

Er wolle nicht schuld sein, wenn Bettina etwas passiere, fuhr Joachim weinerlich fort. Und dass es mit uns alles zu intensiv geworden wäre, dass es für ihn nur ein Ganz oder Gar nicht gäbe, deswegen also tragischerweise ein Gar nicht. Er wisse nicht ein noch aus, das könne ich ihm glauben. Er liebe mich doch so.

»Alles in mir wird sterben, wenn ich dich nicht mehr sehen kann«, sagte er.

Dann standen wir im Hausflur so wie damals nach unserem ersten Kuss. Wieder ging das Licht aus, wieder machte ich es an.

»Wie soll ich diesen Blick vergessen«, sagte er, und seine braunen Augen waren möglicherweise noch eine Spur dunkler als sonst. »So etwas vergisst man schwer.«

»Und wie geht's jetzt weiter?«, fragte ich.

»Morgen früh fahren wir nach Kroatien … zum Wandern«, sagte er verlegen. »Wir brechen schon um vier Uhr auf. Bettina will keine große Geburtstagsfeier mehr, sie möchte einfach in Ruhe mit mir allein sein. Wir wollen sehen, ob es für uns noch eine Chance gibt.«

Gleich morgen früh schon, so, so. Ich versuchte einen letzten Rest Würde zu bewahren und klammerte mich am Geländer fest. Das Licht ging aus, das Licht ging an. Joachim stand immer noch leicht schwankend auf der obersten Stufe.

»Das ist ein furchtbarer Abschied«, sagte er schließlich mit belegter Stimme. »Ich komme mir vor wie Doktor Schiwago. Und du bist meine Lara.«

»Klar«, sagte ich, und eine große Bitterkeit erfüllte mich mit einem Mal. »Die blonden Frauen sind immer die Verliererinnen. Immer die Geliebten.«

Dann trat ich zurück, machte die Wohnungstür fest zu, setzte mich im Flur auf den Boden und umschlang meine Knie. Nach einer Weile hörte ich die alte Holztreppe unter seinen gewichtigen Schritten knarren, dann wurde es still.

Ich weiß nicht, wie lange ich dort in völliger Reglosigkeit saß, aber es war eine sehr lange Zeit.

Johanna meinte, dass Joachim ein Idiot sei. Sie saß an meinem Bett und versuchte mich zu trösten. Ich war den ganzen Sonntag nicht aufgestanden und dankbar, dass ich eine Freundin hatte, die auch nach einem ganztägigen Familienausflug am Abend noch zu mir kam.

Wenn ich die Ereignisse der letzten Monate so Revue passieren ließ, fand ich, dass Johanna es auch nicht immer einfach mit mir hatte. Mein Leben war unstet geworden, ich befand mich inmitten eines einzigen großen Durcheinanders.

»Wirklich«, sagte Johanna. »Ich wünsche dir zwar eigentlich etwas anderes als einen rüstigen Rentner, aber ich kann nicht verstehen, dass dieser Wille auf eine Frau wie dich verzichten will. Da findet jemand spät im Leben noch mal sein Glück, und was tut er? Er stößt es von sich weg mit beiden Händen. Und für was? Für Wandern mit einer hysterischen Ehefrau in den Karpaten.«

»Kroatien, sie wandern in Kroatien«, sagte ich. »Und so hysterisch ist die Frau wahrscheinlich gar nicht. Wir kennen ja nur seine Version. Ach, ich weiß schon gar nicht mehr, was ich glauben soll. Wem kann man eigentlich noch trauen? Gibt es noch irgendeinen Mann, der die Wahrheit sagt?«

Ich zupfte an meinem zerknüllten Taschentuch herum.

Johanna sah mich voller Mitleid an. »Es ist so traurig«, sagte sie, und da konnte ich ihr nur recht geben. Es *war* traurig.

»Er wollte doch mit Lilli ins Kindertheater gehen. Er hat es ihr versprochen.« In einer emotionalen Aufwallung presste ich mir das zerrupfte Taschentuch gegen die Lippen. »Ich kann ja nur froh sein, dass sie im Moment nicht hier ist.«

»Dann geh ich eben mit Lilli ins Kindertheater«, sagte Johanna. »Dafür brauchst du keinen Mann.«

Ich schluchzte gerührt auf. Wenn es einem schon furchtbar schlecht geht und jemand dann noch sehr nett zu einem ist, wird es ganz schlimm.

»Weißt du, was meine Mutter immer gesagt hat? Besser es passiert was, als es passiert nichts«, sagte Johanna, und ich nickte dankbar. Dass in meinem Leben nichts passierte, konnte man nun wirklich nicht behaupten.

»Ach, Johanna, warum ist immer alles so anstrengend? Es ist ja schön und gut, dass viel passiert, aber passiert auch das Richtige? Manchmal denke ich, wenn ich nicht arbeiten würde, säße ich schon in der Klapse. Es ist alles so wirr und verwirrend geworden.«

Ich wischte mir mit meinem durchweichten Taschentuch über die Augen und Johanna reichte mir stumm ein neues.

»Danke.« Ich putzte mir geräuschvoll die Nase. Das Schlimme am Weinen ist, dass es einen auch noch hässlich macht. Es wäre schön gewesen, in einer Welt zu leben, in der Weinen einen immer hübscher macht, überlegte ich. Oder in der man wie im Märchen Perlen weinte, die man dann aufsammeln konnte als Trost. Das wäre jedenfalls gerechter gewesen als verquollene Augen und eine rote Nase. Ich ließ mich aufseufzend wieder in meinen kleinen Kissenberg sinken und starrte eine Weile vor mich hin.

»Weißt du, was ich mir mal wünsche? Dass ein Mann, den ich von Herzen liebe, zu mir sagt: Ich setze alles auf eine Karte. Auf dich. Ohne Wenn und Aber. Du bist das, was ich will in diesem Leben. Du bist die Welt für mich.«

Johanna lachte. »Hu«, sagte sie. »Große Worte. Also, das wäre mir ein bisschen zu viel des Guten. Ehrlich, ich möchte nicht ›die Welt‹ für jemanden sein. Das klingt so dramatisch. Ich bin schon zufrieden, wenn man das Leben zu zweit so gut wie möglich über die Bühne bringt. Aber bei dir geht es ja immer um alles oder nichts, nicht wahr, meine kleine Romantikerin.« Sie schenkte mir ein aufmunterndes Lächeln, und ich lächelte halbherzig zurück.

War ich ein Alles-oder-nichts-Typ? Und wenn ja, war das wirklich so falsch? In diesem einen Punkt stimmte ich nicht mit meiner Freundin überein. Wenn man nicht einmal am Anfang einer Beziehung *alles* wollte, was sollte dann am Ende noch übrig bleiben? Doch bisher, das musste ich zugeben, hatte mir mein Alles-Wollen kein Glück gebracht. Es war jedes Mal nur ein Nichts übrig geblieben.

Es war weit nach Mitternacht, als die allerletzte Träne vergossen und getrocknet war und Johanna mich ein letztes Mal umarmte.

»Nun schlaf schön, Fritzi. Morgen geht es dir schon wieder besser, du wirst sehen«, sagte sie und drückte meine heiße Hand. Ich schaute sie an und fragte mich, was mit all jenen war, die keine Freundin hatten, keine echte, beste, wirklich gute Freundin.

»Meine Freundin, du«, sagte ich unvermittelt. »Danke, dass du immer für mich da bist.«

Johanna nahm den leeren Teller, von dem ich brav meine Suppe gelöffelt hatte, und sah mich lächelnd an. »Männer kommen und gehen, Freundinnen bleiben«, sagte sie.

»Ich bin so froh, dass du bleibst«, sagte ich.

Sie nickte mir zu, als ob es das Selbstverständlichste auf der Welt wäre. Dann ging sie in die Küche, um den Teller in die Spülmaschine zu stellen. Ich hörte das leise Klappern von Geschirr und Besteck, und dann hörte ich es klingeln.

Mein Telefon klingelte. Nach Mitternacht!

Johanna kam zurück, und wir sahen uns einen Moment überrascht an. Dann nahm ich den Hörer von meinem Nachttisch.

»Ja?«, sagte ich leise. Es knackte ein paar Mal in der Leitung, dann rauschte es.

»Ichliebedichichliebedichichliebedichichliebedich«, lallte eine Stimme in den Hörer, die ich kannte.

»Joachim – bist du das?«

»Schatziiiilein ... ichliebedichichliebedichichliebedich.«

Die Stimme am anderen Ende der Leitung gehörte Joachim Wille. Daran gab es keinen Zweifel. Ich machte Johanna aufgeregt ein Zeichen.

»Was ist los mit dir? Hast du getrunken?«, fragte ich und spürte, wie mein Herz anfing zu klopfen.

»Siebenschliwowitsch... Ichliebedichichliebedichliebedichichliebedich.«

In dieser Häufung hatte ich die Worte, auf die alle Frauen so scharf sind, noch nie gehört.

»Wo bist du? Und was ist mit deiner Frau?«

»Bin in einem gottverlassenen Nest in Kroatien gestrandet. Bettina schläft schon. Und ohne dich is alles doof.«

Er sprach wie Shaun das Schaf. War das der Mann, der sich gestern Abend mit Doktor-Schiwago-Dramatik für immer von mir verabschiedet hatte? Ich hörte, wie er wieder tief Luft holte, und lauschte einigermaßen fassungslos auf das wasserfallartige Gestammel, das sich abermals in den Hörer ergoss.

»Ichliebedichichliebedichichliebedichichliebedich!«

Ich hielt meiner Freundin den Hörer hin, und sie schüttelte den Kopf, als wollte sie sagen »Männer!«.

Im Hörer wurde es still. Dann wieder die verschliffene Stimme aus dem tiefsten Kroatien. »Ich habe einen schrecklichen Fehler gemacht, Fritsi, kannsu mir verzeihen?«

Hat es Sinn, sich mit einem Betrunkenen ernsthaft zu unterhalten?

»Du weißt wahrscheinlich nicht mal, was du da redest, Joachim«, sagte ich. »Das klang gestern Abend alles noch ganz anders.«

»Doch«, sagte er eigensinnig. »Dochdochdoch! Ich weiß, wassich rede. Ich will mit dir sein, nur mit dir. Ich will mit dir wegfaahn, Schatzilein.«

»Das können wir ja besprechen, wenn du wieder hier bist«, sagte ich. »Und nüchtern.«

»Ja, nüchern«, echote Joachim. »Wenn ich wieder hier bin, faahn wir swei susammen weg, okay?«

»Okay. Und jetzt gehst du besser ins Bett.«

»Su dir ins Bett«, wiederholte Joachim Wille. »Ich liebedichichliebedichichliebedichichliebedich!«

Es knackte in der Leitung, dann erklang ein lang anhaltender Dauerton.

»Meine Güte, was war *das* denn?!« Johanna sah mich entgeistert an.

»Liebesgrüße aus Kroatien.« Ich schüttelte den Kopf. »Meine Güte, war der blau. Jetzt will er dringend bei mir sein und mit mir wegfahren. Gibt's denn so was?«

Obwohl Joachim völlig betrunken gewesen war, wurde mir plötzlich ganz leicht ums Herz. Sagen Kinder und Betrunkene nicht die Wahrheit?

»Tja«, meinte Johanna und zwinkerte mir zu. »Sieht ganz danach aus, als wären die Karten neu gemischt.«

27

Paris, 240 Kilometer. Glücklich sah ich das Schild an mir vorbeifliegen. Nicht mehr als zwei Stunden trennten uns von der Stadt der Liebenden. Ein langes Wochenende in Paris – wer hätte das gedacht, nach allem?

Ich trommelte mit den Fingern vergnügt auf das Lenkrad, die neue CD von Zaz tönte aus dem CD-Player, und ich sang den Refrain von *Je veux* mit und fühlte mich einfach großartig. Neben mir saß Joachim und grinste mir zu wie ein kleiner Junge, der die Schule schwänzt.

Der kleine Junge war inzwischen endgültig aus der Welt der Arbeit ausgeschieden, er hatte seine Firma gut verkauft und jetzt viel Zeit, um das Leben zu genießen. Und zwar an meiner Seite. Oder doch fast. Oder zukünftig.

Ich war zu gut gelaunt, als dass dieser kleine Wermutstropfen mich gestört hätte. Was war schon perfekt? Eine Liebesbeziehung, in der alles perfekt war, gab es einfach nicht. Vielleicht im Roman – ich wusste schon, warum ich Bücher so mochte, und lächelte über mich selbst. Im wirklichen Leben waren die Dinge eben unperfekt.

Jetzt, da es mir gut ging und das Wochenende so klar und übersichtlich und sonnenüberflutet vor mir lag wie die Autobahn, auf der ich fuhr, erfasste mich eine Leichtigkeit, die es mir ermöglichte, einmal nicht auf der Alles-oder-nichts-Frage herumzureiten.

Johanna hätte stolz auf mich sein müssen. Merkwürdigerweise war sie es nicht.

Nach dem dreiwöchigen Wanderurlaub in Kroatien hatte es viele Gespräche gegeben. Zwischen mir und Joachim. Zwischen Joachim und seiner Frau. Zwischen mir und Johanna. Zwischen Jasmin und mir. Zwischen mir und meiner Mutter.

Und es war viel passiert.

Jasmin hatte im September geheiratet, und ich durfte ihre Trauzeugin sein. Ich war so schrecklich gerührt, als ich die hübsche Braut da Hand in Hand mit ihrem sichtlich stolzen Mann im Standesamt am Alter Markt stehen sah, eine dicke weiße Magnolie im Haar und so voller Vertrauen in das Glück, dass ich fast noch mehr heulte als ihre eigene Mutter.

Meine Mutter war erholt, phantastisch gelaunt und braun gebrannt mit Lilli vom Meer zurückgekehrt. Sie wirkte unglaublich jung, fast mädchenhaft, und als ich sie eine Woche später an einem Sonntagnachmittag besuchte, sollte ich auch den Grund dafür erfahren. Auf dem Tisch stand eine Flasche Rotkäppchen-Sekt. Und drei Gläser.

»Ich muss dir etwas sagen, Kind«, sagte Mama und ließ den Korken aus der Flasche hüpfen. »Ich habe mich verliebt.«

Ich war so überrascht, dass ich erst einmal stumm blieb.

»Meine Güte, Mama!«, sagte ich dann. »Das ist ja … also das ist ja toll … Wahnsinn! So eine Überraschung! Wann ist denn das passiert?«

Für einen kurzen Moment vermutete ich, meine Mutter hätte im Urlaub an der Nordsee jemanden kennengelernt. Ein Modell, das mir nicht ganz unbekannt war. Doch die neue Liebe meiner Mutter stand auf einem solideren Fundament als meine unglückselige Geschichte mit Ton.

Karl, ein gutaussehender Witwer aus dem Tennisverein, sportlich, vermögend, mit einem kleinen Dackel namens Seppi und einem großen, nicht zu erschütternden Herzen hatte meiner Mutter schon seit ein paar Monaten seine Avancen gemacht. Ich hatte davon überhaupt nichts mitbekommen, erinnerte mich aber jetzt dunkel, dass sie mal von einem Opernabend mit ein paar Leuten aus dem Tennisclub erzählt hatte. Meine Mutter hatte einen Freund!

Zehn Minuten später schwebte ein riesiger Blumenstrauß durch die Tür, dahinter kam Karl zum Vorschein – für ihn war das dritte Sektglas. Er legte seinen Arm liebevoll um Mama, und es war klar zu sehen, dass die beiden zueinander passten.

Jeder, so schien es, fand in diesem September seinen idealen Partner, selbst meine Mutter, die Karl gerade ein kokettes Lächeln schenkte und die Blumen in die Vase stellte. Ich freute mich für sie. Wer blieb schon gern allein?

»Sehr netter Mann«, sagte ich, als ich mich später von ihr verabschiedete, und dachte an meinen väterlichen Freund, der noch richtungslos in den kroatischen Bergen herumwanderte und versuchte, mit seinem Leben klarzukommen.

Meine Mutter nickte glücklich. Dann sah sie mich an.

»Und du, Fritzi? Dir würde ich auch mal einen netten Mann wünschen. Tut sich denn gar nichts?«

»Tja, also … Was soll ich sagen … Ich hab auch jemanden kennengelernt, Mama. Aber die Sache ist etwas komplizierter. Mal schauen, was draus wird. Ich sag dir Bescheid, wenn's was zu berichten gibt.«

Ich lächelte, damit es nicht zu dramatisch klang, und beschloss, meiner Mutter erst etwas von Joachim zu erzählen, wenn eine Entscheidung gefallen war.

Nun fuhr ich mit diesem Jemand für vier Tage nach Paris, von Donnerstag bis Sonntag, in ein entzückendes kleines Hotel in Saint-Germain – aber eine Entscheidung war immer noch nicht gefallen.

Als Joachim aus dem Urlaub zurückkam, hatte er mich um ein Treffen gebeten, und wir hatten uns in einem Café in der Mittelstraße verabredet. Ich war schon vor ihm da, und als er hereinkam, war ich doch ein wenig betroffen. Joachim sah nicht aus wie jemand, der drei Wochen Urlaub gehabt hatte. Er fragte mich, ob ich froh sei, ihn zu sehen.

»Ich bin froh und ich bin auch nicht froh«, sagte ich.

»Kannst du mir verzeihen?«, sagte er. »Der Urlaub war schrecklich.«

Das hörte ich nicht ungern. »Nun. Mir ist es auch nicht besonders gut gegangen«, sagte ich.

Joachim bestellte sich ein Weizenbier und trank es in großen Zügen. Danach gab er mir einen kleinen Abriss über seine emotionale Biographie. Er habe eben in seinem Leben nie so richtig Entscheidungen getroffen, sagte er. Beruflich schon, aber privat nie. Die Dinge seien einfach »so passiert«. Im Grunde hätten ihm immer die Frauen die Entscheidung abgenommen. Seine Mutter, seine erste Frau, seine zweite Frau und alles, was an Frauen und Freundinnen so dazwischen passiert sei.

Ich sah ihn an und dachte, dass es nicht sein konnte. Konnte es sein, dass jemand, der bald vierundsechzig wurde, sich noch nie wirklich für eine Frau entschieden hatte? Davon dass sehr junge Männer sich nicht festlegen wollen, hatte man ja schon gehört, aber die Männer der alten Schule? Hätte man da nicht ein bisschen mehr Entschlossenheit erwarten dürfen?

Ich stützte das Kinn in meine Hand und hörte Joachims lamoryanten Ausführungen über sich und mich und seine Frau und alle ungelösten Probleme weiter zu. Vielleicht hatte ich einfach nur die falschen Schlüsse gezogen. Wenn jemand alt war und Schach spielte, hieß das nicht zwangsläufig, dass er souverän war und klug.

»Wie siehst du das Ganze, Fritzi?«, sagte Joachim jetzt. »Ich meine, was hast du für Vorstellungen?«

»Es ist völlig uninteressant, was ich darüber denke oder was ich möchte oder mir vorstellen kann«, sagte ich ganz ruhig und hatte einen der seltenen Momente totaler Außensicht. »Wir können nicht gleichwertig darüber reden, denn du bist gebunden und ich bin frei.«

Meine Worte schienen Eindruck auf ihn gemacht zu machen. Ein paar Tage später rief er mich an und verkündete, er habe sich jetzt entschieden.

Die Entscheidung sah so aus, dass er seiner Frau versprochen hatte, sie nicht zu verlassen, ihr aber klar gesagt habe, dass er in keinem Fall bereit wäre, mich aufzugeben. »Ich warte jetzt einfach ab, was passiert«, erklärte er und kam sich wahrscheinlich vor wie Salomon.

»Was für eine tolle Entscheidung!«, sagte Johanna sarkastisch. »Der ist ja noch schlimmer als der Holländer.

Dieser alte Knacker will beides – und die Verantwortung wälzt er ab auf seine Frau und dich. Ich find's total unmöglich!«

So unmöglich wie meine weitsichtige Freundin fand ich die neuesten Entwicklungen nun nicht. »Immerhin gibt mir diese ›Entscheidung‹ eine Fünfzig-Fünfzig-Chance, am Ende doch diejenige welche zu sein«, entgegnete ich. »Das ist besser als nichts. Ich werde es einfach aussitzen. Und sag nicht immer der alte Knacker.«

Nun saß ich neben dem alten Knacker, den ich mit meiner unglaublichen Geduld erobern würde. Aber natürlich nicht nur. Es zuckte um meine Mundwinkel, als ich an die zwei kleinen Plastiktütchen dachte, die in meiner Kulturtasche steckten. Wenn es erst einmal zum Vollzug gekommen war, würde das Warten sich erledigt haben, da war ich mir sicher.

»Was ist?«, fragte Joachim und tätschelte mein Bein. »Warum lächelst du so?«

»Ach, ich freu mich einfach«, log ich. »Ich meine, dass es jetzt doch noch geklappt hat mit unserem kleinen Urlaub.«

Joachim fuhr sich zufrieden über seinen Bart. »Ja, war gar nicht so einfach, was? Aber wir haben's ja doch noch hingekriegt. Wo ein Wille, da ein Weg, harharhar.«

Joachim Wille war wieder obenauf, und doch sollte es das letzte Mal sein, dass ich diesen Spruch von ihm hörte.

In der Tat hat sich die Durchführung unseres kleinen Liebeswochenendes recht schwierig gestaltet. Dass Joachim mit mir wegfahren wollte, hatte ich ja bereits seit seiner ersten Nacht in Kroatien gehört. Doch als er wieder kam und dann endlich auch seine »Entscheidung« über unser aller Zukunft getroffen hatte, musste ich auf die Frankfurter Buchmesse, die wie in jedem Jahr Mitte Oktober stattfand. Vor der Messe hatte ich schrecklich viel zu tun und mir stand der Sinn nicht nach weiteren Treffen in meiner Wohnung. Außerdem war Lilli die ganze Zeit bei mir, weil sich Mr. X auf einer Geschäftsreise befand. Am späten Nachmittag taumelte ich aus dem Verlag, holte Lilli aus dem Kindergarten, wir spielten, aßen und guckten gemeinsam das Sandmännchen, und anschließend prüfte ich selbst abends im Bett noch Manuskripte aus dem Ausland, die ich mir auf meinen Sony-Reader überspielt hatte.

Die Verlegerin erwartete viel in diesen Tagen von ihrer kleinen Lektorentruppe, und sie hatte im ständigen Streben nach Effizienz beschlossen, dass jeder Mitarbeiter aus dem Lektorat so ein kleines Ding bekam, um auf diese Weise überall in der Lage zu sein, Manuskripte zu lesen und zu prüfen.

Auch wenn ich für meine Privatlektüre immer ein »richtiges« Buch bevorzuge (ich bin ein Freund schöner Buchumschläge und überdies jemand, der gerne kleine Eselsohren in die Seite kneift, wenn ihm eine Stelle besonders gut gefällt), so war dieses leichte Gerät doch für meinen Job ungemein praktisch.

Frankfurt war wie immer – aufregend, intensiv, ein bisschen überdreht und vollgestopft mit Terminen. Man arbeitete und trank sich durch vom frühen Morgen bis in den späten Abend – Kaffee, Kaffee, Kaffee, Wasser und Prosecco –, traf Leute, die man oft ein ganzes Jahr lang nicht gesehen hatte, und sprach nicht nur über Bücher, sondern auch über das Leben und über den neuesten Klatsch und Tratsch, tauschte Anekdoten und Fotos aus.

Entweder gehörte man zu jenen, die unentwegt an einem Tischchen saßen und redeten (Literaturagenten, Rechte- und Lizenzleute) oder zu jenen, die von Termin zu Termin hasteten, Handtaschen, Manuskripttaschen und eventuell auch noch Jacken, Mäntel, Schals durch die Gänge schleppten, stets Verspätung hatten und sich mit einem Stoßseufzer auf die angebotenen Stühle fallen ließen, um zu hören, welche neuen Bestseller in der *pipeline* waren. Zu dieser zweiten Großgruppe, die sich im Wesentlichen aus Lektoren und Verlagsleitern zusammensetzte, gehörte ich.

Die Welt der Bücher schien in dieser Woche voller ungeahnter Möglichkeiten, die großartigsten Projekte wurden vorgestellt und angefordert, und wenn man sich gar nicht mehr im Griff hatte und die Präsentation eines neuen Romans so überaus gelungen war, dass man meinte, ihn sofort lesen zu müssen, steckte man sich, falls vorhanden, direkt das Manuskript oder Leseexemplar in die Tasche (ein typischer Anfängerfehler!) und schleppte sich dann weiter durch die Hallen, die zunehmend von Butterbrot kauenden Schulklassen, grellbunt verkleideten Cosplayern und einer wogenden, bunte Tragetaschen sammelnden Besucherschar beherrscht wurde.

Kein Mensch wusste, was die Leute mit all den sperrigen Tragetaschen machen wollten, die sie wahllos mit Katalogen aller Art füllten – auf jeden Fall war man immer aufs Neue überrascht, wie viele Menschen sich doch noch für das so totgesagte Buch interessierten. So schlecht konnte es um unsere Kultur doch noch nicht bestellt sein.

Bisweilen war es fast unmöglich, in den kurzen Pausen, die wir zwischen unseren Terminen hatten, auf die Toilette zu kommen. Wenn ich die Riesenschlangen vor den Damenklos sah, besann ich mich auf meine starke Blase, drehte ab und zog heldenhaft weiter meine Bahn.

Egal, ob es einem gerade ausgezeichnet, so lala oder beschissen ging – die Messe ließ sich keiner entgehen, der in der Branche arbeitete. Alle kauften sich vor Frankfurt noch schnell irgendetwas zum Anziehen. Nur die Männer nicht, die gingen zum Friseur.

Und auch wenn manch einer den Glanz vergangener Jahre vermisste, in denen es noch die großen Empfänge und Galadiners in den Frankfurter Traditionshotels gegeben hatte, war es doch immer noch etwas Besonderes und mit nichts zu Vergleichendes, abends im Frankfurter Hof bei einer Margarita oder einem Gin Tonic abzuhängen und Teil dieser animierten, gut gekleideten Familie zu sein.

Als Joachim mir vorschlug, in der Messewoche doch einfach Urlaub zu nehmen und mit ihm nach Paris zu fahren, denn dann sei ja »eh nichts los im Verlag, weil alle in Frankfurt wären«, schaute ich ihn an wie einen, der den Verstand verloren hat. Mag sein, dass er ein hervorragender Gartenbauarchitekt gewesen war – von meiner Welt hatte er keinen Plan.

»Aber, Joachim, es ist *Buchmesse*!«, hatte ich gesagt. »Das geht überhaupt nicht.«

Mit anderen Worten – die Frankfurter Buchmesse war für uns unantastbar. Sie war der Höhepunkt des

Jahres. Sie war wie Weihnachten. Nur war sie weniger fromm und irgendwie sexy.

Selbst Anita Kaminski wurde nach ein paar Gläsern Prosecco am Best & Seller-Stand erträglich und lachte sogar über eine kleine Geschichte, die ich zum Besten gab. Und auch unsere bodenständige Verlegerin bekam etwas Flirrendes, Übermütiges. Ihre Augen funkelten hinter der rotumrandeten Brille und sie wedelte mit ihrem neuen bunten Seidenschal durch die Luft.

Man munkelte etwas von einem großen Deal, den sie getätigt haben sollte, aber keiner wusste Genaues.

Am letzten Messetag glaubte ich auf einer hoffnungslos überfüllten Rolltreppe ein gutes Stück über mir den Mann zu sehen, den ich im Geiste immer noch Napoleon nannte. Er schaute einen Augenblick zur Seite und scherzte mit einem älteren Herrn, der aussah wie Winston Churchill. Dann drehte er sein Gesicht wieder nach vorn.

Ich hätte mich gern bemerkbar gemacht, aber dummerweise hatte ich den richtigen Namen meiner liebenswerten Buffetbekanntschaft vergessen. Und über die ganze Menschenmasse hinweg lauthals »Napoleon, Napoleon!« zu rufen, schien mir dann doch ein wenig zu unkonventionell.

Als ich oben ankam, schaute ich mich noch einmal nach ihm um, aber Napoleon war in der Menge verschwunden. Lächelnd schüttelte ich den Kopf und setzte meinen Weg ins Agent Center fort. Und als ich nach meinem Termin wieder zu unserem Stand zurückkehrte, war ich mir sicher, dass ich mich getäuscht hatte.

Trotz wenigem Schlaf und vieler Termine war die Buchmesse wie immer ein großer Spaß gewesen. Und wie immer wurden fast alle anschließend krank. Auch ich. Deswegen fiel Paris erst einmal ins Wasser. Und alles andere auch.

Ich lag mit 39 Grad Fieber im Bett, ließ mich von meiner Mutter pflegen, dachte an die kleinen Plastiktütchen in meiner Wäscheschublade und übte mich in Geduld.

So war es schließlich Ende Oktober geworden, doch nun, an diesem letzten Wochenende eines wahrhaft goldenen Herbstes, stand dem lang herbeigesehnten Kurzurlaub nichts mehr im Wege.

Mr. X war mit seiner neuen Freundin auf Mallorca, »noch ein bisschen Sonne tanken, nach all dem Stress«, wie er mir gesagt hatte, und so hatte ich Johanna gefragt, ob Lilli eventuell zu ihr kommen könne? Ich hatte Glück.

»Ja, klar«, sagte meine Freundin. »Paul ist eh nicht da, und eigentlich sollte am Wochenende ein Freund von Philipp zu uns kommen, aber der hat jetzt die Masern.«

So war Lilli bei Johanna und konnte ein ganzes langes Wochenende mit ihrem liebsten Freund Philipp spielen, der sogar ein neues Fahrrad hatte, das man ausprobieren wollte.

Und selbst mein alter Volvo, mit dem wir letztlich losgefahren waren, weil Joachims Frau ausgerechnet an diesem Wochenende überraschend den BMW benötigte, schnurrte ohne zu mucken die Autobahn entlang. Vier Tage Paris lagen vor uns. Der Himmel schien uns gewogen, und in der Ferne zeichnete sich ganz zart die Silhouette des Eiffelturms ab.

28

Die ganze Zeit überlegte ich, wann der geeignete Moment gekommen war, um über den delikaten Inhalt der Plastiktütchen in meiner Kulturtasche zu sprechen. Von der ursprünglichen Idee, die blauen Pillen einfach irgendwo unterzumischen, war ich abgekommen. Das machte das Vorhaben nicht einfacher.

Am ersten Abend in unserem klaustrophobisch kleinen, dafür recht pompösen Zimmerchen in der Rue Bonaparte ließ sich Joachim krachend aufs Bett fallen. »Bin schlagkaputt«, sagte er.

Nach unserer Ankunft in Paris hatten wir einen ausgiebigen Rundgang durch Saint-Germain gemacht und schließlich in einem kleinen Bistro an der St.-Sulpice-Kirche etwas gegessen.

Als Joachim gut gelaunt die dritte Karaffe Rotwein bestellte, sah ich mein Körpererweckungsprojekt gefährdet. Zum einen war es nicht von Vorteil, Medikamente dieser Art mit Mengen von Alkohohl zu sich zu nehmen, zum anderen machte zu viel Rotwein müde.

Die Worte Ton van der Laans kamen mir wieder in den Sinn, als ich zwei Stunden später vor dem *grand lit* stand, auf dem Joachim es sich schon gemütlich gemacht hatte.

Ich blieb in meinem kurzen roten Samtkleid stehen, unter dem sich farblich passende Dessous verbargen, und wartete.

»Na, was ist, Prinzessin?«, sagte der väterliche Freund und klopfte mit der Hand auf die Matratze. »Kommst du nicht ins Bett?« Er lächelte, dann gähnte er herzhaft.

So hatte ich mir unseren ersten Abend in Paris eigentlich nicht vorgestellt. Wusste Joachim denn nicht, dass Prinzessinnen, die sich auf Liebesurlaub in Paris befinden, ausgezogen werden möchten?

Nein, er wusste es nicht. Oder er hatte es vergessen.

Leicht verstimmt ging ich ins Bad, streifte mir die schöne weinrote Unterwäsche ab und zog mein Nachthemd an. Ich schlüpfte zu Joachim ins Bett und kuschelte mich an ihn.

»Bist du wirklich schon so müde?«, fragte ich und biss in sein Ohrläppchen.

»Hmmhmm«, brummte er und gab mir einen kleinen Kuss. »Weiß auch nicht, aber die Fahrt und dann das ganze Pflastertreten …«

»Ich hätte nämlich noch eine Überraschung für dich«, schnurrte ich und drückte mich enger an ihn.

Er strich mir ein paar Mal über den Rücken. »Ach, meine Süße«, sagte er. »Überraschung lieber morgen, ja?«

Wenige Minuten später war er eingeschlafen. Ich zog an der Goldkette der Schirmlampe, die auf meinem Nachttisch stand, und lauschte auf ein zufriedenes Schnarchen, das an meiner Seite ertönte.

Durch das hohe weiße Fenster, dessen dunkelblaue Gardinen nicht ganz zugezogen waren, fiel ein fahles Licht. Ich sah wieder die schmale Silbersichel des Mondes, wie vor vielen Wochen, als ich Joachim das erste Mal im Schatten eines riesigen Magritte-Baums geküsst hatte.

Das Schnarchen neben mir wurde lauter. Ich stupste Joachim an und für einen kurzen Augenblick wurde es ruhig. Aber nur für einen kurzen Augenblick.

Seufzend stieg ich aus dem Bett und ging ins Bad. Nachdem ich einmal auf Fuerteventura in einem Hotel gewohnt hatte, das gegenüber einer Baustelle lag, verreiste ich nie mehr ohne meine Ohrstöpsel. Ich kramte in meiner Kulturtasche nach der Schachtel, sie lag direkt neben den Plastiktütchen mit der Wunderdroge.

Das Leben hatte viele Facetten und ich war nicht völlig humorfrei. Morgen war schließlich auch noch ein Tag.

»Oh, mein Gott! Ist denn ganz Paris ein einziges Schuhgeschäft?«

Wir befanden uns auf dem Weg ins Musée National du Moyen Âge, wo Joachim sich unbedingt »Die Dame mit dem Einhorn« anschauen wollte. Er sei schon immer von diesen großartigen Wandteppichen begeistert gewesen, hatte er mir beim Frühstück erzählt, das wir, ganz französisch, im Bett eingenommen hatten.

Der Mann neben mir wirkte unglaublich ausgeschlafen und hatte mich schon früh am Morgen mit Küssen geweckt, die er, nachdem er mir das Nachthemd hochgeschoben hatte, überallhin platzierte.

Ich ließ es kichernd und seufzend geschehen, und noch bevor uns der erste Milchkaffee von einer dunkelhäutigen Turbanfrau auf einem silbernen Tablett ins Zimmer gebracht worden war, waren heftige und für beide Seiten befriedigende Zärtlichkeiten ausgetauscht worden, wenngleich mit den bekannten Einschränkungen. Aber das sollte sich ja nun bald ändern.

»Jetzt weiß ich, warum man Paris die Stadt der Liebe nennt«, rief Joachim, als er sich im Bad gut gelaunt Tonnen von Aftershave ins Gesicht spritzte.

Einige Stunden und fünf Schuhgeschäfte später war mein Liebster nicht mehr ganz so gut gelaunt. »Ich geh da jetzt nicht mehr mit rein, mach, was du willst«, erklärte er trotzig und baute sich mit verschränkten Armen mit dem Rücken zum Schaufenster auf.

Konnte ich wissen, dass uns der Weg zum Museum an so vielen hübschen Geschäften vorbeiführen würde? Ich war das letzte Mal als Studentin in Paris gewesen und da trieb man sich eher aus anderen Gründen im Quartier Latin herum und war dankbar, wenn man für ein paar Francs einen halben Liter Wein und ein platt geklopftes *steak frites* ergatterte und allenfalls noch eine Miniaturausgabe des *Tour Eiffel.*

Für mich war es ein Glückstag heute, und je weiter ich mich von meiner Bank in Köln entfernte, desto besser sah mein Konto aus. An meinem Arm baumelten vier verschiedene Tüten, allerliebst mit farblich passenden Schleifen zugebunden. Ich war im Rausch der schönen Dinge, und Paris war eindeutig die Stadt der Frauen. Ich ließ den grimmig dreinschauenden Joachim auf der Straße stehen.

»Komm, sei kein Spielverderber!«, rief ich, die Türklinke schon in der Hand. »Nur noch diese hier will ich mir anschauen! Sind die nicht der Hammer?« Ich deutete auf ein Paar dunkelrote Lackschuhe, die wie Prada aussahen, aber längst nicht so viel kosteten.

Joachim würdigte die Schaufensterauslage keines Blickes.

»Na gut, ich mach auch ganz schnell!«

Vierzig Minuten später war ich wieder auf der Straße, meine Tütenansammlung war um eine weitere angewachsen, diesmal eine altrosafarbene Papiertüte, auf der die weiße Silhouette eines spitzen Damenschuhs gezeichnet war. Wunderbar!

Auch das Museum war sehr schön. Vor allem besserte sich die Laune meines Begleiters erheblich, und nachdem er im Museumsshop ein paar Bücher über die Geschichte der geheimnisvollen Wandteppiche erworben hatte, gingen wir Arm in Arm den Boulevard entlang, so wie man in Paris gehen sollte als Mann und Frau.

Nach einem Mittagessen, bestehend aus einem schmackhaften Huhn mit Chicorée-Gemüse, einem *assortiment du fromage* mit knusprigem Baguette und einigen Gläsern Weißwein (!), gingen wir lachend und leicht beschwipst den Weg zu unserem kleinen Hotel zurück. Joachim legte den Arm um mich, ließ seine Hand auf die Rückseite meiner Jeans wandern und drückte ein paar Mal kräftig zu.

»Und jetzt machen wir eine kleine Siesta, was, mein Mädchen?«, sagte er, und ich beschloss, dass nun der richtige Zeitpunkt gekommen war. Die Liebe am Nachmittag hat ja auch viel Schönes.

»Du … Joachim?«, sagte ich, als wir wieder in unserem Zimmer waren.

»Ja?« Joachim hatte seine Barbourjacke an den Haken gehängt und fing an, sich sein blaues Hemd aufzuknöpfen.

»Ich … ich muss dir was sagen.« Ich wurde rot.

Joachim sah mich aufmerksam an. »Oh, nein«, stieß er dann aus. »Jetzt sag nicht, dass du … dass du … deine Dingsda … äh … hast.«

Ich schüttelte den Kopf und setzte mich aufs Bett. Er setzte sich neben mich. »Was ist es dann? Lass mich raten. Bekommst du ein Kind von mir?«

Entgeistert starrte ich ihn an. »Soll das ein Witz sein?«, sagte ich.

Hatte dieser Mann Alzheimer? Bei aller Liebe musste er doch bemerkt haben, dass es zwischen uns bisher zu nicht mehr gekommen war, als sich auf den Autorücksitzen amerikanischer College-Schüler abspielte. »Wir haben doch noch nie richtig zusammen geschlafen.«

»Was heißt schon richtig«, brummelte er gekränkt. »Du bist doch wohl auf deine Kosten gekommen, was?«

»Ja, ja, natürlich«, beeilte ich mich zu sagen. »Aber weißt du … also ich meine … es wäre doch schön … und irgendwie gehört es doch auch dazu, dass man … dass man … so als Mann und Frau, meine ich …« Ich brach ab und holte tief Luft.

»Ich habe Viagra dabei.«

»Was?!« Joachim riss seine Augen erstaunt auf.

»Ja. Findest du das jetzt schlimm?«, fragte ich und knetete verlegen meine Hände. »Hast du nie selbst schon mal daran gedacht?«

Er schwieg einen Moment. Dann stieß er einen ungläubigen Lacher aus und fing sich wieder. »Na, dann lass mal sehen«, sagte er.

Ich eilte ins Badezimmer und riss eines der Plastiktütchen aus der Kulturtasche. »Hier«, sagte ich und hielt Joachim meine ausgestreckte Hand entgegen. Interessiert besah er sich die rhombenförmige blaue Pille.

»Hmm«, brummte er unschlüssig und fuhr sich über den Bart. »Ich hab das noch nie gemacht. Ich meine, gekokst haben wir ja früher alle. Und gesoffen, meine Güte, was haben wir gesoffen. Erst wie ein Hund gearbeitet und dann ab zehn Uhr Party. Wir haben damals noch *gefeiert*, weißt du?« Er verlor sich einen Moment in Erinnerungen an seine glanzvollen Zeiten als Jungunternehmer. Dann nahm er die Pille in die Hand und drehte sie hin und her.

»Kann man die denn einfach so nehmen? Ich meine, muss da nicht ein Arzt …«

»Nur wenn man herzkrank ist«, unterbrach ich ihn schnell. »Und du bist doch kerngesund, oder?«

Joachim nickte gewichtig. »Das will ich wohl meinen. Fast vierundsechzig und fit wie ein Turnschuh«, erklärte er stolz. »Hab neulich erst noch so einen Test in der Apothekerzeitschrift gemacht – mein biologisches Alter liegt bei knapp fünfzig.«

Er starrte auf die blaue Pille. »Ob das denn wohl wirkt?«

»Ja … klar«, sagte ich. »In Amerika schlucken das alle Rentner. Das wird ja wohl einen Grund haben.« In der Packungsbeilage hatte ich gelesen, dass sogar schon die Hälfte einer Tablette wahre Wunder bewirkte.

»Is ja 'n Ding!« Joachim schüttelte den Kopf.

»Weißt du was, wir teilen uns einfach eine Tablette. Und im schlimmsten Fall sterben wir dann beide den Liebestod.«

Joachim grinste und nickte. Mit einem Mal konnte es ihm gar nicht schnell genug gehen. »Nun mach schon, gib her«, sagte er, während ich wie die Hohepriesterin eines sonderbaren Fruchtbarkeitsrituals auf dem Bett kniete und versuchte die blaue Rhombe mit meinem Schweizer Taschenmesser (wie gut, dass ich immer eins in der Handtasche hatte!) zu zerteilen.

Wir sahen uns an, nahmen unsere Wassergläser und schluckten jeder eine Hälfte der Wunderpille.

Dann zogen wir uns aus und setzten uns nebeneinander ins Bett.

Draußen vor dem Fenster zog ein sonniger Pariser Nachmittag vorbei. Ich trank noch ein Glas Wasser, dann trank Joachim noch ein Glas Wasser. Dann warteten wir weiter und konzentrierten uns auf unser Basis-Chakra. Ein indisches Ashram war nichts dagegen.

Draußen hupte ein Auto.

»Und – merkst du schon etwas?«, fragte ich.

Joachim schüttelte den Kopf und sah an sich herunter.

»Nein. Und du?«

Ich schaute auch an mir herunter, obwohl es da erfahrungsgemäß nicht so viel zu sehen gab. »Nö«, sagte ich. »Mir wird nur grad ein bisschen warm.« Ich hatte keine Erkundigungen darüber eingeholt, ob Viagra auch bei Frauen eine Steigerung der Potenz bewirkte und wie sich das bemerkbar machte. Ich hatte das Gefühl, dass das Blut in meinem Körper etwas schneller zirkulierte, und ein angenehmer Schwindel hatte mich erfasst, aber das konnte auch am Weißwein liegen. Und dann merkte ich plötzlich, dass meine Blase stärker drückte als sonst, aber das war nicht nur ein Gefühl, ich musste dringend auf die Toilette.

»Ich muss mal eben«, sagte ich und ging ins Bad.

Als ich an der altmodischen Kette mit dem weißen Porzellangriff zog, die neben der Toilette herunterbaumelte, und das Wasser unter mir in die Schüssel rauschte, hörte ich Joachim laut stöhnen.

»Oh Gott«, stieß er hervor. »Oh mein *Gott*!«

Ich glaube, so schnell war ich noch nie in meinem Leben von einer Toilette aufgesprungen. Joachim hatte eine Herzattacke! Er verendete in einem Pariser Hotelbett, während ich auf der Toilette saß. Er starb nicht mal in meinen Armen. Ich schrie entsetzt auf.

Ich musste die Ambulanz rufen, sofort, *vite*, *vite*, und was hieß »Notfall« auf Französisch? In wilder Panik und nackt wie Gott mich schuf, stieß ich die dünne Holztür des Badezimmers auf und stürmte ins Schlafzimmer.

»Was ist passiert, Joachim, oh, mein Gott, sag etwas, geht's dir gut?«, schrie ich aufgeregt. Und dann blieb ich wie angewurzelt vor dem französischen Bett stehen.

»Guck mal«, sagte Joachim lächelnd und senkte den Blick nach unten. Ehrfürchtig schauten wir auf das Wunder von Saint-Germain, das sich zwischen seinen Oberschenkeln manifestierte, und vergaßen eine Weile zu sprechen.

Dort, wo sich seit Jahren nichts geregt hatte, ragte ein kleiner, solider Eiffelturm in die Höhe. Und wenn es auch nicht der Turm von Paris war und auch nicht aus Stahl und Beton, sondern aus Fleisch und Blut, so war es doch ein wehrhafter Turm der Männlichkeit.

Ich setzte mich auf die Bettkante und fasste ihn vorsichtig an. »Wow«, sagte ich leise.

»Da staunst du, was?« Joachim konnte seinen Blick kaum lösen. »Meine Güte«, sagte er und schüttelte leicht den Kopf. »Du hast mir meinen Körper zurückgegeben. Ist das nicht einfach unglaublich?« Er starrte sein bestes Stück an, das weiterhin zum Himmel zeigte. Dann zog er mich mit einem wahren Brunstschrei zu sich herunter und wälzte sich über mich.

»Jetzt wirst du den alten Wille mal so richtig kennenlernen«, kündigte er an, drückte seinen Mund auf meine Lippen und bahnte sich ungestüm den Weg zwischen meine Schenkel.

»Oh, Gott … oh, Gott … *oh, Gott!*«, stöhnte Joachim. Er hielt abrupt in der Bewegung inne und fiel wie ein gekentertes Boot zur Seite.

Das Stöhnen hörte gar nicht mehr auf, und ich lauschte überwältigt. Nicht dass *ich* wahrhaft überwältigt gewesen wäre, es war ein eher kurzes Vergnügen gewesen. Aber, Junge, Junge, *so* laut hatte noch kein Mann beim Liebesakt mit mir gestöhnt – vor allem nicht danach.

Allerdings war mir – seit wir in Paris angekommen waren und sprichwörtlich auf engstem Raum zusammenwohnten – etwas aufgefallen, das ich sonst nicht bemerkt hatte.

Joachim machte Geräusche.

Egal, ob er schlief, ob er sich die Schuhe zuband, die Zähne putzte, ob er aufstand, sich wusch oder sich einfach nur hinsetzte. Stets waren seine Aktionen mit Lautäußerungen verbunden, für die man nicht immer die geeigneten Worte fand. Schnaufen, Ächzen, Prusten, Pusten, Gurgeln, Stöhnen, Räuspern, Zischen, geräuschvolles Einatmen und Ausatmen, orkanartiges Niesen. Joachim konnte nichts leise tun. Der Raum um ihn herum war erfüllt von Geräuschen. Und nun stöhnte er wie von Sinnen.

Mag sein, dass dieses Viagra den Moment höchster Lust irgendwie verlängerte. Schade nur, dass es bei mir gar nicht erst dazu gekommen war. Ich gehöre gewiss nicht zu jenen Frauen, die den Liebesakt in Symphonielänge haben müssen, aber ein paar Minuten mehr wären doch auch für mich ganz schön gewesen.

»Oh, mein Gott … oh, mein *Gott*!«, stöhnte es wieder neben mir, und es klang in meinen Ohren fast wie ein Schmerzensschrei.

Nun ja, jeder äußert sich anders in der Liebe, der eine ist ein stiller Genießer, der andere macht seinen Gefühlen laut und animalisch Luft. Ich schmunzelte. Immerhin – die blaue Wunderpille hatte den Vollzug zum ersten Mal möglich gemacht. Und wie es aussah, war der stöhnende Mann neben mir von körperlichen Emotionen geradezu überschwemmt. Dieses Wochenende in Paris würde er sicherlich nie vergessen. Ich lächelte zufrieden.

Joachim wälzte sich zu mir herum, stemmte sich eine Hand in die Hüfte und stöhnte abermals. »Fritzi«, keuchte er und im Halbdunkel des Zimmers konnte ich sein hochrotes noch immer von Lust verzerrtes Gesicht erkennen.

Ich lächelte wie Circe.

»Oh, Gott … Fritzi«, stieß er wieder hervor. »Mein Rücken!«

29

Auf dem kleinen Kissen, das immer auf dem Sofa meiner Großmutter lag, konnte man den folgenden Spruch lesen, der mit rotem Garn in akkuratem Kreuzstich eingestickt war:

Hört, liebe Kinder, meinen Rat, und nehmt ihn euch zu Herzen.

Die Freuden, die man übertreibt, verwandeln sich in Schmerzen.

Ich wusste nicht, warum mir dieser sinnige Spruch nach vielen, vielen Jahren, in denen ich nie mehr an das Sofakissen meiner Großmutter gedacht hatte, in diesem Moment wieder einfiel.

Oder vielleicht wusste ich es doch.

Vor mir, auf dem einzigen hölzernen Stuhl, den das kleine Hotelzimmer in der Rue Bonaparte zu bieten hatte, saß Joachim Wille und sah mich mit schmerzverzerrter Miene an. Er trug jetzt einen blauen Frottee-Bademantel, was die Situation aber auch nicht wirklich besser machte.

Inzwischen war es neun Uhr abends. Nach dem dramatischen Höhepunkt des Nachmittags, der leider – und wie sich erst im Verlauf der darauffolgenden Minuten herausstellte – auch für den Mann, dem ich seinen Körper wieder gegeben hatte, keineswegs ein orgiastischer Höhepunkt gewesen war, hatte Joachim sich mühsam und in vielen kleinen Etappen aus dem Bett gequält, um ein paar Schritte im Zimmer auf und ab zu gehen. Es war mehr ein Drehen als ein Gehen, das Zimmer war, wie bereits erwähnt, sehr klein, und so hatte ich Joachim, der sich schwer auf mich stützte, nach unten geleitet und war mit ihm einige Male die Rue Bonaparte auf und ab gegangen.

Das beste Mittel gegen Hexenschuss sei »gehen, gehen, gehen«, hatte der Schmerzpatient gesagt und hinzugefügt, der größte Fehler, den die anderen Dummköpfe alle machten, sei es, im Bett zu liegen oder sich in einem weichen Sessel zu vergraben.

Also marschierten wir Schrittchen für Schrittchen, manche Passanten warfen uns mitleidige Blicke zu. Ein Handy klingelte. Es war Joachims Handy. Unwirsch fischte er es aus seiner grünen Barbourjacke und warf einen Blick auf das Display. »Jetzt nicht!«, brummte er dann und steckte sein Blackberry wieder weg.

Eine Viertelstunde später, wir waren bereits zum dritten Mal bis zum Boulevard Saint-Germain hoch gelaufen und wollten gerade wieder umkehren, klingelte das Handy erneut. Joachim seufzte. Dann nahm er das Gespräch an.

»Ja, ich höre«, sagte er. Eine Frauenstimme, die so laut in den Hörer schrie, das selbst ich es mitbekam, meldete sich.

»Du … ich kann jetzt nicht … ich ruf dich später zurück, ja?«, sagte Joachim und seine Miene wurde wenn möglich noch verdrießlicher.

Es quakte unentwegt am anderen Ende der Leitung.

»Ja, ja, bin gut angekommen, alles bestens.« Ich spürte, dass er nicht frei sprach und dass das irgendwie etwas mit mir zu tun hatte.

»Ja. Nein. Läuft alles gut. Aber jetzt ist es gerade schlecht. Bis später dann.«

Läuft alles gut? Mit wem hatte er da gesprochen? Es klang irgendwie beruflich, zumindest, was die Wortwahl betraf. Wir gingen schweigend ein paar Schritte und Joachim ächzte leise.

Dann musste ich die Frage doch stellen.

»Wer war das?«

Er winkte unwirsch ab. »Ach … Bettina. Ich hatte versprochen, mich heute mal kurz zu melden. Hab's dann vergessen – kein Wunder, bei dem, was alles so passiert ist.« Er lächelte schief. »Aber zumindest der Anfang war ja recht vielversprechend, was?«

Ich nickte und versuchte auch zu lächeln. Meine Güte, konnte Madame Tai-Chi uns nicht mal die paar Tage in Ruhe lassen? Musste jetzt auch noch ständig telefoniert werden?

»Na ja, jetzt weiß sie es ja«, sagte ich.

»Was?« Er blickte mich irritiert an.

»Na, dass du gut in Paris angekommen bist. Dass *wir* gut in Paris angekommen sind. Obwohl wir mit meinem alten Klapper-Volvo gefahren sind.« Inzwischen war mir völlig klar, dass Madame Tai-Chi ihrem Mann den BMW an diesem Wochenende abspenstig gemacht hatte, um uns Steine in den Weg zu legen. Aber wo ein Wille, da ein Volvo, ha, ha, ha! Ich hakte mich fürsorglich wieder bei Joachim unter. »Musst du denn jetzt wirklich noch mal anrufen?«

»Nur ganz kurz«, sagte Joachim. »Bettina macht sich doch immer solche Sorgen, wenn ich mit dem Auto unterwegs bin.«

Nachdem der Spaziergang keine wesentliche Erleichterung brachte und ich in einer Apotheke noch ein riesiges Wärmepflaster für Joachims armes Kreuz gekauft hatte, waren wir wieder in unser Zimmer zurückgegangen. Seither saß Joachim angespannt und aufrecht wie ein Brett auf seinem harten Holzstuhl, auf dem er auch die Nacht zu verbringen gedachte.

Ich hatte selbst schon ein paar Mal einen Hexenschuss gehabt und wusste, wie schmerzhaft das war. Trotzdem war es erschreckend mit anzusehen, wie mein dynamischer Privatier Stunde um Stunde alterte. War er vor wenigen Stunden noch ein junger Gott gewesen, ein Mann in den besten Jahren mit einem biologischen Alter von schätzungsweise Anfang fünfzig, so hatten wir inzwischen gefühlte dreiundneunzig Jahre erreicht.

Ich musste an die Leute aus Shangri-La denken, jener sagenumwobenen tibetanischen Stadt, in der man nicht alterte, es sei denn, man verließ sie. Dann zerfielen die Menschen und wurden zu bröselnden Mumien.

»Wie geht es denn?«, fragte ich mitfühlend.

»Frag doch nicht jede halbe Stunde, wie's mir geht.«

Hatte ich erwähnt, dass Schmerzen und Übellaunigkeit Hand in Hand gingen?

»Mir geht es miserabel«, knurrte er. »Die Nacht kann ja heiter werden.«

Das allerdings befürchtete ich auch.

»Hilft denn das Wärmepflaster gar nicht?«

»Ach, was weiß ich. Ja, vielleicht ein bisschen.«

»Vielleicht kannst du später noch eine Schmerztablette nehmen.«

»Ja, ja.«

Ein durchdringender Klingelton ließ uns beide zu der Barbourjacke blicken, die unschuldig an ihrem Haken hing.

Joachim stöhnte.

»Soll ich dir dein Handy bringen?«, fragte ich, wohl wissend, dass dies nicht erwünscht war.

»Nee, lass mal, ich kann jetzt nicht telefonieren«, sagte er.

Irgendwann hörte das Klingeln auf.

»Ich hab Hunger«, sagte Joachim. »Kein Wunder, wir haben ja seit heute Mittag nichts mehr gegessen.«

Das Gute an Paris ist, dass man Tag und Nacht etwas zu essen bekommen kann. Die meisten kleinen Lebensmittelgeschäfte haben noch bis zehn Uhr abends auf, manchmal sogar länger.

»Ich kann uns doch etwas holen«, sagte ich, denn auch mein Magen fühlte sich ziemlich leer an. »Einfach ein bisschen Baguette und Käse und Salami, ein Stück Butter, eine Flasche Wein – wie findest du das?«

»Klingt gut«, sagte er.

Als ich unten die schmiedeeiserne Gittertür des winzigen Aufzugs aufstieß und auf die Straße trat, hatte ich Glück. Gleich um die Ecke vom Hotel befand sich ein Feinkostladen, in dem ich alles bekam, was für einen französischen Abend in einem Hotelzimmer vonnöten war. Ich entschied mich – was sollte der Geiz! – für Champagner, Kaviar und Gänseleberpastete und hoffte, dass es Joachim bald wieder besser ging und die Schmerztabletten rasch wirkten. So oft kam ich auch nicht mit einem Mann nach Paris und unser verheißungsvoller amouröser Neustart sollte doch möglichst bald fortgesetzt werden.

Wenige Minuten später war ich wieder in der Eingangshalle und drückte ungeduldig auf den Aufzugknopf, doch es war zu spät, der Aufzug war gerade wieder nach oben gerattert, und so nahm ich die Treppen bis in den vierten Stock und war ganz schön außer Atem, als ich vor unserer Tür ankam und verwundert innehielt.

Drinnen hörte ich Stimmen. Nein, drinnen hörte ich *eine* Stimme. Es war die von Joachim, der nichts wirklich leise tun konnte, auch nicht telefonieren.

»Meine Güte, Mausi, jetzt reg dich doch nicht so auf … Jaha, ich weiß, dass ich es gesagt habe, aber dann hab ich es einfach vergessen.«

Mausi? Offenbar hatte Joachim die Gelegenheit genutzt und war vom Stuhl gesprungen, sobald ich das Zimmer verlassen hatte, um mit seiner Frau zu telefonieren.

»Ne, die Unterkunft ist gut, wir können nicht klagen … Die Matratzen sind ein bisschen zu weich, ich spür's heute echt im Rücken.« Er stöhnte ein bisschen. »Ja, danke. Bin froh, wenn ich wieder zu Hause auf meiner Latexmatratze liege.«

Erkundigte sich Madame Tai-Chi jetzt nach dem Komfort *unserer* Hotelmatratzen? Wie war die denn drauf?

»Bernd geht's gut«, sagte Joachim jetzt. »Eben als du anriefst, waren wir grad beim Abendessen. Münster ist ein nettes Städtchen. Da sollten wir auch mal hinfahren.« Er lachte wohlgefällig.

Er *lachte*! Offenbar hatte der Patient seine schlimmen Rückenschmerzen für den Moment vergessen! Aber wieso Münster? Und wer war Bernd? Auf jeden Fall hatten wir nicht gegessen, als seine Frau eben anrief. Unser Abendessen trug ich nämlich in einer weißen Papiertüte mit mir herum.

»Den Bernd hab ich heute ganz schön abgezogen. Hab ihm die Dame gleich zu Anfang abgeknöpft.«

Die Dame? Das war mein Stichwort. Ich riss die Tür mit einem Ruck auf und rief mit lauter Stimme: »Hier kommt Rotkäppchen mit dem Abendessen, mein Schatz! Champagner, Kaviar und Gänseleberpastete. Das wird dich wieder in Schwung bringen. Wir machen jetzt ein Liebes-Picknick in unserem schönen großen Bett!«

Natürlich machten wir kein Liebes-Picknick im Bett. Joachim fiel vor Schreck sein Blackberry aus der Hand, als er mich laut rufend ins Zimmer stürmen sah, und bevor er sich noch nach dem Gerät bücken konnte, hatte ich es schon vom Boden gefischt.

»'allo, 'allo?! 'ier ist Fritziii, *la petite aimée de votre mari*«, säuselte ich mit erboster Fröhlichkeit in den Hörer. »Wir sind in Paris – oh là là! Aber machen Sie sisch keine Sorgen, Ihr Ehemann ist bei mir in guten 'änden. Ende der Durchsage.«

Ich schaltete das Handy aus, setzte mich in den Sessel und starrte Joachim an, der kreidebleich auf seinem Stuhl hockte. Selbst wenn er keinen Hexenschuss gehabt hätte, hätte er diese Nacht nun im Sitzen verbringen müssen.

»Das hättest du nicht tun dürfen«, sagte er anklagend.

»Das hätte ich nicht tun dürfen?« Ich starrte ihn an wie ein Insekt. »Ich fass das jetzt mal kurz zusammen: Du belügst deine Frau, und ich bin schuld?« Ich wartete schweigend. »Nun, weißt du, man muss nicht Miss Marple sein, um hier die richtigen Schlüsse zu ziehen.

Mir erzählst du, dass deine Frau weiß, dass wir in Paris sind. Und deiner Frau erzählst du, dass du mit irgend so einem Bernd auf einem Schachturnier in Münster bist, richtig?«

»Bitte, Fritzi!« Er schenkte mir einen leidenden Blick. »Es ist nicht so, wie du denkst.«

»So? Wie ist es denn dann?«

»Bettina ... Sie ... Sie weiß wirklich von dir. Ich habe ihr alles von uns erzählt.«

Ich zog spöttisch die Augenbrauen in die Höhe. »Ach ja, hast du das, du Held? *Natürlich* hast du ihr alles von uns erzählt! Sie hat ja schließlich meine Nachrichten auf deinem Handy gefunden, schon vergessen?«

»Du weißt nicht, wie sie ist, Friederike. Wenn ich in der letzten Zeit zu dir gefahren bin und sie das wusste, dann ... dann ist sie immer so in der Tür gestanden wie ein verlorenes Waisenkind.«

Seine Augen schimmerten verdächtig. Er würde doch jetzt wohl nicht anfangen zu heulen. »Ich wollte ihr das mit Paris sagen, ich wollte es *wirklich*. Aber dann ... ich meine, *Paris*! Das ist schon hart für eine Ehefrau. Ich will ja auch nicht grausam sein.«

»Dann sei es auch nicht!«, schrie ich. »Dieses Hin und Her hängt mir allmählich zum Halse raus. Keiner zwingt dich, deine Frau zu betrügen!«

»Okay, okay.« Er hob abwiegelnd die Hände. »Ich bring es wieder in Ordnung, Fritzi, ich versprech's dir. Es war doch heute gerade so schön mit uns ... Bitte, ich liebe dich ... jetzt umso mehr.« Er versuchte aufzustehen und ließ sich laut stöhnend wieder auf den Stuhl sinken. »Oh, mein Gott, mein Rücken!«

»Bleib sitzen, Idiot!« Ich atmete ein paar Mal heftig ein und aus. Dann stand ich auf und köpfte die Champagnerflasche. Ich goss uns beiden ein und reichte dem verdutzten Joachim sein Glas.

»Dann trinken wir doch mal auf dieses schöne Wochenende in Paris«, sagte ich. »Und auf alle Männer, die sich nicht entscheiden können. Weil sie nicht *grausam* sein wollen.«

Ich stellte die Tüte mit den Leckerbissen auf das Schreibtischchen, neben dem sein Marterstuhl stand, brach mir ein Stück Baguette ab, bestrich es dick mit Butter und löffelte etwas von dem Kaviar. Schließlich sollte nicht alles umsonst gewesen sein. Es war halb zehn, und nach dem dritten Glas Champagner wünschte ich dem leise stöhnenden Mann auf dem Stuhl eine gute Nacht, legte mich ins Bett und löschte das Licht. Im Moment konnte ich keinen klaren Gedanken mehr fassen. Ich war mit einem Mal unglaublich müde und schlief erstaunlicherweise sofort ein.

30

Es ist mir nicht völlig unbekannt, dass ein Unglück selten allein kommt. Wenn die Waschmaschine ausläuft, gibt auch die Spülmaschine gern ihren Geist auf, und dann vertritt man sich auf dem Bürgersteig und bricht sich völlig unnötigerweise auch noch den Fuß.

Das ist alles schon schlimm genug, aber dann gibt es diese Bedeutungsfanatiker, die behaupten, so etwas passiere *nie* aus Zufall, sondern habe *immer* seinen tieferen Sinn.

Ich gestehe, dass ich mich mit dieser Sicht auf die Dinge etwas schwer tue, und so erschloss sich mir der Sinn dessen, was nach dieser – von Champagner und Kaviar mal abgesehen – völlig verunglückten Nacht passierte, erst sehr viel später.

Als ich am nächsten Morgen die Augen aufschlug, saß Joachim immer noch leidend auf seinem Stuhl, er war sozusagen Teil desselben.

Er sei schon lange wach, sagte er Mitleid heischend, besser gesagt, er habe kein Auge zugetan, aber er habe sich nicht getraut, mich zu wecken, weil ich so friedlich geschlafen hätte.

Ich setzte mich auf und warf einen Blick auf die Armbanduhr. Es war halb zehn. Ich hatte zwölf Stunden geschlafen! Das war mir seit Lillis Geburt nicht mehr passiert.

»Soll ich Frühstück bestellen?«, fragte ich gnädig und Joachim nickte dankbar.

Ich biss gerade in mein Croissant, fegte ein paar Krümel von der Bettdecke und überlegte, ob ich den Samstag nach den Aufregungen des gestrigen Tages noch für einen ungestörten Bummel in Saint-Germain nutzen sollte, als es klingelte.

Diesmal war es mein Handy und es war auch keine betrogene Ehefrau am Telefon. Doch die Nachricht, die mich erwartete, war schlimmer als das. »Fritzi?!«

Ich erkannte die Stimme meiner Freundin im ersten Moment gar nicht, sie war schrill vor Angst.

»Johanna?«, sagte ich und merkte, wie eine eiskalte Hand an mein Herz fasste. »Was ist passiert?!« Plötzlich saß ich kerzengerade im Bett.

»Lilli«, sagte Johanna. »Sie hatte einen Unfall. Die Kinder haben sich eine Rampe gebaut und sind mit dem Fahrrad drübergefahren, ohne Helm natürlich, und dann ist Lilli gestürzt und voll aufs Gesicht gefallen. Sie hat sich beide Schneidezähne ausgeschlagen, aber unser Nachbar, der Meierhof ist ja Zahnarzt, und der hat gemeint, der Kiefer sei vielleicht gebrochen und wir müssten sofort in die Ambulanz zum Kieferchirurgen. Es tut mir so leid, Fritzi! Lilli weint die ganze Zeit und ruft nach dir, es ist einfach nur schlimm. Wir fahren jetzt los, ich melde mich wieder. Komm bitte, so schnell du kannst, ja?«

Einen Moment schien sich das Zimmer um mich zu drehen, schien sich ganz Paris um mich zu drehen, dann umklammerte ich das Telefon so fest, dass meine Knochen weiß hervortraten.

»Ich komme sofort«, sagte ich.

Laut Google Maps beträgt die Strecke von Paris nach Köln 498 Kilometer. Und man braucht dafür fünf Stunden und sechs Minuten.

Ich brauchte drei Stunden und fünfundfünfzig Minuten. Ich raste über die Autobahn, den Blick starr nach vorn gerichtet, ich missachtete sämtliche Geschwindigkeitsbegrenzungen und vertraute auf die sichere Bauweise, die man einem Volvo nachsagt.

Das Handy lag griffbereit auf dem Beifahrersitz, Joachim hatte ich auf seinem Stuhl zurückgelassen.

»Oh mein Gott!«, hatte er ausgerufen. »Das ist ja furchtbar, die arme Lilli.«

Ich zitterte wie Espenlaub. »Reiß dich jetzt zusammen, verdammt noch mal«, befahl ich mir selbst. Und dann schaltete mein Körper auf Autopilot. In fünf Minuten hatte ich meine Sachen zusammengepackt, war angezogen und abreisebereit.

»Aber ich kann unmöglich so lange im Auto sitzen!«, sagte Joachim.

Ich reichte ihm sein Blackberry. »Ruf deine Frau an, dass sie dich abholen kommt. Ich muss jetzt los.«

»Aber Bettina hat doch gar keinen Führerschein«, wimmerte er. »Ich hab den BMW nur zu Hause gelassen, weil sie sonst womöglich den Tacho kontrolliert hätte.«

Ich hatte nicht die Energie, mich über diese neuerliche Lüge aufzuregen. Ich brauchte jetzt alle Kraft für mein Kind.

»Dein Problem«, sagte ich, nahm meinen Rollkoffer und machte mich auf den Weg.

Die ersten hundert Kilometer war ich mit der Entschlossenheit eines Selbstmordattentäters die Autobahn entlanggerast. Emotionslos registrierte ich die Schilder, ich kniff die Augen zusammen, sah geradeaus und hatte nur ein Ziel: so schnell wie möglich von A nach B zu kommen.

Als ich zum ersten Mal den Namen Köln auf einem Schild auftauchen sah, erwachte ich aus meiner schockähnlichen Erstarrung und fing laut an zu weinen. »Nein!«, schluchzte ich und schlug ein paar Mal auf das Lenkrad ein. »Nein, nein, nein!« Der Volvo machte eine gefährliche Schlingerbewegung nach links, und ich wischte die Tränen weg und versuchte mich wieder auf die Fahrbahn zu konzentrieren. Ein einziger

Satz beherrschte mein ganzes Denken, und erst nach einer Weile merkte ich, dass ich ihn leise vor mich hinflüsterte.

»Bitte«, flehte ich. »Bitte, mach, dass Lilli nichts Schlimmes passiert ist! Bitte! Bitte! Ihr darf nichts passieren, hörst du?«

Mir war nicht ganz klar, wen ich da eigentlich anflehte. Gott? Den Himmel? Die Schicksalsmächte?

Ich fing wieder an zu weinen und verfluchte mich selbst. Warum war ich überhaupt nach Paris gefahren? Was machte ich hier eigentlich? Was machte ich, während meine kleine Tochter womöglich in Lebensgefahr schwebte? Ich hätte an ihrer Seite sein sollen und nicht an der Seite eines unentschlossenen alten Mannes, dem ich mit aller Macht einen zweiten Frühling bescheren wollte.

Seit meiner Scheidung riss ich mir die Beine aus, ich strengte mich an, ich gab all meine Gefühle her auf der Suche nach etwas, das ich so unbedingt für mein Glück halten wollte – ein Glück, das sich in halbherzigen Zuwendungen erschöpfte, die ich bekommen hatte und für das Größte hielt, ein vermeintliches Glück, das im Grunde so egal und unbedeutend war.

Was war mit mir passiert? Was war aus dem kleinen Mädchen geworden, das unbeirrt seinen Weg ging, voller Vertrauen in die Welt, das sich nicht verbog, sondern die Dinge beim Namen nannte, das Herz auf dem rechten Fleck?

Ich schüttelte den Kopf.

Das, was ich als erwachsene Frau für mein größtes Unglück gehalten hatte, war in Wirklichkeit ein völlig unbedeutender Reinfall mit einem jungen Surflehrer, der mir für kurze Zeit das Gefühl gegeben hatte, wieder begehrenswert zu sein, und eine nicht lebbare Beziehung mit einem kinderlieben Rentner, auf den ich meine Hoffnungen gesetzt hatte, weil ich unbedingt wieder eine komplette Familie haben wollte.

Ich lachte bitter auf, als ich an all die selbstgemachten Katastrophen meines Lebens dachte.

Lillis unerwarteter Unfall warf mich mit einer solchen Wucht auf das, was wirklich wichtig, was *lebenswichtig* war, zurück, dass ich meinte, den Aufprall körperlich zu spüren. Zum ersten Mal konnte ich nachvollziehen, wie sich ein echter Schicksalsschlag anfühlt.

Wenn Lilli nichts passierte, würde ich mein Leben neu sortieren, das schwor ich mir bei Kilometer 254.

Dann klingelte das Handy auf meinem Sitz und mein Herz blieb stehen.

»Ja?«, sagte ich knapp.

»Wir sind jetzt in der Ambulanz«, sagte Johanna mit ruhiger Stimme. »Lilli war gerade beim Röntgen. Der Kiefer ist Gott sei Dank nicht gebrochen.«

Ich seufzte erleichtert auf.

»Aber wir müssen entscheiden, was jetzt zu tun ist. Ich geb dir mal den Arzt.«

Ich hielt mit zitternden Händen das Telefon an mein Ohr und lauschte der sonoren Stimme des Kieferchirurgen, der mir die beiden Möglichkeiten erklärte, die man jetzt hatte. Entweder man zog Lillis Schneidezähne, die nur noch an einem kleinen Faden hingen, oder man versuchte die beiden Zähne zu retten und mit dem Kiefer zu verdrahten. Dazu aber müsse meine Tochter unter Narkose operiert werden, sagte er.

Ich schluckte. Wie sollte ich entscheiden?

»Was würden Sie machen, wenn es Ihr Kind wäre?«, fragte ich.

»Ich habe keine Kinder«, sagte der Arzt.

Ich zwang mich zur Ruhe und versuchte zu überlegen. Lilli hatte ja noch keine bleibenden Zähne und die Milchzähne würden nach und nach sowieso ausfallen. Im Grunde hatte sie ein Riesenglück gehabt, hatten wir alle ein Riesenglück gehabt.

»Ziehen Sie die Zähne«, sagte ich.

Als ich eine halbe Stunde später tankte und mir einen Kaffee zum Mitnehmen holte, klingelte das Telefon wieder. Es war meine Freundin, sie klang besorgt.

»Die Ärzte wollen Lilli noch im Krankenhaus behalten. Sie war nach dem Kieferchirurgen plötzlich ganz apathisch, und man muss schauen, ob sie nicht ein Schädel-Hirn-Trauma hat. Am besten, du kommst gleich ins Krankenhaus.«

Sie gab mir die Adresse durch, und ich schoss über die Autobahn, weinend und hoffend, bis ich endlich die Ausfahrt Köln erreichte. Als ich in halsbrecherischem Tempo in Richtung Kinderklinik jagte und eine rote Ampel überfuhr, wurde ich von dem Polizeiwagen gestoppt. Mit quietschenden Bremsen fuhr ich auf den Seitenstreifen, kurbelte mein Fenster herunter und starrte genervt nach vorn.

»Ja, sind Sie von allen guten Geistern verlassen?«, rief der Polizist. »Das ist doch nicht der Nürburgring hier!«

Er war sichtlich aufgebracht. »Sie gefährden sich und andere, wenn Sie so durch die Innenstadt rasen. Und dann auch noch zur Stoßzeit. Haben Sie Ihren Führerschein auf dem Autoscooter gemacht, oder was?«

Ich drehte den Kopf und sah ihn mit tränenverschmierten Augen an und er verstummte abrupt.

»Nein, das fass ich jetzt nicht!«, stieß er aus. »Das sind ja wieder *Sie*!«

»Bitte«, flehte ich. »Mein Kind hatte einen Unfall. Ich muss ganz schnell ins Krankenhaus, verstehen Sie, *ganz* schnell. Ich muss zu meinem Kind!«

John Wayne, der Sheriff der Straße, starrte mich an und überlegte einen Moment. Dann machte er seinem Kollegen im Polizeiauto ein Zeichen und ließ sich von diesem etwas geben.

»Na, nun gucken Sie nicht so!«, sagte er, als er meine Wagentür aufriss. »Rutschen Sie schon rüber.« Ich rutschte auf den Beifahrersitz, und mein Freund von der Polizei klemmte das Martinshorn auf das Dach des Volvos. Eine Sekunde später waren wir mit Blaulicht in Richtung Klinik unterwegs und vor uns stoben die Autos auseinander.

Früher wäre eine richtig gute Neuigkeit für mich gewesen: Sechs Richtige im Lotto, ich gewinne eine Schiffsreise nach New York, der Mann meiner Träume macht mir einen Heiratsantrag, ich werde Cheflektorin bei Best & Seller, es gibt die Schuhe noch in meiner Größe.

Als ich die Flure der Kinderklinik entlanglief und der Oberarzt mir lächelnd entgegenkam und sagte, meiner Tochter fehle nichts außer zwei Schneidezähnen und ich dürfe sie jetzt mit nach Hause nehmen, war das die beste Neuigkeit, die ich jemals gehört hatte.

»Alles in Ordnung mit dem Schädel – ihre Kleine war wahrscheinlich einfach so erschöpft von der ganzen Aufregung, dass sie im Stuhl des Kieferchirurgen buchstäblich eingeschlafen ist.«

Ich drückte dem fremden Mann die Hand und hätte sie fast geküsst. »Danke«, sagte ich, »danke!«

Dann stieß ich die Tür zu dem Behandlungszimmer auf, wo Lilli auf einer grünen Lederpritsche lag und mich schwach anlächelte.

»Mami!«, sagte sie und in dem einen Wort lag alles, was mich glücklich machte.

»Lilli!«, rief ich und nahm sie so fest in die Arme, dass ich sie fast erdrückte. »Meine Lilli!«

Ich sagte nicht: »Was machst du denn für Sachen?« oder: »Du hast uns aber einen ganz schönen Schreck eingejagt?« Ich sagte nicht einmal: »Ich bin so froh, dass dir nichts passiert ist«, obwohl ich erfüllt war von einer zutiefst empfundenen Dankbarkeit dem Universum gegenüber, das noch einmal ein Auge zugedrückt hatte.

Ich sagte nur immer wieder den Namen meines Kindes wie eine magische Beschwörungsformel. Ich weinte, ich lachte, ich wiegte Lilli in meinen Armen hin und her, ich ließ sie nicht mehr los, bis sie schließlich sagte: »Mami, du zerquetschst mich!«

Ich lockerte meine Umarmung und sah ihr kleines Gesicht ganz dicht vor mir. Die langen zerzausten blonden Haare, die sich aus den Haarspangen rechts und links gelöst hatten, das große Pflaster auf der Stirn, die blutigen Kratzer, die aufgeplatzte, geschwollene Lippe, die dunkelrote Lücke in der oberen Zahnreihe. Sie sah aus wie eine niedliche kleine Hexe, und ich liebte sie. Ich liebte sie über alles.

31

Es roch nach Nordsee. Ich lehnte mich über das dunkelgrüne Geländer und schaute über den Fluss, der gemächlich und träge dahinfloss. Kiesbänke, regennasse Wiesen und Bäume, die ihre Äste wie Federn in den Himmel streckten, säumten das Wasser, das einen milchigen Novemberhimmel spiegelte. Ein Lastkahn fuhr in der Ferne unter einer Brücke her, und ich holte tief Luft.

»Wer den Geruch des Rheins einmal in der Nase hat, kommt nicht mehr davon los«, hatte mein Vater einmal gesagt, als wir zusammen einen langen Spaziergang am Kaiserswerther Rheinufer gemacht hatten, bis zum alten Treidelhaus waren wir gegangen und noch weiter. »Der Rhein, das ist mehr als ein Fluss, das ist schon ein Stück vom Meer.«

Auch für mich war der Rhein mehr als ein Fluss, er hatte schon so viele meiner Gedanken mit sich genommen auf seiner Reise bis an die Mündung zur Nordsee, dass ich ihm immer wieder alles anvertraute. Der Rhein war ein richtiger Fluss, ein breiter, langer, tiefer Fluss – nicht so eine Pfütze wie manch anderes Gewässer. Und er war einer meiner ältesten und weisesten Freunde.

Ich ließ das Geländer los und ging weiter flussaufwärts. Hätte ich mich umgedreht, hätte ich hinter mir, schon recht weit entfernt, die Türme des Kölner Doms gesehen, aber ich drehte mich nicht um, ich blickte nach vorn.

Dem November wird eine gewisse Trostlosigkeit nachgesagt. Die Natur führt uns in diesen Tagen und Wochen unsere Vergänglichkeit vor Augen. In diesem grauen Monat ziehen viele Menschen in die Depression um, alte Leute haben Angst vor dem Sterben, und man ehrt die Toten.

Wer den November überlebt, sagt man, der wird auch noch den nächsten Frühling erleben.

Aber der November ist auch ein Monat, der einen dazu einlädt, Einkehr zu halten, mit ruhigem Blick auf alles zu schauen, in seinen Schränken Ordnung zu schaffen und manchmal sogar in seinem Leben.

Seit Lillis Unfall hatte sich in meinem Leben vieles geändert.

Ich lächelte zufrieden, als ich jetzt den Rhein entlang spazierte und mir bewusst wurde, dass ich ein »freies Wochenende« hatte und keine Verabredung. Ich war allein und ich genoss es.

Zur Abwechslung suchte ich gerade weder einen Liebhaber für mich noch einen Vater für Lilli. Sie hatte schon einen. Auch wenn er für mich vielleicht nicht perfekt war. Aber darauf kam es nicht an.

Als ich meinen Ex-Mann auf Mallorca angerufen hatte und ihm von dem Unfall erzählte, war er total bestürzt gewesen.

»Ich weiß, wie du dich fühlst«, sagte ich. »Als ich gestern über die Autobahn gerast bin, um zu Lilli zu kommen, bin ich fast gestorben vor Angst. Aber es ist ja noch mal gut gegangen.«

»Ja«, sagte er. »Gott sei Dank. Lilli hat einen guten Schutzengel gehabt.« Er machte eine Pause. »Aber du auch.«

Es war nur so ein kleiner Satz, aber er versöhnte mich mit vielem, was in der Vergangenheit zwischen uns passiert war.

Irgendetwas blieb immer, und als Mr. X an diesem Wochenende zum ersten Mal gemeinsam mit seiner neuen Freundin gekommen war, um Lilli abzuholen, winkte ich nicht nur meiner Tochter nach, die ihre kleine Hand gegen die Fensterscheibe presste, sondern auch ihrem Vater, den ich irgendwann einmal geliebt hatte, und wünschte ihm Glück.

Zum ersten Mal seit langer Zeit war ich vollkommen ruhig.

Ich war keine Getriebene mehr. Ich hatte das Steuer meines kleinen Schiffs wieder selbst in die Hand genommen. Ich machte meinen Frieden mit meinem Leben, wie es war, und mit den Menschen darin.

»Es tut mir so leid, dass du dein Paris-Wochenende so überstürzt abbrechen musstest«, hatte Johanna gesagt, als wir uns einige Tage nach »der Zahngeschichte«, wie sie jetzt immer genannt wurde, bei mir zu Hause trafen. Lilli war schon im Bett und schlief, und ich hatte gekocht für meine Freundin und mich. Jetzt saßen wir uns auf meiner Couch gegenüber, jede in einer Ecke, und redeten.

»Vergiss Paris, mir bleibt immer noch Köln«, sagte ich. »Ich habe nachgedacht.«

Johanna sah mich erstaunt an. »Wie meinst du das?«

»Dieses Wochenende, so schrecklich es war, hat mir die Augen geöffnet, und ich habe plötzlich mit einem Mal ganz klar gesehen. Ich weiß jetzt, was zählt in meinem Leben. Meine Familie, meine Freunde, mein Kind. Ich selbst. Meine Ideen. Mein Seelenfrieden. Alles andere lasse ich los.«

Ich schenkte der überraschten Johanna etwas Wein ein und zündete mir eine Zigarette an.

»Als du am Telefon sagtest, Lilli hätte einen Unfall gehabt, da hab ich gedacht, die Sonne ist vom Himmel gefallen, alles ist aus. Und im gleichen Moment hab ich's begriffen. Ich hab immer nach dem Glück gesucht und dabei *hatte* ich ein glückliches Leben, ich habe es nur nicht gesehen. Es gibt so viel Liebe in meinem Leben und so viel Liebe, die ich selbst geben kann, jeden Tag. Natürlich wäre es schön, einen Mann zu haben, der einen liebt und den man selbst auch liebt. Vielleicht lerne ich noch mal jemanden kennen, vielleicht auch nicht. Es passiert oder es passiert nicht. Beides ist für mich in Ordnung. Dann sind es eben Lilli und ich. Ich jage keinem mehr hinterher, verstehst du? Ich lasse die Dinge auf mich zukommen. Mein neues Mantra heißt *Ich tue nichts*.«

Ich lächelte, nahm einen tiefen Zug aus der Zigarette und blies den Rauch in die Luft.

»Du meine Güte, bist du jetzt Buddhistin?«, fragte meine Freundin und sah mich mit großen Augen an. »Ich meine, muss ich mir Sorgen machen? Du klingst, als ob du demnächst in ein tibetanisches Kloster abwanderst.«

Ich grinste. »Keine Angst, ich bleibe dir noch lange erhalten. Hoffe ich jedenfalls. Wenn ich sage, ich tue nichts, heißt das natürlich nicht, dass ich nichts tue. Im

Gegenteil. Ich werde mein Leben aufräumen. Ich warte nicht mehr auf jemanden, der mir mein Leben richtet. Ich werde es selbst für mich richten. Und ich fange gleich morgen damit an.«

Und das tat ich dann auch und wunderte mich, wie einfach plötzlich alles war. Ich löschte die alten Nachrichten von Ton van der Laan, die ich immer noch auf meinem Handy gespeichert hatte. Ich räumte meinen Keller auf und fuhr mehrere Male mit dem Auto zum Wertstoffhof, um den ganzen Krempel loszuwerden, den ich schon seit Jahren angesammelt und nie mehr benutzt hatte. Und voraussichtlich auch nie mehr benutzen würde. Noch einmal kroch mir die Vergangenheit entgegen und ich entschied, welche Teile von ihr ich behalten wollte und welche nicht.

Ich stand morgens eine halbe Stunde früher auf, setzte mich allein mit einem Kaffee in die Küche und genoss das Gefühl, den Tag in Ruhe zu beginnen. Ich versuchte nicht drei Dinge auf einmal zu machen, und wenn ich mit Lilli las oder spielte, verbannte ich sämtliche Listen aus meinem Kopf. Wenn das Telefon klingelte und ich nicht drangehen wollte, ließ ich es klingeln. Merkwürdigerweise schaffte ich nicht weniger, sondern mehr. Die Zeit, die ich sonst mit der minutiösen Planung, Durchführung und Aufarbeitung meines unruhigen Liebeslebens verbracht hatte, war nun meine Zeit.

Ich machte lange Spaziergänge am Rhein, manchmal begleitete mich Johanna, und wenn sie mich fragte, wie es mir ging, antwortete ich jedes Mal: »Es geht mir gut.« Und das war die Wahrheit.

Abends saß ich in der Badewanne und hörte alte CDs, ich holte mein Saxophon hervor, das schon seit Jahren in dem verstaubten Koffer unter meinem Bett lag, und strich liebevoll über die goldenen Tasten. Der Entschluss, einmal in der Woche wieder Unterricht zu nehmen, bereicherte mein Leben ungemein.

Einen ganzen Samstag lang backte ich Plätzchen mit Lilli, wir erzählten uns Weihnachtsgeschichten, die ganze Wohnung roch nach Vanillekipferln, und am Nachmittag brachten wir Frau Noller gemeinsam eine große Schale mit Selbstgebackenem.

Meine Vermieterin strahlte und lud uns zum Kaffee ein.

»Wenn Sie mal im Stress sind oder wegmüssen – Ihre Kleine kann auch gern mal für ein paar Stunden zu mir kommen, ich hab ja leider keine Enkelkinder«, sagte sie und zog ein altes Märchenbuch aus dem Regal, das sie Lilli schenkte.

Ich hatte mein Jahresgespräch mit der Verlegerin, nahm mein Herz in beide Hände und fragte nach einer Gehaltserhöhung. Immerhin waren mir ein paar Dinge in diesem Jahr recht gut gelungen, und das neue Buch von Alexa Werner verkaufte sich fantastisch. Ich schlug der Verlegerin vor, dass ich mich künftig verstärkt um die deutschsprachigen Autoren kümmern und mit ihnen arbeiten wollte.

Frau Dr. Trundl sah mich hinter ihrer roten Brille nachdenklich an.

»Vielleicht kommen wir ins Geschäft«, sagte sie. »Gedulden Sie sich noch ein paar Wochen, ich habe da so etwas im Hinterkopf …« Sie erhob sich lächelnd und verabschiedete mich mit einem festen Händedruck.

»Mir scheint, Sie haben Ihr Leben wieder gut im Griff, Frau Berger. Das freut mich außerordentlich.« Hatte sie mir gerade zugezwinkert oder bildete ich mir das ein? Bis heute weiß ich nicht, ob sie damals noch »Das geht auch ohne Männer« hinter mir hermurmelte oder »Auf Wiedersehn, Frau Berger«.

Und natürlich hätte ich es nie gewagt, sie danach zu fragen.

Zwei Wochen vor Weihnachten traf ich mich ein letztes Mal mit Joachim Wille, der inzwischen seinen Bandscheibenvorfall auskuriert und seine aufgebrachte Frau besänftigt hatte. Nach Paris hatten wir noch ein paar Mal telefoniert, er sagte stets, wie sehr er mich vermisse und dass wir der ganze Sache doch noch eine Chance geben sollten. Als wir uns dann wieder im Café gegenübersaßen, lag er mir in den Ohren damit, dass er am liebsten mit mir und Lilli Weihnachten feiern wolle.

»Du bist meine letzte große Liebe, Friederike«, sagte er weinerlich und nahm meine Hände zwischen die seinen. »Aber wie soll ich das Bettina erklären, wenn ich an Heiligabend nicht da bin?« Er seufzte schwer. »Sie hat ja nicht einmal Geschwister. Und dann – ich meine, *Weihnachten*! Ich kann sie doch nicht so ganz alleine sitzen lassen. Da bekomme ich ein schlechtes Gewissen. Andererseits …« Er sah mich mit waidwundem Blick an. »Möchte ich doch nur bei dir sein. Was soll ich nur machen? Ich weiß einfach nicht, wie ich mich entscheiden soll.«

»Du musst dich auch gar nicht entscheiden«, sagte ich sanft. »Weil *ich* mich inzwischen entschieden habe.« Ich stand auf, legte ihm eine Schachtel hin, in der sich jede

Menge kleiner rhombenförmiger Pillen befanden, und gab ihm einen Kuss auf die zerfurchte Stirn.

»Hier«, sagte ich. »Viel Glück damit und ein schönes Weihnachtsfest für dich und deine Frau.«

Danach ging ich zu Nang und ließ mich massieren. Der ganze Massagesalon roch nach Tannengrün, und die kleine Thailänderin bot mir eine Marzipankartoffel an, bevor sie mich auf die Matte dirigierte.

»Heute ssöön loocker. Sehr ssöön. Imme besser ssso. Was du machen?«, sagte Nang zufrieden, als sie mit ihren kleinen braunen Füßen auf mir herumspazierte.

»Ich werfe gerade jede Menge Ballast ab«, sagte ich.

32

Weihnachten stand vor der Tür. In diesem Jahr hatte ich es erstmalig geschafft, alle meine Weihnachtskarten rechtzeitig zu schreiben. Ich hatte mir den dritten Adventssonntag dafür reserviert und nicht wie sonst in letzter Minute enerviert mein »Frohe Weihnachten und eine gutes neues Jahr, Eure Fritzi« auf die Karten gekritzelt.

Es war ein völlig neues Weihnachtskartenschreibgefühl, und wie alles, wofür man sich *wirklich* Zeit nahm, machte es Spaß.

Lilli durfte bei den Leuten, die sie kannte, ihr »LILLI« unter die Karten setzen und malte eine kleine Tanne dazu – wenn auch nicht in Braun und Schwarz, sondern in den Weihnachtsfarben Grün und Rot.

Ein Weihnachtsbrief wurde besonders lang. Es war der an meine Freundin Johanna. Ich kaute ein wenig auf meinem Füller herum und überlegte. *Meine liebe Freundin*, begann ich.

Meine liebe Freundin,

was war das für ein Jahr! So viel ist passiert, so viel Anstrengendes, Aufregendes, Komisches, Trauriges – und Du warst immer für mich da. Ehrlich, ich weiß gar nicht, was ich manchmal gemacht hätte ohne Dich! Und so möchte ich Dir heute nicht nur ein wunderschönes und friedliches Weihnachtsfest mit Deiner Familie wünschen, sondern Dir von Herzen danken.
Für Deinen Rat, für Deine Geduld, für Deinen Zuspruch, Deine Freundschaft und Deinen Optimismus.
Du hast mir so oft geholfen und hilfst mir immer wieder. Und auch wenn sich in diesem Jahr vielleicht nicht alles so entwickelt hat, wie wir es uns ausgedacht haben, so bin ich doch sehr glücklich, dass ich eine Freundin wie Dich habe. Wie sagt Djuna Barnes so schön?
Solange es Frauen gibt, wie sollte da etwas vor die Hunde gehen?
Ich wünsche Dir ein wunderbares neues Jahr und hoffe, dass wir es uns auch in Zukunft immer ganz schön (und gemütlich!) machen.
Und mir wünsche ich, dass wir immer Freundinnen bleiben!
Sei fest umarmt von Deiner Fritzi (alias Grace)

Am Heiligabend fuhr ich mit Lilli zu meiner Mutter. In diesem Jahr waren auch Katharina/Cathy und ihr Mann mit den Kindern aus Chicago gekommen. Und natürlich war auch Karl da, der fachmännisch die riesige

Weihnachtsgans zerlegte, die unter großem Hallo an den festlich geschmückten Tisch getragen wurde.

Wir stießen mit den geschliffenen Rotweingläsern an, die Mama nur an Weihnachten aus dem Vitrinenschrank holte. Sie strahlte.

»Wie schön, dass ihr alle gekommen seid. Frohe Weihnachten!«, rief sie.

»Frohe Weihnachten!«, riefen wir alle wie aus einem Munde zurück.

»Froh« ist ein etwas altmodisches, aber schönes Wort, das man das ganze Jahr über wenig gebraucht. Die meisten Menschen wollen glücklich sein. Glück ist die etwas glanzvollere Schwester von dem einfachen, klaren, ehrlichen Wort »froh«.

Ich schaute hinüber zu dem Weihnachtsbaum, unter dem die Geschenke lagen, die nach dem Essen ausgepackt werden würden. Die große Tanne spiegelte sich mit all ihren Lichtern und goldenen Kugeln in der Scheibe. Dahinter lag der Garten, lag die Welt, in tiefe Dunkelheit getaucht.

Doch wir saßen im Warmen, im gelblichen Schein der Kerzen, die auf dem Tisch flackerten. Ich lehnte mich einen Moment zurück, blickte in die vertrauten Gesichter, sah sie lachen und erzählen und durcheinanderreden, sah den Glanz in den Augen, die geröteten Wangen, hörte Lilli, die rief: »Wann packen wir denn jetzt endlich die Geschenke aus?« Und ich war froh, ein Teil dieses wundervollen Ganzen zu sein. Ja, ich war froh.

Und damit hätte diese Geschichte eigentlich ihr Ende haben können. Wenn nicht wenige Wochen später ein kleines Wunder passiert wäre.

Keiner verstand, dass ich Silvester allein bleiben wollte.

»Du kannst doch zu uns kommen, Kind«, sagte meine Mutter, die mit Karl und ein paar befreundeten Pärchen aus dem Tennisclub zu Hause feiern wollte. »Warum willst du denn ganz allein in deiner Wohnung hocken?«

Meine Schwester war inzwischen wieder abgereist und hatte mir vorher noch *A Happy New Year* gewünscht und mir eine Glaskugel geschenkt, in der es auf die Stadtsilhouette Chicagos schneite. »Besuch uns mal, nächstes Jahr, ich würde mich freuen!«, hatte sie gesagt, als ich sie und ihre Familie zum Flughafen brachte.

Johanna hatte mich gefragt, ob ich nicht zu einem Abendessen mit ein paar Freunden und Nachbarn und anschließender Feuerzangenbowle nach Marienburg kommen wollte. »Wir machen es uns ganz gemütlich«, hatte sie gesagt. »Ich könnte unseren alten Freund Frank dazubitten.« Sie zwinkerte mir zu.

»Johanna!«, rief ich aus. »Nicht wieder diesen Frank. Der hat sich schon in Holland nicht für mich interessiert.«

Sie lächelte mich vielsagend an. »Keine Angst, ich hab nur Spaß gemacht. Frank kommt nicht. Aber … es gibt da in der Tat so einen netten Nachbarn, ein Zahnarzt, seit zwei Jahren verwitwet, der wäre noch zu haben …«

»Aber *ich* bin nicht zu haben«, erklärte ich heiter. »Jedenfalls nicht im Augenblick.«

Selbst Jasmin wollte mich dazu überreden, dass ich an Silvester mit ihr und einer riesigen Clique in einen Düsseldorfer Club am Rheinufer gehen sollte, wo angeblich der Bär rockte. »Da ist immer eine Wahnsinnsstimmung! Und das Feuerwerk über dem Rhein ist gigantisch«, sagte sie.

Als ich Frau Noller am Vorabend von Silvester im Hausflur begegnete und sie mit freudiger Miene auf mich zuwackelte, war ich mir sicher, dass auch sie mich dazu einladen wollte, bewaffnet mit einem Teller rheinischem Kartoffelsalat und Würstchen gemeinsam im Fernsehen »Dinner for One« anzuschauen. Aber Frau Noller fuhr zu ihrer Schwester nach Koblenz.

Lilli war über Silvester bei Mr. X und seiner neuen Freundin und erzählte mir am Telefon, dass sie »zusammen mit Papa« ganz viele Raketen gekauft habe, die sie abschießen wollten. »Und ich darf so lange aufbleiben, wie ich will, Mama!«

Ich hatte auch etwas vor an diesem Silvesterabend. Aber es war keine Verabredung. Oder vielleicht doch eine Verabredung mit mir selbst. Es war ein derart unschuldiges Vergnügen, dass ich niemandem davon erzählt hatte.

Als es dunkel wurde, ging ich in mein Schlafzimmer, um mich auszuziehen. An Weihnachten war der Schnee ausgeblieben, aber vor ein paar Stunden hatte es tatsächlich angefangen zu schneien.

Zarte weiße Flocken sanken still wie Daunenfedern in den Hof. Ich schaute auf die alten Hausfassaden der umliegenden Gebäude. Einige der Fenster waren erleuchtet, andere lagen in völliger Dunkelheit, und hinter jedem Fenster steckte eine Geschichte, die es wert gewesen wäre, erzählt zu werden. Ich schaute einen Moment sinnend auf diesen riesigen Ozeandampfer, der gemächlich durch das Meer der Zeit fuhr, dann zog ich die Vorhänge zu.

Ich schüttete Unmengen von »Roses of the Himalaya« in meine Badewanne, einen exquisiten Badezusatz, den meine Schwester mir aus Amerika mitgebracht hatte, und lag mit einem Glas Champagner so lange in der Badewanne, bis meine Haut ganz schrumpelig zu werden begann. Dann hüllte ich mich in meinen großen weißen Bademantel und ging in die Küche, um mir ein Essen zuzubereiten, das nicht sehr viel mit Silvester zu tun hatte, eher mit dem Märchen vom Schlaraffenland.

Ich ließ den Milchreis in den Topf rieseln, schlug, als die runden Körner anfingen aufzuquellen, ein Eigelb hinein, übergoss die ganze Pampe mit zerlaufener Butter und streute Zimtzucker darüber.

Wohlig seufzend kuschelte ich mich mit einer Wolldecke auf dem Sofa ein und tauchte meinen Löffel in den süßen Brei.

Und dann sah ich mir zum letzten Mal in diesem Jahr »Über den Dächern von Nizza« an.

33

Zum Valentinstag bekam ich im neuen Jahr eine SMS und drei Geschenke. Glücklicherweise war diesmal keine Heizdecke dabei.

Die SMS kam von Johanna. Sie schickte mir Valentinsgrüße aus St. Moritz, wo sie mit der ganzen Familie ihren dreiwöchigen Skiurlaub verbrachte.

Lilli legte mir stolz ein kleines schiefes Herz aus Holz auf den Frühstücksteller, das sie unter der fachkundigen Anleitung von Mona ausgesägt und mit roter Plakafarbe angemalt hatte. Auf der einen Seite stand MAMA, auf der anderen Seite LILLI. Ich fand, dass das Herz wunderbar zu meinem verbeulten Auto passte, und hängte es an den Rückspiegel meines Volvos.

Jasmin schenkte mir ihre Lieblings-CD »Call of the Search« von Katie Melua, und ich verliebte mich sofort in den Titelsong.

Das schönste Valentinsgeschenk jedoch bekam ich diesmal von völlig unerwarteter Seite. Es war eine Flugreise nach Nizza, und ich bekam sie von der Verlegerin von Best & Seller, jedoch, wie man sich vorstellen kann, nicht aus romantischen Gründen.

Ausgerechnet am 14. Februar bestellte mich Frau Dr. Trundl zu sich, weil sie etwas mit mir zu besprechen hatte.

Ich dachte an meinen Vorstoß in Richtung Gehaltserhöhung und betrat aufgeregt das Büro der Verlegerin. Elfriede Stricker nickte mir freundlich zu. »Gehen Sie schon mal rein, sie kommt gleich.«

Ich ließ mich in den weichen hellbraunen Besuchersessel sinken, der vor dem Schreibtisch stand, und studierte eingehend das Ölgemälde von Elvira Bach darüber, eine Frau in kräftigen Farben, die auf mich herabzulächeln schien.

Dann betrat Frau Dr. Trundl das Zimmer. Sie kam, effizient wie immer, gleich zum Punkt.

»Sagt Ihnen der Name John Robie etwas, Frau Berger?«, fragte sie.

Ich wäre fast vom Lederstuhl gefallen.

»John Robie?«, sagte ich. »Machen Sie Witze? Natürlich sagt mir dieser Name etwas!«

Die Verlegerin nickte zufrieden. Ich muss schon sagen, dass Frau Dr. Trundl mich immer wieder überraschte.

Schließlich konnte man ja nicht davon ausgehen, dass jeder Mensch dieses Universums den Juwelendieb aus meinem Lieblingsfilm kannte.

»Ich bin ein großer Fan von ›Über den Dächern von Nizza‹, wissen Sie …«, setzte ich freudig hinzu. »Einer meiner Lieblingsfilme.«

Hatte ich etwas Falsches gesagt? Die Verlegerin runzelte unwillig die Stirn. Dann sagte sie: »Wir reden hier nicht von Filmen, Frau Berger, sondern von Büchern. Sie sollen nämlich den neuen Roman von John Robie betreuen.«

»Äh … wie jetzt?«, ich geriet ins Stottern und überlegte, ob die Verlegerin mich auf den Arm nahm.

»Also haben Sie jetzt schon mal etwas von John Robie gelesen oder nicht?« Ich spürte die Ungeduld in ihrer Stimme.

»Ja … also … nein … nicht wirklich …« Ich versuchte mich zu sortieren und einen kleinen Scherz zu machen. »Ich wusste nicht, dass er jetzt auch Bücher schreibt, im Film ist er ein ehemaliger Juwelendieb, der seine Unschuld beweisen muss.«

Die ganze Unterhaltung schien mir ins Absurde abzugleiten.

Die Verlegerin rückte ihre Brille gerade und beugte sich vor. »Frau Berger, Sie sind heute aber nicht auf Zack«, stellte sie fest. »Ich spreche nicht von Cary Grant, ich spreche von einem deutschen Autor, der unter dem Pseudonym John Robie bei Anyway Books schon sehr erfolgreich zwei Nizza-Krimis geschrieben hat.«

Sie nahm ihren goldenen Kugelschreiber und zwirbelte ihn durch die Luft.

»*Tödliche Mimosen*? *Mord im Negresco*? Na, klingelt's jetzt bei Ihnen?«

Doch, es klingelte ganz entfernt, als sie die Titel nannte. Zumindest den Erfolg von *Tödliche Mimosen* hatte ich am Rande meiner Scheidungsvorwehen mitbekommen, allerdings, Schande über mein Haupt, war mir der vielversprechende Autorenname nie aufgefallen. Sonst hätte ich mir den Krimi doch sofort gekauft.

»Nun, wie auch immer. Es gab Verhandlungen mit dem Autor und seiner Agentin auf der Frankfurter Buchmesse. Ich kann Ihnen versichern, dass einige größere Verlage ihn mit allen Mitteln umworben haben, und seine unverschämte Agentin hat den Preis ziemlich in die Höhe getrieben. Glücklicherweise vertritt sie ihn nicht mehr. Es muss aus welchem Grund auch immer zwischen ihr und dem Autor ganz schön gekracht haben. Nun ja, ich konnte diese *greedy lady* noch nie besonders leiden. Und das macht es für uns künftig natürlich einfacher. Ich werde auf jeden Fall versuchen, Robie langfristig an Best & Seller zu binden.« Sie seufzte. »Nachdem der skandinavische Markt nun völlig abgefischt ist, sind ja alle wieder ganz scharf auf frische deutsche Stimmen, und Nizza-Krimis – das ist immerhin mal was Neues. Gibt ja kaum noch eine halbwegs attraktive Stadt in Europa, die nicht schon kriminalistisch verarbeitet wurde.«

Sie klopfte vielsagend auf ein dickes Manuskript, das vor ihr auf dem Schreibtisch lag. »Also, um es kurz zu machen – am Ende haben wir den Zuschlag bekommen. Und ich möchte noch weitere Bücher mit dem Autor machen. Die Grundidee der Geschichte ist wirklich super, aber es ist noch eine Menge dran zu tun. Wir haben viel Geld dafür bezahlt und das Ding muss ein Knaller werden. Da machen wir im nächsten Herbst einen Kampagnentitel draus! Der Autor bekommt einen völlig neuen Auftritt.«

Ich nickte ehrfürchtig, und sie schob mir das Manuskript herüber wie ein Croupier den 1000-Euro-Jeton.

»Hängen Sie sich rein, Frau Berger. John Robie befindet sich zurzeit in Nizza in seiner Schreibklause, E-Mail steht unten auf dem Manuskript. Treffen Sie sich mit ihm, arbeiten Sie mit ihm, lassen Sie Ihren Charme spielen und streichen Sie ihm das Ding zusammen, es ist viel zu lang.«

Ich nahm das Manuskript und erhob mich.

»Immerhin kannte der Autor Ihren Namen. Offenbar hat sich Ihre gute Lektoratsarbeit herumgesprochen, Glückwunsch!«

»Ach, danke«, sagte ich erfreut und wurde ein bisschen rot.

»Also, lassen Sie jetzt nicht nach. Ich *zähle* auf Sie, Frau Berger«, sagte die Verlegerin. »Wenn Sie diesen Job gut machen, können Sie auch auf mich zählen« – sie verzog ihre roten Lippen zu einem winzigen Lächeln –, »wenn es um Ihre Perspektive bei Best & Seller geht.«

Die Wege des Herrn sind unergründlich, dachte ich, als ich den Verlagsflur entlangschwebte, das Manuskript von Monsieur Robie an meine Brust gedrückt. Ich, Fritzi Berger, würde nach Nizza fahren!

In den nächsten zehn Tagen stürzte ich mich an der Seite von Commissaire Jean-Jacques Rubin in die kriminalistischen Abgründe einer französischen Stadt an der Côte d'Azur, deren Name den Glamour der Fünfziger Jahre heraufbeschwor. Eine Stadt, deren Küstenstraße von Palmen gesäumt war, und die – zumindest für mich – auch heute noch einen verlockenden Klang hatte.

Ich kürzte, ich kritzelte Vorschläge an den Rand, ich entwickelte eigene Ideen, mit anderen Worten: Ich hing mich in diese Geschichte, als wäre es meine eigene. Und als ich schließlich abreisebereit am Flughafen stand und zu der schwarzen Anzeigentafel blickte, auf der in dicken weißen Lettern auch meine Destination stand, war ich von einer freudigen Unruhe erfüllt, die ich mir selbst kaum erklären konnte.

Nach einem angenehmen Flug von knapp zwei Stunden setzte die Maschine zur Landung auf. Als ich ins Freie trat, um die Gangway hinunterzugehen, die an das Flugzeug herangerollt worden war, steckte ich meine Nase in die Luft und schnupperte. Es roch tatsächlich nach Frühling. In dem Reiseführer, den ich noch in letzter Minute am Kölner Flughafen gekauft hatte, stand zu lesen, dass der Monat Februar an der Côte d'Azur für seine Mimosenblüte berühmt war. Die Damen und Herren der feinen englischen Gesellschaft hatten dies bereits im neunzehnten Jahrhundert zu schätzen gewusst und waren – hungrig nach Sonne und milden Temperaturen – um diese Jahreszeit nach Nizza gefahren, um dem Winter zu entfliehen.

Ich verrenkte mir fast den Hals, als ich vom Flughafen aus mit dem Taxi die *Promenade des Anglais* entlangfuhr, die direkt in den Ort führt. Grand Hotels lagen zu meiner Linken, das Meer zu meiner Rechten, ich fühlte mich wahrhaft königlich und hätte fast einigen Joggern zugewinkt, die neben mir auf der Promenade liefen.

Stattdessen schickte ich Johanna eine SMS.

»Rate mal, wo ich bin«, schrieb ich. »Du wirst es nicht glauben, aber deine alte Freundin ist soeben in Nizza gelandet und trifft sich dort gleich mit einem Mann namens John Robie. Na, was sagst du jetzt? Ist das nicht völlig unglaublich?«

Ich kicherte leise vor mich hin. Johanna würde sicher denken, dass ich verrückt geworden war. Und das war ich ja auch irgendwie, ver-rückt in eine andere Welt.

Ich lehnte mich wieder in den Sitz zurück und seufzte glücklich. Mag sein, dass es ein Klischee war, aber was kümmerte mich das. Es fühlte sich einfach großartig an.

Mein Hotel befand sich in der Altstadt von Nizza. Es war ein kleines Hotel, das ziemlich weit oben auf dem Stadthügel lag, und als ich meine Sachen verstaut und mich frisch gemacht hatte, ließ ich es mir nicht nehmen, noch ein bisschen durch die verwinkelten Gässchen der Altstadt zu schlendern, die von Stoff- und Souvenirgeschäften gesäumt waren.

Vor einem Café standen ein paar Holzstühle an wackeligen runden Metalltischen in der Mittagssonne, und ich setzte mich und bestellte mir eine *Crêpe Grand Marnier*. Schließlich ging ich eine Straße entlang, die auf verschlungenen Wegen immer weiter nach oben führte, bis zu einer rötlichen Mauer, welche die Altstadt begrenzte.

Hierhin verirrten sich zu dieser Jahreszeit offenbar nicht viele Touristen. Ich war ganz allein. Hinter mir, auf der gegenüberliegenden Seite der Straße, schien ein Friedhof zu liegen.

Ich stützte mich auf die halbhohe Mauer und ließ meinen Blick entzückt schweifen. Unter mir lagen die roten Ziegeldächer der alten Häuser, die kreuz und quer in den sanft abfallenden Hang gebaut waren, und in der Ferne erstreckte sich die berühmte *Baie des Anges*, die Bucht der Engel. Ich wusste nicht, wieso sie so hieß, aber der Name klang, als hätte ihn ein Dichter erfunden. Das Meer war ganz blau unter einem klaren Himmel. Ich war über den Dächern von Nizza angekommen.

34

Es gibt Zeiten, da widerfährt einem so viel Schlimmes, dass man denkt, es könne nicht mehr schlimmer kommen. Fassungslos muss man mit ansehen, dass es zu jedem Unglück immer noch eine Steigerung gibt.

Da dieses Leben aber nicht nur ungerecht ist, geschieht manchmal auch genau das Gegenteil. Man wähnt sich schon im Glück und reibt sich ungläubig die Augen, wenn man begreift, dass es noch besser geht und die launische Fortuna diesmal beschlossen hat, ihr gesamtes Füllhorn über einem auszugießen.

Als ich hoch oben über der Stadt stand, die schon immer mein Sehnsuchtsort gewesen war, hätte ich nicht für möglich gehalten, dass sich mein Glück noch steigern ließe. Doch als ich am späten Nachmittag in meinem himmelblauen Seidenkleid das alte weiße Grand

Hotel an der *Promenade des Anglais* betrat, wurde ich eines Besseren belehrt.

Gleich in der Eingangshalle des *Negresco* lief mir ein Kater mit glänzendem rotgoldenem Fell entgegen und strich um meine Beine. Der dunkelhaarige Portier mit den weißen Handschuhen schien keineswegs überrascht über den vierbeinigen Gast, der – wie ich rasch erkannte – wohl zum Inventar des Hotels gehörte. Als ich an die Rezeption trat, sah ich, dass die Katze sogar auf den Postkarten des *Negresco* verewigt war – in einem taubenblauen Samtsessel lag sie wie die wahre Herrscherin dieses Hotels.

»*Bonjour.*« Ich aktivierte mein kaum vorhandenes Französisch. »Ich bin mit Monsieur John Robie verabredet«, sagte ich und musste lächeln.

War ich Grace Kelly? Irgendwie schon.

Der ältere Herr hinter der Rezeption wies in den hinteren Teil der halbleeren Lobby, die sich hinter der Eingangshalle auftat. »Da drüben, bitte, Madame«, sagte er. »Ganz hinten im Sessel.«

Ich durchschritt die Halle und fragte mich zum ersten Mal, wie der Mann, der sich John Robie nannte, wohl aussah. Ich wusste, dass er fünf Jahre älter war als ich und zwischen Deutschland und Südfrankreich pendelte – »lebt in Düsseldorf und Nizza«, so war es vollmundig in der kurzen Biographie zu lesen. Allein ein Autorenfoto hatte sich auf dem etwas nachlässig gemachten Taschenbuch von Anyway Books nicht gefunden, dafür entdeckte ich bereits im Klappentext drei Schreibfehler! Nun gut, all das würde sich ja bald ändern. Schließlich sollte ein Leser doch wissen, wie sein Autor aussah … Es sei denn natürlich, der Autor wäre eine solch hässliche Kreatur, dass sein Bild abschreckend wirkte. Bei diesem Gedanken verlangsamte ich unwillkürlich meinen Schritt. Konnte man die Dreistigkeit besitzen, sich John Robie zu nennen, wenn man wie Frankenstein persönlich aussah? Auf meine charmante Mail hatte Monsieur Robie zwar nicht unfreundlich, aber doch eher knapp geantwortet, dass wir alle Fragen am besten vor Ort besprechen würden, und dann das *Negresco* als Treffpunkt vorgeschlagen.

Zögernd blickte ich auf den taubenblauen Samtsessel, dessen hohe Rückenlehne den Mann, der in ihm saß, völlig verschluckte. Ich sah nur ein paar übereinandergeschlagene Hosenbeine und ein Tischchen, auf dem ein hohes Glas mit frisch gepresstem Orangensaft stand.

Ich trat noch einen Schritt näher, schaute auf den dunkelblonden Haarschopf unter mir und räusperte mich. »Hallo? Sind Sie John Robie?«

Der Mann im Sessel erhob sich langsam. Er richtete sich zur vollen Größe auf und drehte sich um. Seine blauen Augen flackerten belustigt.

Ich starrte ihn an, als hätte ich nicht mehr alle Tassen im Schrank, und hatte mit einem Mal das Gefühl, mich auf einer kleinen Zeitreise zu befinden, die an einem kalten Märztag im letzten Jahr begonnen hatte, an dem es – für Köln völlig ungewöhnlich – wie verrückt geschneit hatte.

»Napoleon!«, rief ich aus, und es war mir völlig gleichgültig, dass die anderen Gäste in der Lobby irritiert aufblickten. »Was machen *Sie* denn hier?« Und natürlich wusste ich im gleichen Augenblick die Antwort.

Napoleon legte eine Hand auf seine Brust und deutete eine Verbeugung an.

»Sie dürfen John Robie zu mir sagen.« Er lächelte zufrieden, und ich blickte in die freundlichsten Augen, die ich jemals gesehen hatte.

»Nein, *Sie* dürfen …«, setzte ich an und dann vollendete ich meinen Satz. »Sie dürfen Grace Kelly zu mir sagen.«

John Robie nickte. »Ich weiß«, sagte er und sein Blick war voller Zärtlichkeit. »Ich freue mich schon seit Monaten auf diesen Moment. Sie können sich gar nicht vorstellen, wie sehr.«

Napoleon alias Robert Sturm – zum ersten Mal in meinem Leben war mir ein Name wieder eingefallen! – alias John Robie hielt mir seinen Ellbogen entgegen. »Darf ich Sie zum Essen einladen, Miss Kelly?«

Ich hakte mich glücklich ein. »Nur wenn Sie versprechen, mir nichts zu stehlen, Monsieur Robie. Sie geben sich zwar neuerdings als Autor aus, aber ich weiß, dass Sie im dringenden Verdacht stehen, ein Juwelendieb zu sein.«

Mit einem Finger hob er die Perlenkette an, die ich um meinen Hals trug, und zog mich sanft zu sich heran. »An Schmuck bin ich nicht interessiert«, sagte er leise. Er beugte sich zu mir herunter, und mein Herz klopfte plötzlich wie verrückt.

»An was denn dann?«

Ich suchte die Antwort in seinen Augen und fand sie, noch ehe er wieder sprach.

»An einer blonden Lektorin mit einem wundervoll altmodischen Namen, die ich einfach nicht vergessen kann.«

Er lächelte und nahm mein Gesicht ganz sanft zwischen seine Hände.

»Ich habe Sie auch nicht vergessen«, flüsterte ich, und dann, ich wusste auch nicht wie, gab es für einen Moment nur noch uns in der Hotelhalle, in Nizza, vielleicht sogar in der ganzen Welt.

Als wir uns küssten, wusste ich nur eines: Dass es perfekt war. Es fühlte sich so an, wie es sich anfühlen muss. Es war genau richtig.

Ich stand in der Halle des berühmtesten Grand Hotels an der *Promenade des Anglais* in Nizza und küsste einen Mann, der sich John Robie nannte und der soeben mein Herz gestohlen hatte. Ein Mann, auf den ich mein ganzes Leben lang gewartet hatte. Oder doch zumindest ein Jahr. Konnte man das noch übertreffen?

Und als wir später Hand in Hand das Hotel verließen und in einen chagallblauen Abendhimmel hinaustraten, der sich wirklich und unwirklich zugleich über das Meer legte, dachte ich, dass das Glück in all seiner Blindheit manchmal tatsächlich die Richtigen fand.

Nachwort

Eigentlich hätte dieses Buch ein sehr trauriges Buch werden müssen.

Als ich anfing, es zu schreiben, starb meine Freundin an dieser heimtückischen Krankheit, an der – so will es mir scheinen – heute fast jeder stirbt. Wenige Monate später wurde bei einem sehr guten alten Freund und Weggefährten ein bösartiger Tumor im Kopf entdeckt. Innerhalb eines Jahres verlor ich zwei Menschen, die für mein Leben von entscheidender Bedeutung gewesen sind.

Von meiner Freundin lernte ich, dass man versuchen sollte, es sich immer schön zu machen. Von meinem alten Freund lernte ich vieles über gute Bücher und gute Bilder. Am meisten jedoch über die Großzügigkeit des Herzens.

Mit beiden habe ich viel gelacht. Jeder von ihnen hat auf seine Weise und bis zum Schluss das Leben so sehr bejaht – wie hätte ich da etwas schreiben sollen, das nur der Traurigkeit Rechnung trägt?

Das Leben ist oft schrecklich, und dann geschehen doch immer wieder wunderbare Dinge.

Ich wünsche den beiden, dass ihnen dort, wo sie jetzt sind, noch ganz viel Schönes passiert. Ich glaube, dieses Buch hätte ihnen gefallen.

Danksagung

Mein Dank geht an den Mann, der mich immer wieder dazu ermuntert hat zu schreiben. Es ist ein Mann der Bücher, und er ist mein Mann.

Auch ohne ihn würde ich sicherlich vieles schaffen, aber mit ihm ist das Leben so ungleich schöner geworden.

Danke für die Anregungen, für all die Mut machenden Worte, für die Geduld.

Und dafür, dass du an meiner Seite bist.

THIELE POCKET

Ungekürzte Taschenbuchausgabe

ISBN 978-3-85179-520-2

Gesamtgestaltung: Christina Krutz, Biebesheim am Rhein
Satz: Christine Paxmann • text • konzept • grafik, München
Druck und Bindung: CPI Books GmbH, Leck
Printed in the EU

www.thiele-verlag.com